# 日本文学の名作を読む

島内裕子

日本文学の名作を読む（'17）



装丁・ブックデザイン：畑中　猛

s-53

# まえがき

本書は『日本文学の名作を読む』と題して、古典から近代までの文学作品への理解を深めることを目指している。文学は大きく分けて、詩歌を意味する「韻文」と、文章で書かれた「散文」とから成る。本書で取り上げる「名作」は、散文で書かれた作品を主体としている。

「散文の名作」という大枠の中でも、その内容や文章のスタイルによって、さまざまな「ジャンル」に分けられる。「文学ジャンル」は時代による盛衰があり、交替がある。文学ジャンルの「盛衰と交替」の動向に注目すると、古代から現代までの文学史を大きく俯瞰《ふかん》できる。

このような文学認識のもとに、散文で書かれた作品の味読を中心に据える本書は、「何が名作なのか」という根源的な問題とも、自ずと関わってくる。それぞれの時代の代名詞となるような作品を取り上げることで、表現の変化や文学概念の変遷に触れたい。また、後世への影響力も名作の条件である。各章ごとに、紹介されている原文を通して、それぞれの作品の魅力と日本文学の広がりを、実感していただければと思う。

本書の総論にあたる第1章で、まず『枕草子』を取り上げたのは、文章を自由に書き綴ることの意味と意義を再認識するためである。『枕草子』は今日でこそ、よく知られた古典文学であるが、多くの人々に読まれるようになったのは、江戸時代になってからであった。江戸時代までの文学認識において『枕草子』の存在は、それほど注目されていなかったのである。その一方で、『伊勢物語』や『源氏物語』などの王朝文学は、文学の王道として長く認定されてきた。

物語文学の隆盛は室町時代まで続くが、その中で、平安時代末期から鎌倉時代にかけての武士の台頭は、文学の面でも『平家物語』のような軍記物語の登場という新局面をもたらした。また、源平争乱時代に書かれた『方丈記』は、ごく短い作品だが、数々の災害がもたらす被害と、人心の変化を見据えて人間の生き方を問う、新しい文学だった。

自分自身の価値観や人間観を綴った『枕草子』、乱世において人生のあり方を突き詰めて考えた『方丈記』。この二つの作品が、どちらも成立直後には人々の目を惹《ひ》きつけなかったのと同様、『徒然草』もその価値が一般に知られるようになったのは江戸時代になってからである。物語文学の枠組みに入らない作品は、『枕草子』がそうであったように、近世になってから、人々によく読まれるようになった。近世には、また、黄表紙・読本・合巻など、新しい散文スタイルが登場した。こうして、時代の変化の中で、文学に対する認識にも変化が生じるプロセスを、本書を通して学んでいただきたい。変貌する文学状況は、近代に入ると、さらにどのような相貌を見せるのか。

近代文学における小説の隆盛は、『源氏物語』のような物語文学の世界とどのように繋《つな》がり、どのように新しいのか。『徒然草』のような思索的・論説的な作品は、どのように近代文学の中で新たな展開を示すのか。さらには、古典文学と比べて近代文学は、文学者たちが創出する作品数が多くなるので、一人の文学者の作品世界が、どのように変化し、深化していったかを辿《たど》ることも大切である。夏目漱石《そうせき》・森鷗外《おうがい》・芥川《あくたがわ》龍之介・中島敦《あつし》を取り上げて、その点を掘り下げたい。

本書で取り上げる作品は著名なものが多いが、古典から近代まで、物語や小説といった創作的な作品と、批評的な作品との双方を視野に収めて、現代を生きる私たちが文学の中に何を見出《みいだ》せるのか、改めて考えてみたいと思う。

島内　裕子

# 目次

# 1 名作をどう読むか

島内　裕子

**《目標・ポイント》** 日本文学における名作とは、どのような作品を指すのか。作品が誕生してから名作として認定されるまでの道のりを、『枕草子』を具体例に取って概観すると共に、本書で取り上げる作品群の概要を俯瞰《ふかん》し、それらが、各時代を代表する新しいジャンルの創造と深く関わることを指摘する。

**《キーワード》** 名作、ジャンル、韻文と散文、『枕草子』

## 1．作品の成立と名作の誕生

### ＊名作とは何か

文学作品は、古典から現代まで、無数に生み出されてきた。けれども、次第に読まれなくなり、ついには、その作品の存在自体が忘れ去られてしまうこともある。その一方で、時代の変遷にもかかわらず読み継がれてきた作品がある。それらは「古典」と呼ばれる。一般に「古典」とは、人々に永く読み継がれてきた作品を指すが、本文を整える校訂や注釈研究なども行われるようになって、明確に「古典」として定着してゆく。「古典」はすでに長い歳月の中での文化的な淘汰《とうた》を経てきており、その点からも「名作」と呼ぶにふさわしい。だとすれば、近代文学のように、長くても百五十年位しか経過していない場合、何をもって「名作」と言えるのか。さらには「忘れられた名作」が再評価され、復活することがあるのか。第1章では、まず、これらのことを考えてみたい。

**＊名歌・名句・名文**

文学作品には、大きく分けて、散文（文章）と韻文（詩歌）がある。「名作」は、散文作品にも韻文作品にも当てはまるが、詩歌の場合には「名歌・名句」という言葉が一般的であり、文章の場合は「名文」と言う。本書は『日本文学の名作を読む』と題して、各章ごとに、各時代を代表する散文作品を取り上げるので、ここでの名作とは、物語や軍記、評論、小説などが主なテーマとなる。ただし、散文作品は和歌や俳句なども密接に関連するので、適宜、韻文にも触れたい。

**＊誰が、いつ、どこで、作品を評価するのか**

ある作品が出来上がった瞬間に、「名作」というレッテルが舞い降りてきて、その作品が「名作」になるわけではない。作品は、人間が作り、人間が読む。作者の思いが結実して作品になるとしても、読者の心にその思いが届くためには、作品が読まれることがまずは必須で、誰も読まないものは名作になりえない。読者は複数いてこそ、作品が多くの人々に感動を与えた証しにもなる。読者の数は、作品が名作として認定されるための、大きな条件である。

和歌・連歌・俳諧・俳句は、歌会や連歌会や句会で、複数の人々が寄り合い、その場で作品が披露されて、互いがその作品の良し悪しを論議し、判定する。作品の制作と、作品の披露との間に、それほど時間的な隔たりは少ない。短詩型文学なればこその特徴であろう。

これに対して、物語や小説、評論や紀行文など、散文作品の場合は、皆が寄り集まって、その場で作って披露し合うというスタイルは、取りにくいので、どうしても、作品の誕生と、作品の流布《るふ》には、時間的な隔たりが生じる。そこに、さまざまの問題が発生する。

**＊後世の評価と名作の展開性**

近代の文学作品は、雑誌や新聞、あるいは単行本などといった媒体を通して、世間の人々に読まれる。印刷物によって刊行される過程で、同時代の人々に読まれ、世間の評判が共有される。評価が浮動している期間が過ぎると、ある一定の評価が固まる。

文学作品には、先に述べたように、時代を超えて読み継がれてきた「時間性」がある。同時に、その作品には、他の文学作品や、思想・芸術・歴史などとの繋《つな》がりが存在するという「時間性」や「空間性」がある。このことが、作品を読みごたえのあるものにする。作品内に包摂されているものの豊かさを感じ取ることが、文学を読む醍醐味となるのは、作品自体が、さまざまな先行文学や芸術の集合体となっているからである。

けれども、以前の作品群を集積しているだけでは、名作とはなりえない。本書で取り上げるどれもが、その時代に新しいジャンルを創造し、推進してきた作品であることに、とりわけ注目したい。そのことに留意すれば、新ジャンルが、どのようにさらなる展開性をもたらしながら、その領域における後続の作品を生み出していったかについても考察を広げることができる。

## 2.『枕草子』の成立と同時代の文学状況

**＊『源氏物語』以前**

『枕草子』が書かれた時、『源氏物語』はいまだ書かれていなかった。中宮定子から、白い上等な紙を賜《たまわ》って、そこに何かを書くことになった際、清少納言が不得意であると自覚している和歌であるはずはなかった。また、当時の物語文学は、理想と空想を混交したものであり、清少納言はそこに没入することはできなかったろう。清少納言にとって理想とは、これから新たに作り出すものではなく、自分が今生きている定子のサロンだった。今、自分がここにいる場所を、精緻に描くことは、物語にはなりえなかった。だから、清少納言が白い紙の束を前にした時、「和歌と物語」への道は、最初から除外されていた。そのことは定子が既によく察知しており、『枕草子』の世界は、最初から二人、すなわち清少納言と中宮定子との間の「黙契《もっけい》」によって成り立っていたと考えても、それほど的外れではないだろう。次に挙げるのは、『枕草子』の「跋《ばつ》文《ぶん》」と呼ばれる最末尾の原文の一節である。

**泉涌寺にある清少納言の歌碑**（京都市東山区）。「夜をこめて……」という歌が刻まれている。定子の眠る鳥辺野陵も近い。

宮《みや》の御前《おまへ》に、内《うち》の大臣《おとど》の奉《たてまつ》り給《たま》へりけるを、（中宮）「此《これ》に、何《なに》を書《か》かまし。主上《うへ》の御前《おまへ》には、『史記《しき》』と言《い》ふ書《ふみ》を、書《か》かせ給《たま》へる」など宣《のたま》はせしを、（清少）「枕《まくら》にこそは、し侍《はべ》らめ」と申《まう》ししかば、（中宮）「然《さ》は、得《え》よ」とて、賜《たまは》せたりしを、怪《あや》しきを、此《こ》よや何《なに》やと、尽《つ》きせず多《おほ》かる紙《かみ》の数《かず》を、書《か》き尽《つ》くさむとせしに、いと、物覚《ものおぼ》えぬ事《こと》ぞ、多《おほ》かるや。

「内の大臣」は定子の兄である藤原伊周《これちか》のことで、彼がたくさんの紙を中宮に献上したのである。まだ何も書かれていない白い紙の束を前にして、この白紙を言葉で埋め尽くそうとしたので、自分でも思いがけないほどに、いろいろなことを書く仕儀となった、というのである。おそらく、清少納言にとって、その作業はいくらでも筆が進む楽しみであったろう。ちなみに、近代の森鷗外《おうがい》に、「文机《ふづくえ》の塵《ちり》うちはらひ紙のべて物まだ書かぬ白きを愛《め》でぬ」（明治四十二年二月六日、観潮楼歌会にて）という歌がある。これから自分が、書いてゆく白い紙を、よきものとして愛でる鷗外の気持ちは、執筆行為に対する心入れの反映であり、清少納言との共通性を感じる。

清少納言の紙に対する愛好が書かれている箇所を、もう一つ挙げておきたい。何も書かれていない白い紙は、清少納言にとって、生きる喜びを実感させてくれるものだったのである。

御前《おまへ》に、人々《ひとびと》、数多《あまた》、物《もの》、仰《おほ》せらるる序《つい》でなどにも、（清少）「世《よ》の中《なか》の、腹立《はらだ》たしう、難《むつ》かしう、片時《かたとき》、有《あ》るべき心地《ここち》もせで、何処《いづち》も、何処《いづち》も、行《い》き失《う》せなばやと思《おも》ふに、直《ただ》の紙《かみ》の、いと白《しろ》う、清《きよ》らなる、良《よ》き筆《ふで》、白《しろ》き色紙《しきし》、陸奥国紙《みちのくにがみ》など、得《え》つれば、斯《か》くても、暫《しば》し、有《あ》りぬべかりけり、となむ、覚《おぼ》え侍《はべ》る。又《また》、高麗縁《かうらいべり》の畳《たたみ》の筵《むしろ》、青《あを》う、細《こま》かに、縁《へり》の紋《もん》、鮮《あざ》やかに、黒《くろ》う、白《しろ》う、見《み》えたる、引《ひ》き広《ひろ》げて見《み》れば、何《なに》か、猶《なほ》、更《さら》に、此《こ》の世《よ》は、え思《おも》ひ放《はな》つまじと、命《いのち》さへ、惜《を》しくなむ成《な》る」と申《まう》せば、（中宮）「いみじく、儚《はかな》き事《こと》も、慰《なぐさ》むなるかな。姥捨山《をばすてやま》の月《つき》は、如何《いか》なる人《ひと》の、見《み》るにか」と、笑《わら》はせ給《たま》ふ。候《さぶら》ふ人《ひと》も、（女房）「いみじく易《やす》き、息災《そくさい》の祈《いの》りかな」と言《い》ふ。

### ＊『枕草子』以後

さて、『枕草子』の執筆に取りかかった清少納言の気持ちの弾《はず》みを、鷗外の和歌と響き合わせてみたのは、紫式部の『源氏物語』と比較したいからであった。紫式部にとって、『枕草子』は「既に在《あ》る」ものであり、そこに描かれている世界の輝きは、定子が生まれた「中《なか》の関白《かんぱく》（道隆）」家《け》の没落によって、現実には疾《と》うに失せているにもかかわらず、紅玉や金銀がぎっしりと詰まった錦の袋の華やかさであり、あるいは香《かぐわ》しい果実から滴たり落ちるような、清新な言葉の燦《きら》めきであった。現実の中に理想があることを散文で綴《つづ》った『枕草子』のような作品は、日本文学の長い歴史の中でも、それほど多くはない。むしろ、不如意《ふにょい》な現実と向き合うことが、多くの人々が文学に求めるものである時、紫式部が書こうとしたのは、新たな物語によって、理想そのものを変容させる道であった。そして、そのような紫式部の文学世界が、日本文学の王道となった。

## 3.『枕草子』における名作への道

### ＊『枕草子』を評価した人々

同時代文学である『枕草子』と『源氏物語』は、異なる文学世界を樹立しており、相互補完的な王朝散文であった。けれども、文学史の流れの中では、『枕草子』は、最初から『源氏物語』と並称されてきたわけではない。『源氏物語』と『枕草子』の双方を視野に収める視点は、ようやく十四世紀の『徒然草』において獲得された。もっとも、十三世紀の『無名草子《むみょうぞうし》』が、「紫式部が『源氏』を作り、清少納言が『枕草子』を書き集めたる」と並称しているのだが、その『無名草子』自体が、文学史のうえでほとんど読まれてこなかったので、ここでの評価が、後世に強い影響力を発揮した形跡は見られない。それに対して、『徒然草』は、とりわけ江戸時代以降、よく読まれてきたので、そのような『徒然草』に『枕草子』への言及が見られることは、江戸時代の人々が『枕草子』を身近な作品とするための重要な役割を果たした。

### ＊『源氏物語』の評価はいつ決定的になったのか

　ある作品の評価が決定的になるためには、著名な文学者による賞讃が大きな役割を果たす。と同時にそれを踏まえての本格的な研究のスタートが不可欠である。『源氏物語』の場合は、藤原俊成《しゅんぜい》・定家《ていか》による父子二代の『源氏物語』賞讃と、『源氏物語』校訂本文（青表紙本《あおびょうしぼん》）の成立が決定的であった。定家の父親である藤原俊成の一言、「源氏見ざる歌詠《よ》みは、遺恨の事なり」（『六百番歌合』の判詞《はんし》）は、『源氏物語』の評価を決定づけ、定家による本文校訂を経て、文学者たちの必読書となった。さらにその後も『源氏物語』の注釈研究は深まり、室町時代の一条兼良による「我が国の至宝は、源氏の物語に過ぎたるはなし」（『花鳥余情《かちょうよせい》』）という発言へと続く。

　鎌倉時代から室町時代への時代の移行の中で、『枕草子』は『源氏物語』のような高い評価を受けられなかった。『枕草子』の本文校訂を定家が行わなかったことが、『枕草子』の流布と研究を大幅に遅らせた一因として挙げられよう。ここが、『源氏物語』と『枕草子』の評価の分岐点だった。

　なぜ定家は、『枕草子』の校訂本文を作らなかったのか。推測するに、『枕草子』のあまりにも自由な書き方、つまり、先に引用した跋文の少し後に、「唯《ただ》、心一《こころひと》つに、自《おの》づから、思《おも》ふ事《こと》を、戯《たはぶ》れに、書《か》き付《つ》けたれば」と清少納言自身が書いているような執筆態度が、本文を校訂し、作品研究の基盤を用意するという、藤原定家の文学意識にそぐわなかったのかもしれない。

　このような推測から、重要な思索が開始する。すなわち、「文学とは何か」「名作とは何か」という判断基準は、どこから生まれるのか、という問題である。

　そのようにして形成された「文学観」が、時代によって、変容するのか、それともしないのか。さまざまな作品と作者を通して、それらへの回答を見出《みいだ》すことも、本書は目指している。

### ＊江戸時代の古典認識

　人々の文学観が大きく変化するのは、江戸時代に入ってからである。これは、近世以前には写本で伝来してきた古典文学が、木版印刷の普及によって版本《はんぽん》（板本）で刊行されるという、新しい媒体が生み出した。『枕草子』の場合も、詳細な注釈書である北村季吟の『春曙抄《しゅんしょしょう》』（一六七四年）が刊行されることで、広く一般の人々の目に触れ、読まれるようになり、その辛辣で歯切れのよい美意識や人間観に注目が集まった。ここに漸く、『枕草子』の存在が注目されるようになったのである。時はまもなく元禄文化の時代を迎えようとしており、『枕草子』は『春曙抄』を通して古典となることに成功した。『古今和歌集』『伊勢物語』『源氏物語』『徒然草』などと共に、『枕草子』が教養古典となり、幅広い人々に浸透していったのである。

### ＊文体への注目

　たとえば、伴蒿蹊《ばんこうけい》の『国文世々《くにつふみよよ》の跡《あと》』（安永三年刊。ただし引用は、安永六年版によった）では、「枕草子は、別《べち》に随筆なるものから、物語に比《たぐ》ふべしや。詞《ことば》の様《さま》、又《また》、めでたし」と述べている。「や」は反語である。『枕草子』は随筆であるので、物語と同列に論ずることはできない。けれども、その表現は素晴らしい、と評価している。平安時代の文体の具体例として、『枕草子』から「春は曙」の原文を掲載している。現代では、『枕草子』は「三巻本」という本文で読まれることが多い。だが、『国文世々の跡』が文例として挙げているのは、『春曙抄』である。江戸時代には、『春曙抄』が『枕草子』の本文として一般に流布《るふ》していたからである。なお、『国文世々の跡』に掲載されている『枕草子』の原文の漢字の宛て方や句読点など、表記に関しては『春曙抄』と多少は異なるが、このような異同は、本文自体の相違ではないので、『国文世々の跡』における『枕草子』本文は、『春曙抄』の系統であると認定してよい。

『国文世々の跡』の表記の通りに翻刻してみよう。ただし、傍注は省略した。有名な冒頭部分である。

春はあけぼの、やう／＼しろくなりゆく。山ぎはすこしあかりて、むらさきだちたる雲のほそくたなびきたる」　夏はよる、月の頃はさら也。闇も猶螢飛ちがひたる、雨などの降さへをかし」　秋は夕暮、ゆふ日はなやかにさして、山ぎはいとちかくなりたるに。烏のねどころへ行とて、三つよつふたつなどとびゆくさへあはれなり。まいて鴈などのつらねたるがいとちいさく見ゆる、いとをかし。日いりはてゝ、風の音、虫の音などいとあはれなり」　冬は雪のふりたるは、いふべきにもあらず、霜などのいとしろく。又さらでもいとさむき、火などいそぎおこしてすみもてわたるも、いとつき／″＼し、ひるになりてぬるくゆるびもてゆけば、すびつ火おけの火も、しろきはいがちになりぬるはわろし、句読点については、先にも述べたように『春曙抄』と異なる箇所もあり、また現代の句読点の打ち方とも異なる箇所がある。ただし、春夏秋冬のそれぞれの区切りに　」　を入れているのは、文脈を明確に理解させるためであろう。現代ならば、ここで改行するところである。また、平仮名表記が多く、現代人には、読みにくいかもしれないが、江戸時代中期の人々の目に触れた『枕草子』の雰囲気を感じ取っていただければと思う。

『国文世々の跡』については、『日本文学概論』の第4章と第9章でも触れたので、参照していただきたい。ただし、そこでは『枕草子』の原文が、どのような表記で掲載されているか、具体的な原文の引用はしていないので、ここで紹介した次第である。

写本で伝来してきた古典を、版本で出版する時に、どの系統の本文を選択するかは、研究の進展につれて変化してくる。今引用した部分だけでも、たとえば、現代において、主として通行している三巻本と、かなり異なる印象を受ける。現代人は、「冬は早朝《つとめて》」と暗記しているであろうが、ここでは「冬は雪の降りたるは、いふべきにもあらず」となっており、「つとめて」という言葉がない。「春は曙」「夏は夜」「秋は夕暮」という書き方からすると、「冬は早朝《つとめて》」となっていた方が、四季それぞれの冒頭の書き方に統一性があるようにも思えるが、江戸時代の人が読んでいた『枕草子』は、「冬は早朝《つとめて》」ではなかったのである。

## ＊近代の『枕草子』とその底本

江戸時代に『春曙抄』が刊行されて以来、この注釈書が広く流布したのを受けて、近代に入っても、明治時代の樋口《ひぐち》一葉や与謝野晶子《よさのあきこ》たちは、『春曙抄』で『枕草子』を読んだ。一葉や晶子たちの『枕草子』観を考えるうえで、この点に留意することは大切である。

明治五年生まれの樋口一葉は、歌塾「萩《はぎ》の舎《や》」に学び、和歌・和文・書道などを習った。『樋口一葉全集』には、「萩の舎」で一葉が書いた和文が収録されているので、文章の手本として、どのような古典が摂取されているか見てみよう。以下の三例は、『樋口一葉全集』第三巻下からの引用である。なお、読みやすくするために、清濁と句読点、そしてルビを付した。

①　つれづれならぬ身は、日ぐらし硯《すずり》にもむかはず、おのがつとめ、らうがはしく走りめぐりて、日もやうやう暮《くれ》ぬとて、足机など取出《とりいだ》しつゝ（以下、未完）

②　いづれのおほん時《とき》にや有《あり》けん、女御更衣《にようごかうい》、あまた、つかうまつり給《たま》ふとは、紫女《しぢよ》の古言也《ふることなり》。

③　春はあけぼのといふものから、夕《ゆふ》べも猶《なほ》、なつかしからぬかは。日《ひ》ねもす遊びし花の木《こ》かげ、やうやうくらく成《なる》ほど、かねのね、かすかにひゞきて、ねぐらにかへるからすのこゑなども、のどかに聞《きこ》えて（以下、省略）

これらは、いずれも古典文学と関わる文章で、明治二十二年初春から二十九年の初秋にかけて書かれた雑記から抜粋した。①は『徒然草』の冒頭、②は『源氏物語』の冒頭、③は『枕草子』の冒頭を使っている。ただし、①も③も、『徒然草』と『枕草子』の意味内容を逆転させているし、②は、全集の脚注によれば、「紫女の」の部分には、「源氏のかき出し也」という書き込みがあり、「古言也」は、「名作の書出し也」を消して書き直した形跡があるという。一葉は、折に触れて、古典文学の書き出しの表現を使って、自らの文章表現を錬磨していた。しかも、「名作の書出し也」という言葉が、たとえ結果的に削除されたとしても、ここにいみじくも書かれていたことに注目したい。名作とは、書き出しからして、後世の人々の心に残るものである。それらを心に強く刻印した人間が、今度は文学者になるという、連続性・継承性を生み出す作品なのである。

明治時代の新しい短歌の隆盛にあたり、与謝野晶子に、「春曙抄に伊勢をかさねてかさ足らぬ枕はやがてくづれけるかな」（『恋衣《こいごろも》』）と詠んだ歌があることも注目される。晶子は、「しゅんしょしょう」ではなく、「しゅんじょしょう」と発音している。

昭和の時代になっても、昭和六年から九年にかけて、池田亀鑑《きかん》校訂の上中下三冊からなる『枕草子（春曙抄）』が岩波文庫から刊行された。これは、『春曙抄』の版本を活字にしたものである。この文庫本は長く版を重ねて、私が所蔵している上巻は、昭和二十七年六月発行の第十八刷である。

現代では、『枕草子』は三巻本という本文で読まれることが多いけれども、『枕草子』の文化的な影響力を考える際には『春曙抄』が非常に重要なのである。

## 4. 日本文学における散文ジャンルの展開

### ＊時代の変化と文学の創造者

文学作品は、誰が書くのか。それは、時代によって異なるだろう。また、文学作品の形態、すなわちジャンルも、時代により異なる。本書では、ほぼ時代順に、作品を取り上げて、その作品によって、作者・ジャンル・特徴などを解説しながら、原文を抜き出して読解してゆく。取り上げるのは、十世紀の『伊勢物語』から、二十世紀の近代文学までさまざまであるが、これらの作品を概観しただけでも、時代による文学展開の様相を感じ取ることができると思う。

平安時代の文学は、大きく捉えるならば、宮廷貴族の文学であり、ジャンルとしては、和歌と物語の隆盛期であった。ちなみに、本書では取り上げていないが、この時代以前に、記紀・万葉の時代、そして、漢詩文の隆盛期があり、それらは平安文学に大きな影響を及ぼしている。

鎌倉時代から室町時代・戦国時代までを大きく捉えると、文学の創造は、それ以前の貴族の時代と比べて、武士と僧侶の存在感が大きくなる。それを反映して、この時代は、軍記物と思索的随想という文学ジャンルに注目した。江戸時代になると、武士と町人が文学の創造者として活躍し、文学ジャンルも新たなものが生まれてくる。本書でも、この時代の文学として、黄表紙・読本・合巻などの名作を取り上げ、近世から近代への変化と持続を捉え直すという観点を含む。

近代文学では、夏目漱石《そうせき》の小説、さらには森鷗外の史伝など、新しい達成は、長編文学においてなされた。ただし、大正・昭和へと時代が変化してゆく中で、芥川龍之介や中島敦《あつし》に代表される短編小説の世界にも注目したい。漱石・鷗外・龍之介・敦を通して、近代文学を眺望したい。彼らは、日本文学の始発以来の、「知識人が担った文学」という潮流に属しつつも、それぞれの個性を作品に反映させて、時代の相貌を投影する名作を生み出した。平安時代の物語文学、中世の批評文学、近世の伝奇文学、近代の心理小説……。時代とともに変遷する文学世界が、これらのジャンルの中に息づいている。

## ＊名作をどう読むか

本書で取り上げている作品以外にも、世間で「名作」と言われている作品は数多い。本章のテーマである「名作をどう読むか」という問いかけに対する回答は、それらの「名作」を実際に自分で読んでみることで、自ずと導き出されることが多い。けれども、いくつかの回答をあらかじめ持ったうえで読書することも有効であろう。

「名作」とは、長い年月の中で、多くの人々の共感を勝ち得てきた文学作品である。したがって、既に、一度は読んだことがある場合も多いだろう。また、いつか読んでみたいと思いながら、なかなか機会に恵まれなかった本もあろう。まずは、ページを開いて読み始めてみよう。その文学世界にぐんぐん心が惹《ひ》きつけられて、最後まで読み通すことができれば、既にその作品は自分自身のものになったと言ってもよいだろう。そして折に触れて何度も繰り返し読む愛読書となれば、さらに自分の文学世界が豊かになる。けれども「名作」という評判があっても、いざ実際に読んでみると、どうもしっくりこないこともある。そのような時には、無理に読み通そうとせず、いったんページを閉じて、またの機会を待つことも大切である。何年か経《た》って、ふと再び手にした本が、今度は読めるようになっているということは、よくある。

読者がその世界に引き込まれたならば、その人にとっては、それが「名作」である。「名作」は、名場面や名文に満ちている。さらに、その名文や名場面が、他の作品の中に引用された明らかな痕跡が見られることもまた、重要である。各自の自由な読書へのヒントとして、本書を学んでいただきたい。本書が多くの本を読む機会となれば、そのことが自ずと、自分らしい文学観の形成へと繋がると思う。

## 引用本文と、主な参考文献

『樋口一葉全集』第三巻下（筑摩書房、一九七八年）
『国文世々の跡』（安永六年刊再考版、架蔵の版本）
『枕草子』の本文は、池田亀鑑校訂『枕草子（春曙抄）』（岩波文庫、一九三一～三四年）に拠りつつ、漢字の宛て方やルビの打ち方を、大きく改めた。

## 発展学習の手引き

・本章は、全体の導入にあたるが、具体的な作品として、他の章のタイトルに入れなかった『枕草子』を取り上げた。『枕草子』に限らず、15章の中で、取り上げていない作品も多い。本書を学びつつ、新たな方向性を見出しながら、幅広くいろいろな本を読んでいただきたい。

# 2 『伊勢物語』を読む

島内　景二

**《目標・ポイント》**『伊勢物語』は、『源氏物語』以前に書かれた「前期物語」の中で、和歌の詠まれた状況を語る「歌物語」の傑作である。全百二十五段の中から惟喬親王章段に着目し、第八十二段と第八十三段を読み、その魅力を堪能する。あわせて、美しい友情の描かれた第十六段や、母と子の情愛を語る第八十四段にも触れる。

**《キーワード》**『伊勢物語』、人間関係、惟喬親王、在原業平、紀有常、第八十二段、第八十三段、第八十四段

## 1.『伊勢物語』と惟喬親王章段

### ＊『伊勢物語』の概要

王朝物語を時系列で分類すれば、『源氏物語』より以前の「前期物語」（『竹取物語』や『伊勢物語』など）と、『源氏物語』より以後の「後期物語」（『浜松中納言物語』や『狭衣《さごろも》物語』など）に大別される。

また、物語の内容に即した分類もある。虚構の物語である『源氏物語』などが「作り物語」であり、その中でも『竹取物語』のように空想的な作品を「伝奇物語」と呼ぶ。また、和歌にまつわる

エピソードを集めた『伊勢物語』『大和物語』などを「歌物語《うた》」と言う。歴史を扱った『栄花物語（栄華物語）』などは「歴史物語」である。

『伊勢物語』は、「前期物語」の中の「歌物語」の代表作である。一人の作者の手によるものではなく、時代と共に徐々に章段数が増殖したと考えられる。現在の本文は、鎌倉時代に藤原定家が校訂したものである。全部で百二十五段から成り、主人公の元服から辞世までを描いている。

**＊人間関係の宝庫**

王朝物語は、人と人とが対座して、会話を交わす場面を積み重ねて構成されている。だから、物語の名場面は、「親と子」、「男と女」、「友と友」、「主君と従者」などの人間関係がもたらす喜怒哀楽が中心となっている。『伊勢物語』もまた、さまざまな人間関係を凝視している。

ちなみに、仏教では「親子は一世《いっせ》」で、この世かぎりの縁だとされる。「夫婦は二世《にせ》」で、現世《げんせ》と来世《らいせ》、または、前世《ぜんせ》と現世にまたがる縁だと言われる。「主従は三世《さんぜ》」である。なお、「師弟は三世」とも言われ、師弟関係の絆《きずな》の強さは主従関係に準じている。

**＊在原業平と紀有常の友情**

『伊勢物語』の主人公と目されるのが、在原業平《ありわらのなりひら》（八二五～八八〇）である。彼は、紀有常《きのありつね》（八一五～八七七）の娘を妻としていたとされる。第一段（初冠《ういこうぶり》）や第二十三段（筒井筒）のヒロインは、紀有常の娘だとされ、室町時代の謡曲『井筒』（世阿弥《ぜあみ》の作）は、亡夫業平を偲ぶ紀有常の娘の深い悲しみを主題としている。

だから、有常と業平は「岳父（義父）と婿」の関係になり、義理の親子関係である。けれども、二人は厚い友情で結ばれていた。第十六段。有常の人柄は立派だったが、時勢に合わず貧しかった。永年連れ添った妻も夫を見限り、尼になって去る。有常は、せめてもの餞別を彼女に贈りたいが、先立つお金がない。見かねた業平が、有常の替わりに、さまざまな贈り物をしてくれたので、有常はうれし涙をこぼしたのだった。ここでは、有常の夫婦関係の消滅と、業平との友情の継続が対比されている。明治の歌人・与謝野鉄幹は、この段に感動して、「有常《ありつね》が妻《つま》わかれせしくだりよみて涙せきあへず伊勢物語」という短歌を詠んだ（『紫』）。

鉄幹には、「人を恋ふる歌」（雑誌の初出では「友を恋ふる歌」）という詩があり、男同士の熱き友情を高らかに歌い上げている。鉄幹にとって、業平と有常は「理想の友人関係」だった。

『伊勢物語』第三十八段には、業平が有常を訪ねたところ、不在だったので、詠んだ歌もある。

君により思ひ習《なら》ひぬ世の中の人はこれをや恋と言ふらむ

男同士の深い友情は、男女の恋愛関係にも匹敵するのである。漢詩と和歌の優れたアンソロジーである『和漢朗詠集』の「交友」の項には、「君と我いかなることを契りけむ昔の世こそ知らまほしけれ」という和歌が載っている。この歌でも、友情と恋のイメージが限りなく接近している。

## ＊惟喬親王の人生

紀有常の妹の静子《しずこ》は、文徳天皇との間に、惟喬《これたか》親王（八四四〜八九七）と恬子《やすこ》内親王とを生んだ。惟喬親王は第一皇子であったにもかかわらず、藤原良房《よしふさ》の娘（明子《あきらけいこ》）の生んだ異母弟の惟仁《これひと》親王（第四皇子）が皇位を継承して、清和天皇となった。良房は、人臣として最初に摂政となった権力者である。藤原氏の力の前に、紀氏は敗れた。この悲劇の皇子である惟喬親王と業平の交わりを語るのが、惟喬親王章段である。また、『伊勢物語』の第六十九段（狩の使《つかい》）は、伊勢神宮に奉仕する斎宮《さいぐう》である恬子内親王と業平との密かな愛を語っている。

## 2. 渚の院の桜狩

### ＊桜の絶唱

『伊勢物語』第八十二段は、桜の花をめぐる和歌を主眼としている。前半部分を味読しよう。

昔、惟喬《これたか》の親王《みこ》と申す親王《みこ》、御坐《おは》しましけり。山崎の彼方《あなた》に、水無瀬《みなせ》と言ふ所に、離宮《みや》、有《あ》りけり。年毎《としごと》の桜の花盛りには、その離宮《みや》へなむ御坐《おは》しましける。その時、右《みぎ》の馬《うま》の頭《かみ》なりける人を、常に、率《ゐ》て御坐《おは》しましけり。時《とき》世《よ》経《へ》て、久しく成《な》りにければ、その人の名、忘れにけり。狩《かり》は、懇《ねむご》ろにもせで、酒をのみ飲みつつ、大和歌《やまとうた》に懸《か》かれりけり。今、狩《かり》する交野《かたの》の渚《なぎさ》の家、その院《ゐん》の桜、殊《こと》に面白《おもしろ》し。その木の下《もと》に、下《お》り居《ゐ》て、枝を折《を》りて、挿頭《かざし》に挿《さ》して、上《かみ》・中《なか》・下《しも》、皆《みな》、歌詠《よ》みけり。馬《うま》の頭《かみ》なりける人の、詠《よ》める。

（業平）世の中に絶《た》えて桜の無《な》かりせば春の心は長閑《のど》けからまし

となむ、詠《よ》みたりける。又、人の歌。

（業平以外の人）散ればこそいとど桜はめでたけれ憂《う》き世《よ》に何《なに》か久《ひさ》しかるべき

とて、その木の下《もと》は立ちて、帰るに、日暮《ひぐれ》に成《な》りぬ。

京都から淀川を下ってゆくと、男山の石清水八幡宮が見えるが、そのすぐ下流に水無瀬があり、

**渚の院跡**（大阪府枚方市）。「世の中に……」の歌碑と、江戸時代に建てられた石碑がある。

**水無瀬神宮**（大阪府三島郡）。後鳥羽院の離宮の跡と伝えられる。

そこに離宮があった。ちなみに、鎌倉時代初期には、後鳥羽院がこの地に離宮を営んだことも有名である。惟喬親王は、「右の馬の頭」（馬の管理を司る右馬寮《うめりょう》の長官）だった業平や、紀有常などと共に、この離宮を宿泊地にして、その周囲を逍遙《しょうよう》して、政治的に敗北した心の痛みを慰めた。

ちなみに、中世で業平を馬頭観音の化身とする伝説があるのは、彼の役職が「右の馬の頭」だったことに基づくのだろう。『源氏物語』帚木《ははきぎ》巻の「雨夜《あまよ》の品定《しなさだ》め」で、光源氏に色好みの道を説いたのが「左の馬の頭」であるのも、業平が「右の馬の頭」だった事実をかすめたものと思われる。

さて、水無瀬の南に、鷹狩と桜の名所である「交野《かたの》」があった。交野で鷹狩をした後で、一行は「渚の院」の美しい桜を愛《め》でつつ、宴を開く。その席で、業平の「世の中に絶《た》えて桜の無《な》かりせば春の心は長閑《のど》けからまし」という和歌が詠まれた。

「絶えて」は、「まったく……ない」。「せば……まし」は、現実にはないことを想像する「反実仮想《はんじつかそう》」の構文である。「もしも、この世の中に桜の花がまったく存在しないのならば、どんなにか、春を過ごす人々の心はのんびりしていられることだろうになあ」。桜の花があるからこそ、早く咲いてほしい、いつまでも散らないでほしいなどと、人々の心は苦しめられる。

むろん、この歌は、桜の花を否定しているのではない。胸が締めつけられるほどに切ない思いにさせる花への愛を、逆説的に表明しているのである。苦しみや悲しみのない人生はない。業平は、敗者である惟喬親王に、悲しみに耐え、苦悩や絶望と共生する人生のすばらしさを伝えようとしたのかもしれない。政治的な敗者は、必ずしも人生の敗者ではない。優れた文芸に描かれることで、永遠の名声を獲得できるからである。現に、それは実現した。

### ＊和歌文学への影響

この第八十二段を踏まえた名歌がある。作者は、藤原俊成《しゅんぜい》（一一一四～一二〇四）。藤原定家の父である。彼は、「九十の賀」を祝われるほどに長命だった。

再《また》や見《み》む交野《かたの》の御野《みの》の桜狩《さくらがり》花の雪散る春の曙《あけぼの》　（『新古今和歌集』）

「御野」は、皇室の狩猟のための野で、一般人は禁猟だった。「桜狩」の「狩」は、鷹狩の「狩」の連想もあるが、紅葉狩《もみじがり》の「狩」と同じで見物するという意味。「花の雪」は、落花を雪に喩えた表現である。「再や見む」の「や」は、疑問とも反語とも取れる。「雪のように桜の花が散りまがっている交野の見事な光景を、私が再び見ることはあるだろうか」と解釈すれば「疑問」、「再び、見ることができるだろうか。いや、できないだろう」と取れば「反語」。反語説が有力だが、読者の年齢や人生経験で、解釈は分かれるだろう。

## ＊『太平記』の道行文

中世には、物語文学の伝統を引き継ぐ「軍記物語」が成立した。源平争乱を描く『平家物語』と、南北朝の争乱を描く『太平記』が双璧である。『太平記』に、七五調で、旅の経路を描く「道《みち》行文《ゆきぶん》」がある。後醍醐天皇の近臣の日野俊基《としもと》は、鎌倉幕府に捕縛され、関東に送られる。彼は、旅の途中での死を覚悟していた。

落花《らくくわ》の雪に踏《ふ》み迷ふ、交野《かたの》の春の桜狩《さくらがり》、紅葉《もみぢ》の錦《にしき》を、着《き》て帰《かへ》る、嵐《あらし》の山の秋の暮《くれ》、一夜《ひとよ》を明《あ》かす程《ほど》だにも、旅寝《たびね》となれば物憂《ものう》きに、恩愛《おんあい》の契《ちぎ》り浅からぬ、我《わ》が故郷《ふるさと》の妻子《さいし》をば、行方《ゆくへ》も知らず思ひ置き、年久《としひさ》しくも住み慣《な》れし、九重《ここのへ》の帝都《ていと》をば、今を限りと返《かへ》り見て、思はぬ旅に出《い》で給《たま》ふ、心の中《うち》ぞ哀《あは》れなる。

（『太平記』巻二）

「落花の雪」の部分に、『伊勢物語』の第八十二段と藤原俊成の歌が踏まえられている。「紅葉の錦」の部分は、藤原公任《きんとう》の「朝まだき嵐の山の寒ければ紅葉《もみぢ》の錦《にしき》着《き》ぬ人ぞ無《な》き」（『拾遺和歌集』）を踏まえる。楽しいはずの交野での桜狩や、嵐山の紅葉狩ですら、自宅を離れての外泊はつらく感じられる。まして、愛する家族を都に残して、いつ、戻れるかもわからない旅に出る俊基の心中は、思いやるだに哀れである、という内容である。「交野」は、惟喬親王の不運が連想される、悲しい歌枕である。桜吹雪は、日野俊基の命の花が散る未来を、予告しているかのようである。

## 3. 小野の雪

**＊「夢かとぞ思ふ」**

惟喬親王は、遂に出家した。そして、比叡山の麓にある、小野の山里に隠棲した。それが、『伊勢物語』の第八十三段である。全文を掲げる。

昔、水無瀬《みなせ》に通《かよ》ひ給《たま》ひし惟喬《これたか》の親王《みこ》、例の、狩《かり》しに御坐《おは》します供《とも》に、馬《うま》の頭《かみ》なる翁《おきな》、仕《つか》うまつれり。日頃経《ひごろへ》て、宮に、帰り給《たま》うけり。御送《おく》りして、疾《と》く去《い》なむと思ふに、大御酒《おほみき》賜《たま》ひ、禄《ろく》賜《たま》はむとて、遣《つか》はさざりけり。この馬《うま》の頭《かみ》、心もとながりて、

（業平）枕とて草引き結ぶこともせじ秋の夜《よ》とだに頼まれなくに

と詠《よ》みける。時は、弥生《やよひ》の晦日《つごもり》なりけり。親王《みこ》、大殿籠《おほとのご》もらで、明《あ》かし給《たま》うてけり。かくしつつ、参《まう》で仕《つか》うまつりけるを、思ひの外《ほか》に、御髪《みぐし》、下《お》ろし給《たま》うてけり。

睦月《むつき》に、拝《をが》み奉《たてまつ》らむとて、小野《をの》に参《まう》でたるに、比叡《ひえ》の山《やま》の麓《ふもと》なれば、雪、いと高し。強《し》ひて、御室《みむろ》に参《まう》でて、拝《をが》み奉《たてまつ》るに、徒然《つれづれ》と、いと物悲しくて御坐《おは》しましければ、やや久しく候《さぶら》ひて、古《いにしへ》の事《こと》など、思ひ出《い》で聞《き》こえけり。然《さ》ても、候《さぶら》ひてしがな、と思へど、公事《おほやけごと》ども有《あ》りければ、え候《さぶら》はで、夕暮《ゆふぐれ》に帰るとて、

（業平）忘れては夢かとぞ思ふ思ひきや雪踏み分けて君を見むとは

とてなむ、泣く泣く、来《き》にける。

惟喬親王には敬語が用いられるが、業平（馬の頭）には敬語がない。それほど高貴な親王の悲しい境遇が哀れである。親王の出家は二十九歳。業平は四十八歳。「翁」とあるのも、うなずける。まず、出家直前の親王の孤独が、強調される。水無瀬から都に戻ったものの、親王は業平を帰宅させようとしない。それほど、一人になるのが不安なのだ。業平は、自分も自宅に戻りたいと、和歌で訴える。「枕とて草引き結ぶ」は「草枕を結ぶ」ことで、自宅以外で旅寝すること。「草引き結ぶこともせじ」だから、自宅で眠りたいという意味になる。「秋の夜《よ》とだに頼まれなくに」は、今は春の短夜《みじかよ》で、秋の長夜《ながよ》とは違う。夜が明けないうちに帰りたい、という意味。ユーモアがあり、業平の親王への深い思いやりが感じられる。

**小野の惟喬親王の墓**（京都市左京区大原来迎院町）

そして、雪の中を小野に詣でて、出家した親王に、新年の挨拶をする場面の切なさ。降り積もる雪は、親王を悲運に突き落とした、過酷な運命の象徴かもしれない。この雪を溶かすかのように、業平は熱い涙をこぼして、「忘れては夢かとぞ思ふ思ひきや雪踏み分けて君を見むとは」と詠んだ。二句切れ、および三句切れ。しかも、三句目以降は、「雪踏み分けて君を見むとは思ひきや」の倒置法である。切れ切れの言葉を、やっとの思いで繋ぎ合わせたという苦衷が、文体に反映している。これが現実であることを忘れて、ともすれば悪い夢だと思われる。

後年、紫式部は『源氏物語』の宇治十帖で、小野の山里で尼になった浮舟の姿を描いた。浮舟もまた、悪夢のような人生に翻弄された出家した。彼女が登場する「夢浮橋《ゆめのうきはし》」巻を書きながら、紫式部は「忘れては夢かとぞ思ふ」の和歌を念頭に思い浮かべたかもしれない。

**＊『平家物語』の建礼門院**

源平争乱の悲劇は、壇ノ浦での幼い安徳天皇の入水《じゅすい》という悲劇的な結末を迎えた。その母である建礼門院（平徳子《とくこ》）も入水したが助けられ、尼となって余生を洛北の大原で過ごした。大原は、惟喬親王が隠棲した小野のすぐ近くである。『平家物語』の灌頂《かんじょう》の巻には、後白河法皇が建礼門院を訪ねる「大原御幸《おおはらごこう》」が語られる。そこでは、建礼門院が詠んだ歌が紹介されている。

思ひきや深山《みやま》の奥に住《す》まひして雲居《くもゐ》の月を外《よそ》に見むとは

「思ひきや……見むとは」という構文が、『伊勢物語』の「思ひきや雪踏み分けて君を見むとは」と一致する。大きな境遇の変化があって、以前の華やかな世界とは隔絶した寂寥《せきりょう》の世界へと移り、茫然とする気持ちを、この構文は表現している。

**＊与謝野鉄幹の悲憤**

業平と紀有常の友情を賛美した与謝野鉄幹は、「人を恋ふる歌」で、次のように歌っている。

人やわらはん業平《なりひら》が／小野の山ざと雪を分け
夢かと泣きて歯がみせし／むかしを慕ふむらごころ（『紫』）

鉄幹は、業平が惟喬親王を思う真情に感動している。主従関係を超えた心の結びつき、すなわち深い「友情」が、二人の間には流れていると見て取ったのである。

## 4．業平と伊都内親王

### ＊惟喬親王章段のはざまに

『伊勢物語』の惟喬親王章段から、第八十二段（渚の院）と第八十三段（小野の雪）を鑑賞してきた。第八十五段も、出家した親王を、雪の中を訪ねた男が和歌を詠んでおり、第八十三段と同じような内容である。この中に挟まれている第八十四段は、業平と母との心の交流を描いている。

業平の母は、伊都《いと》内親王（？～八六一）で、桓武《かんむ》天皇の娘である。業平の父の阿保《あぼ》親王（七九二～八四二）は、桓武天皇の子である平城《へいぜい》天皇の子である。業平の両親は、オバとオイの関係に当たる。業平は、「在五《ざいご》中将《ちゅうじょう》」と呼ばれることもあり、「在原」氏の「五男」の「中将」である。父親から見れば五男だが、母の伊都内親王にとっては、ただ一人の子どもだったらしい。

### ＊二つの都に引き裂かれた母子

それでは、『伊勢物語』第八十四段の全文を読んでみよう。

昔、男、有りけり。身は賤《いや》しながら、母なむ、宮《みや》なりける。その母、長岡《ながをか》と言ふ所に、住み給《たま》ひけり。子は、京に宮仕《みやづか》へしければ、参《まう》づとしけれど、屢々《しばしば》、え参《まう》でず。一《ひと》つ子《ご》にさへ有《あ》りければ、いと愛《かな》しう、し給《たま》ひけり。然《さ》るに、師走《しはす》ばかりに、頓《とみ》の事《こと》とて、御文《ふみ》有りけり。驚きて見れば、歌、有り。

（母宮）老《お》いぬれば避《さ》らぬ別れの有りと言へばいよいよ見まくほしき君かな
かの子、甚《いた》う打《う》ち泣きて、詠《よ》める。
（業平）世の中に避《さ》らぬ別れの無《な》くもがな千代《ちよ》もと祈る人の子のため

母は長岡京に住み、業平は平安京で宮仕えの身である。二つの都に、母と子が引き裂かれている。これは、「生別＝生き別れ」である。人間の世界には、もう一つ「死別＝死に別れ」の悲しみが待ち受けている。これが、「避《さ》らぬ別れ」（避けることのできない別れ）である。

業平が主君と対面するために、正月に小野に参上したという第八十三段と、新年を間近に控えた「師走」に業平が長岡京の母に会いたいと願う第八十四段は、内容的に類似している。「避らぬ別れ」があると悟っているから、我が子に会いたいと思う母心。「頓《とみ》のこと」は、大至急という意味。今すぐに会いたいという強い悲しみを表現している。そして、母を思うがゆえに、「避らぬ別れ」が無ければどんなによいことかと願う子の心。母と子の悲しい心が籠もった「避らぬ別れ」という言葉は、歌人たちに何度も本歌取りされている。

逢《あ》ひみても避らぬ別れのあるものをつれなしとても何《なに》嘆くらむ（殷富門院大輔《いんぷもんいんのたいふ》）
知らざりき避らぬ別れのならひにもかかる嘆きを昨日今日《きのふけふ》とは（後水尾院）

後水尾院の歌は、『伊勢物語』第百二十五段の「遂に行く道とはかねて聞きしかど昨日今日とは思はざりしを」も踏まえている。業平の辞世である。二つの本歌が感動を高めている。

## ＊森鷗外の『舞姫』

「避らぬ別れ」という言葉こそ用いてないものの、森鷗外の『舞姫』にも、『伊勢物語』第八十四段と類似した母子関係が描かれている。

余は幼き比《ころ》より厳しき庭の訓《をしへ》を受けし甲斐《かひ》に、父をば早く喪《うしな》ひつれど、学問の荒《すさ》み衰ふることなく、旧藩の学館にありし日も、東京に出で、予備黌《よびくわう》に通ひしときも、大学法学部に入りし後も、太田豊太郎《とよたらう》といふ名はいつも一級の首《はじめ》にしるされたりしに、一人子《ひとりご》の我を力になして世を渡る母の心は慰みけらし。十九の歳には学士の称を受けて、大学の立ちてよりその頃までにまたなき名誉なりと人にも言はれ、某《なにがし》省に出仕して、故郷なる母を都に呼び迎へ、楽しき年を送ること三とせばかり、官長の覚え殊《こと》なりしかば、洋行して一課の事務を取り調べよとの命を受け、我名を成さむも、我家を興さむも、今ぞとおもふ心の勇み立ちて、五十を踰《こ》えし母に別るゝをもさまで悲しとは思はず、遙々《はるばる》と家を離れてベルリンの都に来ぬ。

「一人子」が「出仕＝宮仕え」している。しかも、母は日本の東京に、子はプロシャのベルリンへと、生き別れた。やがて、母は死去する。鷗外は、『伊勢物語』の母子関係を深く理解し、近代小説の中に昇華させているのだと思われる。

男と女の恋愛にばかり、『伊勢物語』の読者の関心が向かいがちではあるが、友情、主従、母子などの心の結びつきが語られている惟喬親王章段は、読者の感動を誘って止まない。

## 引用本文と、主な参考文献

新編日本古典文学全集『竹取物語・伊勢物語・大和物語・平中物語』(『伊勢物語』の校注・訳は、福井貞助。小学館、一九九四年)

竹岡正夫『伊勢物語全評釈 古注釈十一種集成』(右文書院、一九八七年)

## 発展学習の手引き

1. 『伊勢物語』の中から、「兄と弟」、「兄と妹」の人間関係を描いた章段を見つけて、その描かれ方の特徴を考えてみよう。
2. 紀氏の母を持つ惟喬親王は、藤原氏との政治的抗争に敗れたわけだが、『伊勢物語』において「紀氏」や「藤原氏」はどのように描かれているか、調べてみよう。
3. 『伊勢物語』における紀氏・在原氏・藤原氏の描かれ方と、『源氏物語』の源氏・藤原氏の描かれ方とを比較してみよう。

# 3 『源氏物語』正編を読む

島内　景二

**《目標・ポイント》** 平安時代の物語文学のみならず、日本文学の最高峰に位置する『源氏物語』の正編において、人間関係がどのように描かれているのかを考える。具体的には、光源氏と永く連れ添った紫の上が、死を迎える御法巻に焦点を当て、彼女が生前に作り上げた人間関係の意味を問い直す。

**《キーワード》** 『源氏物語』、正編、光源氏、紫の上、人間関係、御法巻

## 1. 御法巻まで

### ＊『源氏物語』正編の概要

『源氏物語』は、五十四帖（巻）から成る大長編である。そのうち、光源氏が主人公として登場する桐壺《きりつぼ》巻から幻《まぼろし》巻までを、「正編《せいへん》」と言う。正編は、光源氏の数えの四十歳を区切りとして、それ以前の藤《ふじの》裏葉《うらば》巻までを「第一部」、若菜《わかな》上《じょう》巻から以後を「第二部」と呼ぶ。第一部では、光源氏の恋と旅の体験が描かれ、帰京した彼は六条院という大邸宅を営み、複数の妻や娘たちと共に暮らして栄華を極める。准太上天皇《じゅんだいじょうてんのう》の位にも上り、至高の幸福を享受する。

ところが、第二部に入ると、これまでの光源氏の人生の意味が、重く検証され始める。光源氏の

地位や名誉が失われることはない。だが、四十歳にして、まだ十四、五歳の女三《おんなさん》の宮《みや》を正妻に迎えたことから、光源氏の幸福に陰りが生じ始める。女三の宮が柏木《かしわぎ》と密通した出来事は、かつての自分と藤壺《ふじつぼ》との過ちを思い出させた。また、女三の宮の降嫁によって、それまで正妻のように処遇されていた紫の上は、自己の存在根拠を失い、深い絶望へと沈んでゆく。

若菜下《わかなげ》巻で、三十九歳で（本文では紫式部の錯覚があり三十七歳とある）発病した紫の上は、御《み》法《のり》巻で四十三歳で死去する。光源氏は、その翌年をひたすら紫の上の追悼のために過ごし（幻巻）、出家することを決意した。かくて、『源氏物語』の正編が終了する。

### ＊紫の上の人間関係

先帝《せんてい》（桐壺帝が即位する以前に帝であった人物）の親王だった式部卿《しきぶきょう》の宮《みや》が、正妻（北の方）ではない、按察《あぜち》大納言の娘との間に儲《もう》けたのが、紫の上である。彼女は、天皇の孫である。『源氏物語』を口語訳した与謝野晶子は、紫の上をしばしば「紫の女王《じょおう》」と呼んでいる。「女王」は、内親王の宣下《せんげ》を受けない皇族女性のことである。式部卿の宮の妹が藤壺なので、紫の上から見て藤壺は「叔母」に当たる。紫の上の実母は若くして逝去し、祖母の尼君に愛される一方で、継母に当たる父の正妻は彼女に冷淡だった。

十歳で祖母とも死別し、光源氏に連れられて二条院に移り（若紫《わかむらさき》巻）、十四歳で光源氏と新枕《にいまくら》を交わした（葵《あおい》巻）。光源氏が須磨・明石をさすらう間、彼女は十八歳から二十歳まで、都で留守を預かった。帰京した光源氏は、明石の君との間に娘（明石の姫君）を儲けていたが、紫の上は彼女を引き取り、養女として育てることになった（薄雲《うすぐも》巻）。継子として苦しめられた過去を持つ紫の上は、優しい継母となった。

二十七歳の時、光源氏の六条院が完成し、養女の明石の姫君と共に、春の町に移り住む（少女《おとめ》巻）。その姫君は十一歳で、東宮《とうぐう》（朱雀院の皇子）に入内《じゅだい》する（藤裏葉巻）。ここまでが、第一部の紫の上の人生である。彼女は、三十一歳になっていた。

第二部の始まりである若菜上巻で、女三の宮（朱雀院の皇女）が光源氏の正妻として降嫁し、六条院の春の町に入る。ここから、紫の上の苦悶《くもん》が始まった。三十九歳で発病した紫の上は、静養のために、少女期を過ごした二条院に移るが、危篤に陥るなど病勢は募《つの》った（若菜下《わかなげ》巻）。

そして、御法《みのり》巻。養女の明石の姫君は、今や「明石の中宮《ちゅうぐう》」となっている。中宮は、四男一女を儲けるが、紫の上は、第三皇子である匂宮《におうみや》（五歳）を溺愛し、没後には二条院を彼に譲るつもりである。女三の宮が生んだ罪の子の薫《かおる》は、四歳である。中宮の母である明石の君は、四十二歳。四十三歳の紫の上は病が重り、かつて六条院で光源氏の愛を争った女たちの中で、まず最初に、自分が皆の前から去ってゆく運命を、悲しく凝視している。

## 2. 紫の上の発病と、死を見つめて生きる日々

### ＊物思いの許容限度を過ぎて

六条院の春の町の寝殿《しんでん》には、正妻である女三の宮が住まい、紫の上は渡り廊下を隔てた東の対《たい》で暮らしている。光源氏が寝殿で女三の宮と夜を明かす時には、紫の上の孤独と寂寥《せきりょう》は深まるばかりだった。若菜下巻には、彼女が発病した状況が具体的に語られている。その場面を読んでみよう。この直前で、光源氏は紫の上に向かって、あなたは幸福な一生を生きた女性であると断じていた。その発言に、自分が幸福であるという実感を失って久しい紫の上は、強い違和感を抱いた。

なお、『源氏物語』の原文の理解を促進するために、本書では新たな工夫として、［　］の中に言葉を補った。［　］を取り去れば、『源氏物語』の原文が残る。それが、ゴチック部分である。

> **対《たい》には、例の**［光源氏が］**御座《おは》しまさぬ夜は、**［紫の上は］**宵居《よひゐ》し給《たま》ひて、**［女房の］**人々に物語など読ませて、聞き給ふ。かく、世の喩《たと》ひに、言ひ集めたる昔語《むかしがたり》どもにも、徒《あだ》なる男、色好み、二心《ふたごころ》ある人に拘《かかづ》らひ**［て苦しみ］**たる女、かやうなることを言ひ集めたるにも、終《つひ》に、寄る方《かた》ありて**［、結局は男と連れ添って幸福になる女］**こそ**［多く］**あ《ン》めれ、**［頼る男のいない自分は］**あやしく浮きても過《す》ぐしつる有様《ありさま》かな、実《げ》に、**［光源氏が］**宣《のたま》ひつる様《やう》に、**［私は］**人より殊《こと》なる宿世《すくせ》もありける身ながら、**［世間の］**人の忍び難《がた》く、飽《あ》かぬことにする物思ひ**［が］**、離《はな》れぬ身にてや**［、私の女の一生は］**止《や》みなむとすらむ、あぢきなくもあるかな、など思ひ続けて、夜更《よふ》けて大殿籠《おほとのご》もりぬる暁方《あかつきがた》より、**［紫の上は］**御胸《むね》を悩み給ふ。**

昔物語の荒唐無稽な話でも、女たちは、男の愛の頼みがたさに苦しんでいる。しかし、そういう彼女たちですら、最終的には頼りになる男と結ばれて、幸福な結婚をしているようである。光源氏から「あなたは他の人よりも幸福だ」と言われた私は、確かにそういう一面もあろうが、世間の女たちが耐えがたいと言っている、救いのない物思いに取り憑《つ》かれ、浮草のように人生を漂ってきたのだ。そう思った紫の上は、暁近くになってやっと横になったものの、胸を病んで苦しみ始めた。

「あぢきなく」は、何とも面白くない、耐えがたいほどにやるせない、という意味。この物思いが、彼女を発病させた。肉体的な病であれば、治療も可能である。だが、絶望という原因不明の病には、処方箋はない。紫の上にとって、光源氏は、もはや「寄る方《かた》」（頼りになる夫）ではないのだ。それでは、紫の上の人間関係は、完全に消滅してしまったのだろうか。

### ＊御法巻の法華経千部供養

御法巻。夏になって、自らの死が近いことを覚悟した紫の上は、二条院で、法華経（『妙法蓮華経』）を千部書かせて供養する仏事を、盛大に催した。蓮の花盛りの季節だった。六条院の夏の町に住む花散里《はなちるさと》や、冬の町に住み、明石の中宮の実母である明石の君も、二条院までわざわざ足を運んで、参会してくれた。やがて供養は終わり、参列した貴族たちは退出し、女君たちも六条院へと帰ってゆく。それを見送る紫の上の万感の思いを、味読しよう。ゴチック部分が『源氏物語』の原文である。

［千部供養の行われた］**昨日《きのふ》、例ならず、起《お》き居《ゐ》給《たま》へりし余波《なごり》にや、**［紫の上は］**いと苦しうて、**［今日は］**臥《ふ》し給へり。年頃《としごろ》、かかる**［催し］**物《もの》の折《をり》ごとに、参り集《つど》ひ、遊び給ふ人々の御容貌《かたち》・有様《ありさま》の、己《おの》がじし、才《ざえ》ども、琴《こと》・笛《ふえ》の音《ね》をも、今日や、**［自分が生きて］**見聞《みき》き給ふべき閉《と》ぢめなるらむ、とのみ**［紫の上には］**思《おぼ》さるれば、**［普段ならば］**然《さ》しも、目止《めと》まるまじき**［参会した］**人の顔どもも、哀《あは》れに見え渡され給ふ。まして**［六条院で］、**夏・冬の、時に付《つ》けたる**［季節の］**遊び・戯《たはぶ》れにも、**［ライバルである女君たちへの］**生挑《なまいど》ましき下《した》の心は、自《おの》づから立ち交《ま》じりもすらめど、さすがに**［光源氏に愛される素晴らしい女性であると、お互いに認め合って］、**情《なさ》けを交《か》はし給ふ**［花散里や明石の君などの］**方々《かたがた》は、誰《たれ》も久しく**［生きて］**留《と》まるべき**［この］**世にはあらざ《ン》なれど、**［たくさんいる女君たちの中から］**先《ま》づ、**［ほか

ならぬ、この］我一人《われひとり》［が、この世を去って、あの世へと去り］、行方《ゆくへ》知らず成《な》りなむ［運命の切なさ］を思《おぼ》し続くる［ことは］、いみじう哀《あは》れなり。

［供養のすべてが］事果《ことは》てて、己《おの》がじし、［六条院へと］帰り給ひなむとするも、［死別の］遠き別れめきて、［紫の上には］惜《を》しまる。花散里《はなちるさと》の御方《かた》に［贈った歌］、

［紫の上］絶《た》えぬべき御法《みのり》ながらぞ頼まるる世々《よよ》にと結ぶ［あなたとの］中《なか》の契《ちぎ》りを

［　］の部分が煩わしくて感動が殺《そ》がれると感じられたならば、ぜひ、［　］を取り払った原文を鑑賞してほしい。原文を完全に消してしまう現代語訳に飽き足らない私は、それに替わる『源氏物語』理解の一手法として、原文を残したままの解釈方法を、提唱させてもらった。

さて、紫の上の「末期《まつご》の眼《め》」には、すべての人々が愛《いと》おしい。光源氏が主催する詩歌や管絃の遊びの際には必ずやってきて、琴や笛を巧みに演奏し、自らの才能をアピールしていた男性貴族たち。自分はこれまで、彼らを何気なく、御簾《みす》越しに見たり聴いたりしていたが、これが最後の見納めになるかと思えば、彼らまでもが「哀れ」と思われる。彼らと自分との人間関係の存在に、紫の上は今さらながら気づいたのである。

そして、教養や人柄を競い合ってきた六条院の女君たちへの複雑な思いが、詳しく描写されている。「生挑ましき」の「生《なま》」という接頭語は、「何となく」という軽いニュアンスではなく、理屈を越えた生理的な反発心や、強烈な拒否感を表していると、私は読みたい。表面では、にこにこと笑いながら接していても、女君たちの心の奥底では、「気に入らない」とか「癪《しゃく》にさわる」とかの嫉妬心や敵愾心《てきがいしん》が渦巻いていた。そういう女君たちとの別れに際しても、紫の上は平常心ではいられ

ない。「諸行無常の世の中であるから、この世に永遠に生きられる人は誰もいない。けれども、最初にこの世から姿を消さねばならないのが、何と、この自分であったとは」という紫の上の嘆きは、深いものがある。

紫の上が花散里に贈った歌は、「絶えぬべき御法」と「世々にと結ぶ中の契り」が対比されている。法要は、終わってしまった。私の命もまた、きっと間もなく終わりを迎えるに違いない。けれども、わたしとあなたの「契り＝人間関係」は、仏の教えが永遠であるように、来世でも続くことを確信しています。そういう思いを、紫の上は花散里に伝えたのである。

この二人の人間関係は、どういうカテゴリーに含まれるのだろうか。私は、女性同士の友情なのではないかと思う。男性である光源氏が頭中将と、一つしかない政治的ポストや、一人しかいない女性を争いながら、固い友情で結ばれていたように、紫の上と花散里は（そして紫の上と明石の君も）、「光源氏の複数存在する妻のうちの一人」という対等の立場で、友情を培ったのである。

## 3．紫の上の逝去

### ＊露の歌の唱和

夏が終わり、秋になった。養女の明石の中宮は、養母の紫の上の側《そば》にいつまでも付き添っていたいのだが、夫の今上帝《きんじょう》から、「早く、参内《さんだい》するように」という催促があるので、心を残しながらも宮中に戻ることになった。紫の上は、「もう少し、二条院に留まって、自分を見守ってほしい」と心の中では願うが、差し出がましいことなので、口にはできない。中宮は、病床の紫の上を見舞い、別れの挨拶をする。紫の上は、中宮に対して失礼にならぬように、起き上がって迎える。ここ

『源氏物語絵巻』御法巻。右上に紫の上、その手前に明石の中宮、左側に光源氏。さらにその左の庭では、秋草が風に吹かれている。（五島美術館蔵）

では、「養母と養女」の心の固い絆《きずな》が確認されている。その対面の場に、光源氏も入ってくる。この場面を、味読しよう。国宝『源氏物語絵巻』の御法巻（五島美術館蔵）でも、感動的に描かれている名場面である。［　］は、私が原文に補った言葉である。

［秋の］**風**［が］**すごく吹き出《い》でたる夕暮に、前《せん》栽《ざい》**［を］**見給ふとて、**［紫の上が］**脇息《けふそく》に寄《よ》り居《ゐ》給へるを、院《ゐん》**［＝光源氏が］、［紫の上の病室に］**渡りて、**［紫の上が起き上がって明石の中宮と話している姿を］**見奉《みたてまつ》り給ひて、**［源氏］**「今日《けふ》は、**［紫の上の体調が］**いと良《よ》く**［て］、**起《お》き居《ゐ》給ふめるは**［、本当に嬉しいことだ］。**この**［＝養女である中宮の］**御前《おまへ》にては、**［紫の上は］**こよなく御心《みこころ》も晴々《はればれ》しげなめ《ン》りかし」と聞こえ給ふ。かばかりの**［病勢が緩んで小康を得た］**隙《ひま》あるをも、いと嬉《うれ》しと思ひ聞こえ給へる**［光源氏の］**御気色《みけしき》を見給ふも、**［紫の上は］**心苦しく、終《つひ》に**［自分が身まかったならば、光源氏は、］**如何《いか》に**［身も世もなく］**思《おぼ》し騒がむ、と**

**思ふに、哀《あは》れなれば、**

［紫の上］**おくと見るほどぞはかなきともすれば風に乱るる萩《はぎ》の上露《うはつゆ》**

**実《げ》にぞ、**［風に吹かれる萩の枝が］**折《を》れ返《かへ》り、**［萩の葉に置いた露が、枝に］**止《と》まるべうもあらぬ**［自然界の姿が］、［紫の上のはかない命に］**準《よそ》へられたる。折《をり》さへ**［光源氏は］**忍《しの》び難《がた》きを、**［庭の風情《ふぜい》を］**見出《い》だし給ひても**［歌を詠んだ］、［その歌］

［光源氏］**ややもせば消えを争ふ露の世に**［私と紫の上は］**後《おく》れ先立つ程経《ほどへ》ずもがな**

**とて、御涙を払《はら》ひ敢《あ》へ給はず。宮、**

［明石の中宮］**秋風に暫《しば》し止《と》まらぬ露の世を誰《たれ》か草葉《くさば》の上《うへ》とのみ見む**

**と聞こえ交《か》はし給ふ**［二人の］**御容貌《かたち》ども、あらまほしく、見る甲斐《かひ》あるにつけても、**［光源氏は］**かくて**［＝このまま三人で］**千年《ちとせ》を過《す》ぐすわざもがなと思《おぼ》さるれど、**［人間の生き死には］**心に叶《かな》はぬことなれば、**［紫の上の命を、この世に］**懸《か》け止《と》めむ方《かた》**［＝方法］**無《な》きぞ、悲しかりける。**

紫の上は、体が苦しくてたまらないのに、中宮の前なので、無理をして身を起こしている。彼女は自分の養女ではあるが、中宮という位にあるので、紫の上は目下の立場で振る舞う。光源氏も、紫の上がやっとの思いで起きているのをわかっていながら、紫の上が元気になったと錯覚したふりをして、明るく冗談を言う。それを聞いた紫の上は、今でさえ光源氏は、こんなにも悲しんでいるのに、もしも私が死んでしまったならば、どんなにか、この人は絶望のどん底に突き落とされるのだろうかと思うと、自分までが悲しくなる。紫の上にとって、光源氏はもはや理想の夫ではない。

しかし、この人を悲しませたくはない。究極のところで、紫の上と光源氏の心は繋《つな》がっている。

紫の上の歌の初句「おくと見る」は、露が「置《お》く」と、紫の上が起き上がっているという意味の「起《お》く」の掛詞《かけことば》。萩に置いた露が吹き飛ばされるように、一時的に起き上がった自分の命も、はかなく消えてゆくだろう、というのである。

光源氏の歌は、自分の命と紫の上の命が、一緒に失われたらいいのに、という内容。生きるのも一緒、死ぬのも一緒。中宮の歌は、父の光源氏が、養母である紫の上と「生死を共にしたい」と言っているのが悲しく、「はかないのは、私も同じことです」と言って、励まそうとしている。

このまま時間が止まって、三人で向かい合う時間が、千年も経《た》てばよいと願う光源氏。だが、それが人間には得られない夢であることを、三人とも認識している。

## ＊紫の上の死

露の和歌を、三人が唱和した直後である。紫の上の容態が、急変した。「かくて千年を過ぐすわざもがな」という光源氏の願いは、無残にも運命に踏みにじられた。紫の上の命を、運命に抗して、この世に「懸け留める」奇蹟は起きなかった。その場面を、読もう。

［紫の上］「［中宮様。どうか］**今は、**［別室に］**渡らせ給ひね。**［私は］**乱《みだ》り心地《ごこち》**［が］**、いと苦しく成《な》り侍《はべ》りぬ。**［ここまで］**言《い》ふ甲斐《かひ》なく**［衰えた病身に］**成りにける程《ほど》と言ひながら、**［病気で苦しむ様子を、中宮様のお目に入れるのは］**いと無礼《なめ》げに侍《はべ》りや」とて、御几帳《みきちやう》**［を］**引き寄せて、**［もはや起きていることもできなくて、横になって］**臥《ふ》し給へる**［紫の上の］**様《さま》の、常**［の病状］**よりも、いと頼もしげなく**［中宮の目には］**見え給へば、「**［お母様、

御気分は］**如何《いか》に、思《おぼ》さるるにか」とて、**［中］**宮は、**［紫の上の］**御手《て》を捕《と》らへ奉《たてまつ》り給ひて、泣く泣く**［紫の上の様子を］**見奉り給ふに、**［先ほどの和歌の言葉の通りに］**まことに、消えゆく露の心地《ここち》して、**［紫の上の命が］**限りに見え給へば、**［光源氏の指図で、］**御誦経《みずきやう》の使《つか》ひども、数を知らず、**［高僧を呼びに行ったり、寺院仏閣への祈りの手配などで］**立ち騒ぎたり。前々《さきざき》も、**［紫の上は］**かくて**［＝このような重体に陥っても、祈禱の効力で蘇生して］**生き出《い》で給ふ折《をり》**［があったので、それ］**に慣《な》らひ給ひて、**［今度も］**御物《もの》の怪《け》**［の仕業《しわざ》か］**と**［光源氏は］**疑ひ給ひて、夜一夜《よひとよ》**［＝一晩中］、**様々《さまざま》の**［蘇生に関わる］**事を、し尽《つ》くさせ給へど、**［何の］**甲斐《かひ》もなく、**［夜が］**明《あ》け果《は》つるほどに、**［紫の上の命は］**消え果《は》て給ひぬ。**

「まことに」とは、萩の葉に置いた露が、風にはかなく吹き飛ばされてしまうという和歌を詠んだら、本当に、その歌の通りになったというニュアンス。紫の上の命は、露のように消えた。

これまでは、物《もの》の怪《け》に取り憑《つ》かれて仮死状態に陥ったものの、彼女は加持祈禱《かじきとう》の力で蘇ることがあった。今度もそうであってほしい、という光源氏の願いも空しく、紫の上の命は、完全に「消え果て」た。

紫の上の臨終を、養女の明石の中宮と、夫の光源氏が、見守った。紫の上から見て、中宮は血を分けた実の娘ではない。また、紫の上は光源氏の子どもを生んだわけではなく、彼とは「愛」という不可視の絆で結ばれていた関係でしかない。その絆は、女三の宮の降嫁によって、紫の上にはとうてい信じられなくなっている。だが、この「娘」と「夫」に、自分が必要とされているという気持ちだけは、最後まで持ち続けることができた。それが、紫の上のせめてもの救いだった。

明石の中宮の感慨は、「宮《みや》も、［宮中に］帰り給はで、かくて［紫の上の臨終を］見奉《たてまつ》り給へるを、限りなく思《おぼ》す」と書かれている。この箇所について、室町時代の三条西実枝《さんじょうにしさねき》は、「限りなくとは、この臨終を見給へる事、嬉しくも、また、一入悲《ひとしほ》しくも思《おぼ》すなり」と注釈している。養母への深い感謝の気持ちを読み取ったこの説に、私も従いたい。

## ＊自分を、この世に繋ぎ止めてくれるものは何か

紫の上を失った光源氏は、翌々年に出家して、『源氏物語』の主人公であることを止《や》める。光源氏は、自分という存在を、「現世＝俗世」に引き留めてくれる（懸け留める）存在がなくなったことに気づいた。作者もまた、光源氏を『源氏物語』の世界に、これ以上は引き留めなかった。そして、光源氏の子どもたちの世代の物語を、宇治十帖《うじじゅうじょう》として書き継いでゆく。

柏木と女三の宮の密通によって生まれた罪の子であり、自分は俗世の幸福など、いつでも捨てられると思っている薫は、宇治十帖で大人になっても、なぜか出家できない。彼を、世の中に懸け留めるものが、たくさんできたからである。一方で、宇治十帖は、自分の命さえ失おうと思い詰めた浮舟《うきふね》という女性を登場させる。命永らえて出家した浮舟を、この世に引き戻そうとしている「究極の人間関係」は、母親との母子関係なのか。薫や匂宮やそれ以外の男性との男女関係なのか。それとも、仏教の指導者との師弟関係なのか。

紫式部は、『源氏物語』の執筆を通して、どのような人間認識と世界認識に到達したのか。そのような問題意識で、『源氏物語』正編を読み直し、宇治十帖を読み進めよう。そこに、古くて新しい物語の永遠のテーマが、見えてくるだろう。

## 引用本文と、主な参考文献

本文は、新編日本古典文学全集『源氏物語・1～4』（阿部秋生・秋山虔・今井源衛・鈴木日出男・校注・訳、小学館、一九九四～九六年）によった。ただし、句読点や漢字の宛て方を、大きく改めた。なおかつ、［ ］の中に本文にない言葉を新たに補って、解釈の便を図った。［ ］を取り払えば、原文となる。

講談社学術文庫『源氏物語湖月抄・増注・上・中』（講談社、一九八二年）は、鎌倉時代からの『源氏物語』の注釈史を一覧するのに至便であり、不可欠である。

## 発展学習の手引き

1.『源氏物語』の正編を、光源氏に愛された（光源氏を愛した）一人の女性の視点から、連続して読み直してみよう。その女性は、光源氏と関わったことで、どのような幸福と不幸を得たのだろうか。また、光源氏との男女関係のほかに、彼女にはどのような人間関係があったのだろうか。

2.本章で試みたのは、［ ］の注記を加えることで、本文をそのままに保存して、現代人にも理解可能な『源氏物語』を提供する試みだった。これは、江戸時代後期の国学者である橘守部《たちばなもりべ》が、『古今和歌集』の和歌や、『伊勢物語』の解釈で試みた方法を、『源氏物語』にも応用したものである。『源氏物語』の本文をまるごと口語訳した場合、あるいは『源氏物語』の本文を平易な文語文に書き改めた場合と比べて、この方法にどのような長所と短所があるか、考えてみよう。

# 4　『源氏物語』続編を読む

島内　景二

**《目標・ポイント》**『源氏物語』の続編は、「匂宮三帖」と「宇治十帖」から成り、光源氏の没後の世界を描いている。光源氏の一代記であった『源氏物語』正編に対して、続編では薫という人物が中心となる。薫の人生を通して、『源氏物語』続編がどのような人間関係や世界観を描出しているのかを、親子関係に注目しながら考える。

**《キーワード》**『源氏物語』、続編、匂宮三帖、宇治十帖、親子関係、薫、柏木、八の宮

## 1．正編から続編へ

### ＊物語の空白

『源氏物語』正編は、幻《まぼろし》巻で終わる。五十二歳の光源氏が、まもなく出家すると予告されている。幻巻の次には、雲隠《くもがくれ》巻という、巻名のみがあって、本文の存在しない巻があり、満月の光が雲に覆われて見えなくなるイメージで、光源氏の死去を暗示する。その次の匂宮《におうみや》巻（匂兵部卿《におうひょうぶきょう》巻）は、「光《ひかり》、隠れ給ひにし後《のち》」（光源氏が亡くなられて以降）という表現から始まる。

匂宮・紅梅《こうばい》・竹河《たけかわ》は「匂宮三帖《さんじょう》」とも言われ、竹河巻の次の橋姫《はしひめ》巻からは、宇治十帖《うじじゅうじょう》に入る。宇治十帖は、紫式部が書いたものなのかどうか、古来、議論が続いている。匂宮三帖は宇治十帖よ

りも、作者が紫式部ではないとする説が、さらに強い。ただし、鎌倉時代以来、『源氏物語』は正編に加えて匂宮三帖と宇治十帖を含む一つの物語として、読まれ続けてきた文化史的な伝統がある。私個人は、匂宮三帖と宇治十帖も、紫式部の作だと推測している。正編と続編とで、文体や思想が変化したのではなく、深化したと考えるからである。

正編は、光源氏の年齢を基準として物語世界の年表が作られていた。これを、「年立《としだて》」と言う。続編の年立は、薫《かおる》の年齢を基準としている。幻巻で五歳だった薫は、匂宮巻で十四歳で元服している。九年後である。それで、二つの巻の間、すなわち、正編と続編との間には、正味で八年間の空白があったことになる。この八年の間に、光源氏の死去と、薫の成長があった。そして、匂宮巻は、薫の二十歳までを描いている。

## ＊薫の登場

「匂宮巻」は、匂宮と薫の二人を紹介するが、心理描写は薫の方が詳しい。世間の人は薫を、光源氏と女三《おんなさん》の宮《みや》との間に生まれた子だと思っている。しかし、『源氏物語』正編の読者は、女三の宮と柏木《かしわぎ》との不義密通によって生まれたのが薫である、という事実を知っている。すなわち、薫は罪の子である。聡明な薫は、うすうすながら、自分の暗い出生の秘密を感じ取っていた。薫は、この悩みを歌に詠んでいる。

覚束無《おぼつかな》誰《たれ》に問《と》はまし如何《いか》にして始めも果《は》ても知らぬ我《わ》が身《み》ぞ

この歌は、薫が心の中で詠んだ「独詠歌《どくえいか》」である。言葉を補って訳せば、「［ああ、何と］覚束無《おぼつかな》

［いことだろうか。私の深い悩みを、］**誰《たれ》に問《と》はまし**［。私の命は］**如何《いか》にして**［この世に、生を受けたのか。そして、どのようにして、生を終えるのか。それが、わからないうちは、］**始めも果《は》ても知らぬ我《わ》が身《み》**［と言うしかないのだ］**ぞ**」、という意味になる。

『源氏物語』正編の薄雲《うすぐも》巻には、冷泉《れいぜい》帝が、自分の本当の父親が桐壺帝ではなく、光源氏であるという事実を知って衝撃を受ける場面があった。その冷泉帝（匂宮巻では冷泉院）が、今では薫を寵愛している。「罪の子」同士で、引かれ合うものがあったのだろうか。

## ＊探検家・松浦武四郎

松浦武四郎《まつうらたけしろう》（一八一八〜八八）は、蝦夷地《えぞち》（北海道）の探検家として知られる。彼は、最晩年の一八八六年（明治十九）に、全国の由緒ある寺社仏閣から古材や廃材を集めて、「畳一畳」しかない書斎を作った。現在も、国際基督教大学のキャンパスに「泰山荘」として現存している。武四郎は、この建物の由来を記した「壁書《かべがき》」を、「この一筆も、覚束無《おぼつかな》誰《たれ》に問はまし如何《いか》にして始めも果ても知れぬ我が身を」と結んでいる。死去する二年前のことである。

武四郎は、『源氏物語』匂宮巻の薫の和歌を、ほぼそのまま用いて、自らの心境を代弁させている。存在の不安や、生死への疑問に、生涯こだわり続けた武四郎は、十四歳の薫が詠んだ和歌を座右銘のように暗記していたのだろう。自分は、どこから来て、どこへ行くのか。この哲学的にして、普遍的な疑問こそが、十九世紀の武四郎の心を捉えた『源氏物語』続編の眼目なのである。

八の宮の山荘があったあたりと考えられる**宇治上神社**（左）と**宇治神社**（右）。共に、京都府宇治市。宇治川の対岸には、平等院がある。

## 2. 八の宮と薫の友情

### ＊二人の求道者の出会い

『源氏物語』続編は、橋姫《はしひめ》巻から宇治十帖に入る。そのうち、橋姫・椎本《しいがもと》・総角《あげまき》巻は、薫と八の宮との交友と死別、および、八の宮の長女である大君《おおいぎみ》と薫との愛と死別を描いている。

出生の秘密を抱えた薫は、宇治に住む八の宮の存在を知り、やがて宇治に通って八の宮と交流するようになる。八の宮は桐壺帝の子であり、光源氏の異母弟である。光源氏が失脚して須磨・明石に沈淪《ちんりん》中に、光源氏の政敵である右大臣（弘徽殿《こきでん》の大《おお》后《きさき》の父）の策謀に、八の宮は荷担した。東宮《とうぐう》だった冷泉帝を廃太子して、替わりに八の宮を立太子させる計画があり、それに乗ったのである。八の宮は、都に戻って権力を掌握した光源氏に忌避され、政治生命を絶たれた。

家庭的にも八の宮は不幸であり、妻（北の方）は、次女（中《なか》の君《きみ》）を出産した時に死去した。都の屋敷は火災で焼失し、八の宮と二人娘（大君と中の君）は、宇治にあった山荘に移り、次第に世間から忘れられていった。八の宮は、出家こそしないものの、心を仏道に寄せ、この世での不幸を乗り越えようとした。その求道精神の強さに、薫は心引かれたのである。

**＊弁の君**

橋姫巻。二十二歳の薫は、晩秋の宇治を訪れるが、たまたま八の宮は不在だった。それで、薫は、大君や女房たちと言葉を交わした。すると、応対に出てきた弁《べん》の君《きみ》という老いた女房が、薫を見て、いきなり泣き出した。亡き柏木の乳母《めのと》の娘であり、柏木と女三の宮の仲立ちをした小侍従《こじじゅう》という女房と、この弁の君は、従姉妹《いとこ》同士だったのである。そして、薫に次のように語った。

［柏木が突然に世を去った］**その折《をり》の悲しさも、まだ袖の乾《かわ》く折侍《をりはべ》らず**［、悲しく］**思《おも》う給《たま》へらるるを、**［私が］**手を折《を》りて、**［柏木が亡くなってからの年数を］**数《かぞ》へ侍《はべ》れば、**［薫が］**かく、大人《おとな》しく成《な》らせ給ひにける御齢《よはひ》の程《ほど》も、**［私には］**夢の様《やう》になむ**［思われます］。

「思う給へらるる」は、「思ひ給へらるる」のウ音便。四段活用の「給ふ」は尊敬を表すが、この「思う給へらるる」のように、下二段活用の「給ふ」は、謙譲を表す。「らるる」は自発を表す。さて、この弁の君の言葉に、薫の心は激しく動揺した。柏木の亡くなった年と、薫の生まれた年は同じである。薫が「哀れに、覚束無く」思い続けてきたことの真実を、知っているらしい老女と、薫は出会ったのだ。

機会を改めて、薫は弁の君と話をした。その場面を、引用する。

［弁の君は］**故権大納言《こごんのだいなごん》の君の**［＝柏木が］、**世《よ》と共《とも》に物を思ひつつ、病付《やまひづ》き、儚《はかな》く成《な》り給**

ひにし有様《ありさま》を聞こえ出《い》でて、泣くこと、限り無《な》し。［その話を聞いた薫は、］「実《げ》に、外《よそ》の人の［身の］上《うへ》［話］と聞かむだに、哀《あは》れなるべき古事《ふるごと》どもを、増《ま》して、［これは、自分が、］年頃《としごろ》、覚束無《おぼつかな》く、ゆかしう、如何《いか》なりけむ事の始《はじ》めにかと、仏にも、『このことを、定《さだ》かに知らせ給へ』と、念《ねん》じつる験《しるし》にや、かく、夢の様《やう》に哀れなる昔語《むかしがた》りを、覚えぬついでに聞き付《つ》けつらむ」と思《おぼ》すに、涙［を］留《とど》め難《がた》かりけり。

「世と共に」は、この世に生きている間中《あいだじゅう》、ずっと、の意。匂宮巻で薫が詠んだ和歌は、「覚束《おぼつか》無《な》誰《たれ》に問《と》はまし如何《いか》にして始めも果《は》ても知らぬ我《わ》が身《み》ぞ」だった。遂に、その疑問に対する解答が与えられた。「夢の様に哀れなる昔語り」とは、感動的な恋愛譚《たん》なのか、にわかには信じられない荒唐無稽な出来事なのか、それとも信じたくはない悪夢なのか。おそらくは、そのすべてが融合した「夢」なのであろう。薫は、自分の人生が夢のようなものであるという事実を知った。

弁の君の話は、作り話ではなかった。その証拠に、彼女は、柏木が女三の宮に宛《あ》てて書いた手紙を、薫に渡した。とうとう、女三の宮に渡せなかった手紙が、二十数年後に柏木の遺児である薫の手に渡ったのである。かび臭い袋の中に、瀕死の柏木が、最後の精魂を傾けて書いた女三の宮への思いが、「あやしき鳥の跡《あと》」（＝奇怪な鳥の足跡）のような、乱れた文字で記されていた。その手紙には、女三の宮への思いだけでなく、薫への思いを詠んだ和歌も書かれていた。

「珍しく聞き侍《はべ》る二葉《ふたば》の程《ほど》も、後《うし》ろめたう、思《おも》う給《たま》ふる方《かた》は無《な》けれど、
命あらばそれとも見まし人《ひと》知《し》れぬ岩根《いはね》に留《と》めし松の生《お》ひ末《すゑ》」

「思う給ふる」は、ここでも「思ひ給ふる」のウ音便。「珍しい」は、素晴らしいの意。「後ろめたし」は、「今後のことが心配だ」の意。生まれたばかりの薫を「二葉の松」に喩えている。その小松は、光源氏という盤石の「岩根」に生み付けたので、この子の未来を心配することは、何もない。だが、自分は長生きして、我が子の立派に成長した姿を、父として一目見たかった、という無念が籠もる。「命あらばそれとも見まし」は、自分に余命があれば見届けられるであろうが、命が今にも尽きようとしている自分には、とても見届けられない、というのである。

## ＊薫に与えられた課題

薫は、光源氏の実の子ではない。けれども、光源氏の子であると思われていることによって、異例の若さで出世している。だから、出生の秘密は、絶対に世間に漏れてはならない。

薫には、二人の父がいる。一人は、系譜上（建前）の父である光源氏。もう一人は、真実の父である柏木。光源氏は、桐壺帝の子として生まれたが、賜姓源氏《しせいげんじ》となった。先帝の娘である藤壺を愛し、彼女と力を合わせて、自分の秘密の子である冷泉帝を即位させた。一方、柏木の父は、頭中将《とうのちゅうじょう》であり、その父は左大臣であり、彼らは藤原氏である。光源氏は、藤原氏の良識派である左大臣の娘の葵《あおい》の上《うえ》と結婚した。そして、政治を私物化する右大臣一派の藤原氏を打倒した。ところが、その後には、協調関係にあった左大臣一族（頭中将たち）を抑え込み、「皇族＋源氏」の政治的な勝利をもたらした。皇族の血統を引く人々を意味する「わかんどおり」（歴史的仮名遣いでは「わかんどほり」）が、藤原氏を圧倒するのである。

薫に課されているのは、「わかんどおり」と藤原氏の対立を和らげ、二つの政治的な理念や文化的な価値観を融合させることである。正確には、融合ではなく「立体化」である。宇治十帖は、薫と匂宮との二人の人物を二重焦点として、展開してゆく。匂宮は、今上《きんじょう》天皇と明石の中宮の間に生まれた第三皇子で、将来的には立太子から即位への可能性が残されている。もしも、匂宮が即位すれば、薫は天皇となった匂宮を輔弼《ほひつ》する臣下として、政権運営の中心に立つだろう。薫は源氏でありながら、実の父である柏木が果たし得なかった夢（＝藤原氏の政治理念の実践）にも取り組むだろう。この時に、「わかんどおり」と「藤原氏」の立体化が達成される。

ともあれ、薫と八の宮の交流は、薫の出生の秘密を明らかにするという副産物をもたらした。

## 3. 柏木から薫へ

**＊薫の音楽的な才能**

椎本巻に、薫が吹く笛の音を聞いた八の宮の論評がある。八の宮は、薫が柏木の子である事実を知らずに、光源氏の子だと思っている。薫は、八の宮の住まいの川向こうで笛を吹いている。

**笛を、いと、をかしうも、吹き通《とほ》したなるかな。**［吹いているのは、］**誰《たれ》ならむ。昔の六条院**［＝光源氏］**の**［吹く］**御笛の音《ね》聞きし**［ことがあるが、光源氏の笛］**は、いと、をかしげに、愛敬付《あいぎやうづ》きたる音《ね》にこそ、吹き給ひしか。これは、澄《す》み上《のぼ》りて、事々《ことごと》しき気《け》の添《そ》ひたるは、致《ち》仕《じ》の大臣《おとど》**［＝頭中将］**の御族《ぞう》**［＝一族］**の笛の音《ね》にこそ似たなれ。**

「致仕の大臣」は、引退した大臣の意で、若菜下《わかなげ》巻で太政大臣を辞任した、かつての頭中将のことである。その子が柏木であり、その子が薫である。薫の音楽の才能は、系譜上の父である光源氏の天衣無縫で、おのずと人々から愛される、魅力溢《あふ》れる才能とは、大きく異なっていた。「事々しい」は、大げさであるというのが本義だが、ここでは、是《ぜ》は是とし、非《ひ》は非とする、頭中将の政治姿勢や文化理念を意味していると考えたい。光源氏には、清濁併《あわ》せ呑《の》む側面もあったが、頭中将は倫理的に、理非や善悪を厳しく裁断した。それでいながら、逆境の光源氏を須磨まで見舞う、熱き友情も持っていた。その志を、薫が受け継いでいることが、笛の音で明らかとなったのである。

## *父から子へと受け継がれた横笛

音楽や芸術の才能は、人間の目には見えない。それを目に見える形で示すのが、『源氏物語』正編の横笛《よこぶえ》巻で語られていた、楽器の継承である。生前の柏木は、陽成院《ようぜいいん》から伝わった横笛を、大切にしていた。柏木が亡くなってから一年後、柏木の親友だった夕霧《ゆうぎり》は、柏木の妻だった落葉《おちば》の宮《みや》（＝女二の宮）への恋情を募《つの》らせる。落葉の宮の母親（一条御息所《いちじょうのみやすどころ》）は、柏木が愛していた横笛を、柏木の親友だった夕霧へと譲った。ところが、夕霧の夢の中に、亡き柏木が現れた。

少し、［夕霧が］寝入《ねい》り給へる夢に、かの衛門督《ゑもんのかみ》［＝柏木が］、ただ、［生前の］有《あ》りし［日の、臨終の時に見たのと同じ］様《さま》の袿姿《うちきすがた》にて、［夕霧の］傍《かたはら》に居《ゐ》て、この笛を取りて見る。夢の中《うち》にも、亡《な》き人の、煩《わづら》はしう、この［笛の］声《こゑ》を訪《たづ》ねて来《き》たる［のが厄介だ］と［夕霧が］思ふに、

［柏木］「笛竹《ふえたけ》に吹き寄る風の［どうせ、同じ］事《こと》ならば［夕霧ではなくて］末の世永《なが》き音《ね》
　　に伝へなむ

［この笛を私が伝えたいと］思ふ方《かた》［＝筋は］、［あなたとは］異《こと》に侍《はべ》りき」と［柏木が］言

**ふ［真意］を、［夕霧が、夢の中で柏木に］問《と》はむと思ふ程《ほど》に、［夕霧の］若君の寝《ね》おびれて、泣き給ふ御声［がしたる］に、［夕霧の夢は］覚《さ》め給ひぬ。**

「思ふ方《かた》、異《こと》に侍りき」とは、「笛を伝えたいのは夕霧ではなく、別の人物だ」と訴えているのだ。柏木の歌は、生きている人間ではなくて、亡魂が詠んだものである。「末の世《よ》」と「(竹の)節《よ》」、「永き音《ね》」と「根《ね》」(子孫の意を込める)の掛詞《かけことば》を駆使している。柏木は、この笛を、生前には一度も対面することもなく、父子の名乗りもできなかった薫へと伝えたい、と願った。この世を去って冥界にある父親が、我が子の幸福を祈る切実な思いを、この横笛は象徴している。夕霧から夢の話を聞いた光源氏の配慮で、この横笛は後に、薫へと伝えられた。

柏木と薫の父子関係が、『源氏物語』の正編と続編とを跨《また》いで、強く、太く、繋ぎ合わされている。この笛の行方を、宇治十帖で見届けよう。

### ＊宿木巻の横笛

宇治十帖の宿木《やどりぎ》巻。薫は二十六歳にして、権《ごんの》大納言であり、右大将を兼任している。ちなみに、光源氏は二十六歳で須磨に旅立っており、権大納言となったのは明石から帰京した二十八歳の時だった。薫の昇進は、光源氏よりも早い。光源氏が朱雀院の娘である女三の宮と結婚したのは、四十歳の時だったが、薫は二十六歳にして、今上天皇の女二の宮と結婚し、栄光に包まれる。

女二の宮が、薫の住む三条宮へ移る前日に、彼女が暮らす宮中の藤壺(飛香舎《ひぎょうしゃ》)で、藤の宴が催され、臨席した帝の面前で、貴族たちは名器を演奏した。薫は、横笛を吹いた。

**〔薫の吹いた〕笛は、かの〔柏木の〕夢〔のお告げ〕に〔よって、薫が〕伝へし、古《いにしへ》の形見《かたみ》の〔横笛〕を、〔今上天皇が〕「又無《またな》き、物《もの》の音《ね》なり」と、〔かつて〕愛《め》でさせ給ひければ、〔薫は、〕「この〔女二の宮との婚儀に引き続く藤の宴の〕折《をり》の〔盛儀の〕清《きよ》らより、又《また》は、何時《いつ》かは、栄《は》え栄《ば》えしきついでのあらむ〔、二度とあるまい〕」と思《おぼ》して、〔柏木の形見の横笛を〕取《と》う出給《でたま》へるな《ン》めり。**

この文は、物語の語り手が読者に向かって直接に語りかける部分であり、「草子地《そうしじ》」と呼ばれる。作中人物の思いではなく、語り手のナレーションなのだ。だから、末尾の「な《ン》めり」（＝なのでありましょう）は、語り手が読者に対して、「あの横笛巻の内容を、思い出してください。柏木の父親としての思いが、彼の子である薫の無上の栄華をもたらしたのだと、私は思いますよ。皆さんも、そう思いませんか」と、読者を誘導しているのである。

だが、考えてみよう。薫は本当に、柏木が父として願ったような「幸福な人生」を生きていると言えるだろうか。薫は、橋姫巻で、自らの暗い出生の過去を知った。本章では詳しく辿《たど》れなかったのが残念だが、大君、中の君という、八の宮の二人娘のどちらとも結ばれなかった。そして、亡き大君と生き写しである浮舟《うきふね》と巡り会うのが、この宿木巻なのである。公の世界での栄え栄えしい光と、プライベートの世界での失恋の影。政治的には幸福、愛情面では不幸という、二面的で不如意《ふにょい》な人生を、薫は生きている。それが人の世の真実だと、宇治十帖は読者に語っている。

## 4. 浮舟をめぐる親子関係

### ＊父との薄い縁

これまで、薫をめぐる父子関係（親子関係）の重要性を、確認してきた。宇治十帖は、宿木巻で浮舟という女性を登場させたが、彼女が『源氏物語』という大河作品の最後のヒロインである。

浮舟は、父親である八の宮からは、子として認知されず、母親の中将《ちゅうじょう》の君《きみ》ともども、屋敷から追放された。八の宮は、妻と死別した直後に、中将の君と関係した自分を恥じたのである。八の宮は、妻との間に儲《もう》けた大君と中の君の姉妹にも、「自分の死後には、宇治の山里を離れるな。結婚しようとは思うな」という遺言を残した。そのために、姉妹は悩み、苦しんだ。

八の宮は、父親として、浮舟を含む三人の娘たちを幸福にするために何をしようとし、具体的には何をしたのか。そもそも、子どもにとっての幸福とは、親が決めることなのか。宇治十帖を読み進める読者は、大きな課題を抱え込んでゆく。そして読者は、五十四帖の最後の夢浮橋《ゆめのうきはし》巻に到って、「作中人物の幸福は、作者が決めてよいことなのか」という、究極の課題にぶち当たる。

### ＊母との濃い縁

浮舟は、実の父親である八の宮からは認知されずに、捨てられた。母は、受領《ずりょう》（国司階級）である常陸《ひたち》の介《すけ》と再婚するが、連れ子の浮舟は、継父からは邪険に扱われる。

その一方で、母の中将の君は、常陸の介との間に儲けた子どもたちよりも、八の宮との間に儲けた浮舟を溺愛する。そして、最高貴族である薫の愛人として、浮舟には女の幸福を獲得してほしいと、切に願う。だが、薫には、既に女二の宮という正妻がいる。なおかつ、死去した大君への愛を、今でも心に持ち続けている。浮舟を愛人として宇治に囲ったのも、彼女が大君と生き写しだったからである。しかも、薫の心の奥底には、明石の中宮の生んだ女一の宮への憧れもあるようである。

浮舟と中将の君との濃密な母子関係は、必ずしも浮舟の「幸福」とは繋がらない。親が望む子どもの幸福とは、子どもの側から見れば「不幸」なのかもしれないのだ。

宇治十帖は、大君・中の君・浮舟という八の宮の三人の娘たちに、薫がどのように関わり、どのような幸福と不幸を感じたか、という人間関係が主眼である。そこに、薫の親友にして恋敵の匂宮が介在して、恋愛模様がいっそう複雑になる。

浮舟巻で、薫と匂宮をめぐる三角関係に疲弊した浮舟は、宇治川に身を投じて死のうとする。その時に、浮舟の念頭をよぎったのは、自分は、自分の幸福を強く願ってくれた母親に対して、この世で何も報いられなかった、という痛恨の念だった。

宇治十帖は、恋愛悲劇に関心が向けられがちだが、親子関係の絆の切なさを伏流させている。読者は、自分をめぐるさまざまな人間関係の根底に、親子関係があることに気づく。親は子に、どのような幸福を願うべきなのか。親は、どういう思いを、我が子へ伝えるべきなのか。子は、親の愛情に、どのように応えるべきなのか。そのことが、読者自身の問題としても意識されてくる。かくて、千年前に書かれた『源氏物語』は、現代人にも切実な物語として、読み継がれてゆく。

## 引用本文と、主な参考文献

本文は、新編日本古典文学全集『源氏物語・1〜6』（阿部秋生・秋山虔・今井源衛・鈴木日出男・校注・訳、小学館、一九九四〜九八年）によった。ただし、前章と同じように、句読点や漢字の宛て方を、大きく改めた。なおかつ、［　］の中に本文にない言葉を新たに補って、解釈の便を図った。［　］を取り払えば、原文となる。

## 発展学習の手引き

1．「桐壺帝と光源氏」の父子関係や、「母北の方と桐壺更衣」の母娘関係、「明石の入道と明石の君」の父娘関係などに注目しながら、『源氏物語』の正編を読み直してみよう。

2．続いて、『源氏物語』の続編を、親子関係に留意しつつ、読み進めよう。この大河作品は、正編から続編へと進展することで、親子関係の描き方に変化や深化があったのだろうか。そして、『源氏物語』の正編と続編とで、人間観や価値観の変化があったのだろうか。

# 5 『平家物語』を読む

島内　景二

《**目標・ポイント**》 中世に成立した軍記物語の代表作である『平家物語』を取り上げる。高倉院と小督《こごう》の悲恋に着目しながら読むことで、『源氏物語』の影響力の大きさを確認する。そのうえで、『平家物語』と『源氏物語』との違いも探る。さらに、近代文学から吉川英治の『新・平家物語』を取り上げ、古典である『平家物語』との比較を試みる。

《**キーワード**》 軍記物語、『平家物語』、小督、『源氏物語』、吉川英治、『新・平家物語』

## 1. 平安時代以後の文学史

### ＊人間関係をどう扱うか

王朝物語は、男女関係、親子関係、友人関係、師弟関係など、さまざまな人間関係に焦点を当てることで、人間がこの世に生きる意味を見出そうとした。その試みは、『源氏物語』で大きな達成を遂げた。その後の文学史は、いくつかの異なる方向に展開した。

一つは、人間関係のもたらす苦しみから逃れる方法を、孤独な閑居生活に見出す立場である。鴨長明『方丈記』などの草庵文学の世界が、これに当たる。出家した僧が、閑居生活を通して、自分がこの世に生きる意味を発見する真摯《しんし》な姿勢は、「自照文学」とも言われる。

二つ目は、『源氏物語』ですら幸福か不幸かの結論が出なかった「人間関係への凝視」に、なおもこだわろうとする立場である。かくて、擬古《ぎこ》物語（中世王朝物語）が書き継がれた。これらは、『源氏物語』の問題意識を濃厚に受け継いでいる。

三つ目は、人間関係に着目しながらも、人間関係を超えるものを見出そうとする立場である。その代表が、本章で取り上げる軍記物語である。『平家物語』には、天皇を中心とする貴族（公家）勢力と、勃興しつつある武士（武家）との壮絶な権力闘争が描かれる。さらに、武士の中でも平家と源氏が対立し、源氏の内部でも鎌倉側と木曾義仲が対立し、しまいには鎌倉側でも源頼朝と義経が対立するという、何とも凄まじい展開である。味方と敵が入り交じる、男たちの戦いのドラマが、『平家物語』の本筋である。これが『平家物語』の織りなす人間絵巻の縦糸である。ここでは、人間関係を破壊する「運命」の正体が、見届けられようとしている。運命は、「歴史意思」とも言い換えられるだろう。

その一方で、『平家物語』の傍流には、横糸として、あまたの女人哀史がある。戦いに明け暮れる男たちの陰で、天皇や上皇に愛された女性や、戦死した武士たちの母や妻や娘たちの悲しみが、切々と語られる。軍記物語が歴史書ではなくて「物語」と呼ばれるのは、人間関係を超えた歴史意思の側面（縦糸）ではなく、人間関係の断絶を悲しむ「哀史」の側面（横糸）に注目した命名だと思われる。この点で、二つ目の立場、すなわち、擬古物語としての性格を、『平家物語』は持っていることになる。

戦いに明け暮れた男たちの戦いは、室町時代になると、「修羅物《しゅらもの》」と呼ばれる能（謡曲）を生み出す。成仏できなかった武士の霊魂が、苦しみを語るものである。鎮魂がテーマである能では、歴史意思ではなく、歴史や運命に翻弄され続けた人間の「哀史」の側面が強調されている。

**＊語り物としての『平家物語』**

『平家物語』には、琵琶《びわ》法師たちが語り伝えた口承文芸としての側面がある。

合戦の場面でのテンポの良い語り口は、「叙事詩」のような緊迫感がある。人知を超えた歴史意思が、戦いの勝敗を決していたかのような印象を、聞く者に与える。だが、合戦の場面が済んで、「死者に対して、敵ながらあっぱれな戦いぶりだったと、皆は涙を注いだ」というような感じで、抒情的に語り納められる瞬間には、武士に生まれてきた男たちの「哀しみ」が、浮かび上がる。

『平家物語』の作者や成立年代は、不詳である。ただし、十三世紀の半ば頃に原型が成立したと考えられ、「信濃前司行長《しなののぜんじゆきなが》」を作者とする説が『徒然草』に書かれている。『平家物語』のテキストには、語り物としての側面を伝える覚一本《かくいちぼん》と、読み物としての側面が強い『源平盛衰記《げんぺいじょうすいき》』などがあり、本文の異同が大きい。本章では、覚一本系統の『平家物語』を読む。歴史に推しひしがされた人間の苦しみが、『源氏物語』の様式で描き尽くされている点を確認したい。そこに、『平家物語』が現代人にも感動を与え続ける普遍性があると思うからである。

## 2. 小督の悲恋

**＊高倉院の崩御と、生前の回顧**

治承四年（一一八〇）、以仁王《もちひとおう》を奉じて源頼政《よりまさ》が挙兵し、木曾義仲も挙兵した。鎌倉の源頼朝も、西上してくる。迎え撃つために東下した平家軍は、富士川の水鳥が飛び立つ音に驚いて大敗した。その混乱に輪をかけたのが、福原への都移《みやこうつ》しと、平安京への都還《みやこがえ》りだった。翌治承五年一月、高倉院が二十一歳で亡くなった。

高倉院は、後白河法皇の子で、母は平滋子《しげこ》（建春門院）。滋子は、平清盛の妻・時子（二位の尼）の妹である。高倉院は八歳で即位し、平徳子を中宮とした。徳子（建礼門院）は、清盛と時子の娘である。徳子が生んだ安徳天皇（清盛の孫）の即位により退位した高倉院は、まだ院政を始めたばかりだった。『平家物語』は、ここで亡き高倉院を追懐するエピソードを語る。それが、女たちの悲話である。

### ＊葵の前

『平家物語』は高倉院の生前回顧として、まず葵《あおい》の前《まえ》との悲恋を語る。葵の前は、中宮徳子に仕える女房に、さらに仕えている「女の童《めわらわ》」だった。彼女が、高倉院の寵愛を受けたのである。世間では、玄宗皇帝が楊貴妃を寵愛した故事になぞらえて、「女《ぢょ》を生んでも、悲酸《ひいさん》する事、勿《なか》れ。男《なん》を生んでも喜歓《きくわん》する事、勿れ。男《なん》は、侯《こう》にだも封《ほう》ぜられず。女《ぢょ》は、妃《ひ》たり」と、噂《うわさ》し合った。男が諸侯（大名）になる確率よりも、女が妃となって栄華を極める確率が高い、と言うのである。これは、白楽天の長詩『長恨歌』を、陳鴻《ちんこう》が物語にした『長恨歌伝』に見える言葉である。

『長恨歌』も『長恨歌伝』も、『源氏物語』の桐壺巻に大きな影響を与えた。桐壺帝と桐壺更衣との悲恋は、玄宗皇帝と楊貴妃との悲恋に重ね合わされている。桐壺帝は更衣をあまりに寵愛したため、「上達部《かんだちめ》、上人《うへびと》なども、あいなく目を側《そば》めつつ」と批判された。これは、『長恨歌伝』の「京師《けいし》の長吏《ちやうり》も、これがために目を側む」の引用である。

『平家物語』は、世間の批判を察知した高倉院が、葵の前を召すことを断念した、と語る。

主上《しゆしやう》（高倉院）、これを聞《き》こし召《め》して、その後《のち》は、召されざりけり。御《おん》志《こころざし》の尽きぬるにはあらず。唯《ただ》、世の譏《そし》りを憚《はばか》らせ給《たま》ふによッてなり。

この部分は、桐壺巻で、桐壺帝が、「人の譏りをも、え憚らせ給はず、世の例《ためし》にも成《な》りぬべき御もてなしなり」とあった箇所を、反転させて引用しているのである。高倉院と葵の前の悲恋は、『長恨歌伝』を介して、『源氏物語』の桐壺巻の世界を、読者に強く意識させる。

## ＊小督

ついで、小督《こごう》のエピソードが語られるが、『平家物語』に及ぼした『源氏物語』桐壺巻の影響力の大きさには驚かざるを得ない。以下、ストーリーに即しつつ、影響力の実態を辿りたい。小督は、葵の前との愛を断念した後の高倉院に、召し出された。『源氏物語』に対応させれば、亡き桐壺更衣を忘れられない桐壺帝の前に、藤壺が出現した場面である。

高倉院と小督の愛の高まりを、心よからず思い、二人の仲を引き裂こうとする意地悪な人物が登場した。それが、入道相国《にゅうどうしょうこく》、こと平清盛である（「相国」は太政大臣の意）。清盛は、小督を宮中から追放してしまう。この清盛のイメージは、男女関係は逆であるが、『源氏物語』の中世の注釈者や読者から「悪后《あくきさき》」と呼ばれた弘徽殿《こきでん》の女御《にょうご》に該当している。彼女は、桐壺更衣を死へと追いやり、藤壺の失脚を画策し、やがては光源氏を宮中から追放する憎まれ役である。

小督との愛を清盛に引き裂かれた高倉院の悲哀は、「昼《ひる》は、夜《よる》の御殿《おとど》に入《い》らせ給《たま》ひて、御涙にのみ、むせび、夜《よる》は南殿《なんでん》に出御《しゅつぎょ》なッて、月の光を御覧《ごらん》じてぞ慰ませ給ひける」というありさまだった。桐壺巻で、更衣を失った桐壺帝の、「燈火《ともしび》を挑《かか》げ尽くして、起き御座《おは》します」、「人目を思《おぼ》して、夜の御殿に入らせ給ひても、まどろませ給ふ事《こと》、難《かた》し」などとある箇所と同工異曲である。

　高倉院は、仲秋の名月も近い「八月十日余《はちぐわつとをかあま》り」の「隈《くま》無《な》き空」を見ているうちに、小督を思い出し、彼女を見つけ出すようにと、源仲国《なかくに》に命じる。これは、『長恨歌』で言えば、玄宗皇帝が「方士《ほうし》」＝「幻術士《まぼろし》」を遣《つか》わして、冥界に去った楊貴妃と言葉を交わそうとした箇所と対応する。『源氏物語』で言えば、桐壺帝が「靫負命婦《ゆげいのみょうぶ》」を、亡き桐壺更衣の母北の方の邸宅に遣わして弔問した箇所の換骨奪胎である。桐壺帝の心境は、次の和歌に凝縮されている。

　　尋《たづ》ね行く幻術士《まぼろし》もがな伝《つて》にても魂《たま》の在処《ありか》を其処《そこ》と知るべく

『平家物語』の仲国も、高倉院に依頼され、「幻術士《まぼろし》＝魔法使い」の立場で、「小督のありか」を「そこ」と察知すべく、宮中を出発する。「小督は、かつて秋の名月を愛《め》でて琴を弾《ひ》いていたから、今日も嵯峨のどこかで琴を弾いているはずだ。その音を訪ねよ」という高倉院の言葉が、仲国の唯一の手がかりだった。この『平家物語』の部分は、桐壺帝が亡き更衣を偲《しの》んで、「斯様《かうやう》の折《をり》（＝夕《ゆふ》月夜《づくよ》のをかしき程《ほど》）は、御遊びなど、せさせ給《たま》ひしに、（亡き桐壺更衣は）心殊《こころこと》なる物の音《ね》を掻《か》き鳴《な》らし」とある箇所から、発想を得たのだろう。

　仲国は「龍《りょう》の御馬《おんうま》」（宮中の馬寮《めりょう》で飼われている馬）に乗って、宮中を後にした。仲国は馬に乗り、靫負命婦は牛車に乗り、「長恨歌」の方士は空気に乗って空を翔《かけ》り、それぞれ出発している。仲国は、嵯峨の「亀山の辺《あた》り近く」、松の一叢《ひとむら》があるあたりで、小督の弾く琴の音を耳にした。そして、人口に膾炙《かいしゃ》した「嶺の嵐か、松風か。訪《たづ》ぬる人の、琴の音《ね》か」という名文になる。これには本歌がある。

琴の音《ね》に嶺の松風通《かよ》ふらしいづれのをより調べ初《そ》めけむ（斎宮女御徽子女王《さいぐうにょうごきしじょおう》）

「いづれのを」の「を」は、嶺の「尾《を》」（尾根）と、琴の「緒《を》」（糸）との掛詞である。この和歌は、『源氏物語』の賢木《さかき》巻でも、引用されている。この歌の作者である斎宮女御は、六条の御息所《みやすどころ》（および、その娘の秋好中宮《あきこのむちゅうぐう》）のモデルともされる。『平家物語』の「小督」のエピソードの大枠は、基本的に桐壺巻から構想力を得ているが、舞台が嵯峨野なので、光源氏が晩秋に六条の御息所を、嵯峨の野の宮に訪ねた賢木巻からも引用がなされているのだ。

六条の御息所も、琴を弾いていた。賢木巻の具体的な表現は、「秋の花、皆、衰へつつ、浅茅《あさぢ》が原も枯れ枯れなる虫の音《ね》に、松風、凄《すご》く吹き合はせて、そのこととも聞き分《わ》かれぬ程《ほど》に、物の音《ね》ども、絶え絶《だ》え聞こえたる、いと艶《えん》なり」である。「そのこと」の部分が、「その事」と「その琴」の掛詞になっている。

『平家物語』の小督は、高倉院を思って、「想夫恋《そうふれん》」という曲を弾いていた。この「想夫恋」という曲は、『源氏物語』横笛巻で、柏木と死別した落葉《おちば》の宮《みや》が弾いていた曲でもある。『平家物語』は、『源氏物語』の桐壺巻を発想の核心として利用しながらも、賢木巻や横笛巻など、縦横に『源氏物語』の巻々をちりばめて、「人間関係が途絶した悲しみ」を高めようとしている。『源氏物語』から抜け出してきたような小督が、『平家物語』の「女人哀史」の部分を感動的にした。

仲国は、小督の居場所を発見して対面を申し込むが、応対した「いたいけしたる小女房《こにょうぼう》」（若く、かわいらしい女房）が、「ここには、そんな人はいません」と嘘をつく。ちなみに、『長恨歌』では、蓬萊《ほうらい》に到着した方士（幻術士）に、「小玉《しょうぎょく》」という童女が最初の応対をしている。仲国はやっとのことで対面できた小督に向かって、「（高倉院の）御命も、既に危《あや》ふくこそ見えさせ御座《おは》しまし候《さうら》へ」と語る。『源氏物語』の桐壺帝が、更衣を失ってから、食事もろくに喉を通らなかったので、周りの皆が、健康を心配したとある箇所を踏まえている。

小督は、わざわざ訪ねてきた仲国に、高倉院への返書のほかに、引出物《ひきでもの》としての「女房の装束《しやうぞく》、一重《ひとかさ》ね」を授けた。桐壺巻では、更衣の母北の方から、返書のほかに、「御装束《さうぞく》、一領《ひとくだり》、御髪《みぐし》上《あ》げの調度《てうど》めく物」が、靫負命婦に授けられている。『長恨歌』では、楊貴妃の玄宗への伝言と共に、「鈿合《でんごう》」（螺鈿《らでん》の箱）と「金釵《きんさい》」（黄金の簪《かんざし》）とが方士に託された。

小督と仲国が、涙も堰《せ》きあえぬくらいに泣き噎《むせ》び、「ややあって、仲国、涙を抑《おさ》へて申しけるは」というしめじめとした会話のありさまは、桐壺巻で描かれた母北の方と靫負命婦の、涙にまとわれた対面そのままの姿である。

仲国が宮中に戻ってくると、高倉院は、まだ、「昨夜《よべ》の御座《ござ》にぞ坐《ましま》しける」とあって、まだ起きておられた。ここは、桐壺巻の「（桐壺帝が）まだ大殿籠《おほとのご》もらせ給《たま》はざりけると、哀《あは》れに見《み》奉《たてまつ》る」とある箇所の、明瞭な引用である。『平家物語』の高倉院は、「南に翔《かけ》り、北に嚮《むか》ふ、寒雲《かんうん》を秋の鴻《かり》に付《つ》け難《がた》し」という『和漢朗詠集』の漢詩を口ずさんでいたが、この箇所も、桐壺帝が「大和言《やまとこと》の葉《は》」（和歌）、「唐土《もろこし》の詩《うた》」（漢詩）を常に話題としていたという桐壺巻の表現から発想を得たと断言してよい。

高倉院は、平清盛を恐れつつも、小督をこっそり宮中に連れて来るように命じる。ここは、「平清盛＝弘徽殿の女御」というイメージだから、桐壺帝が弘徽殿の女御の権勢を憚りつつも、幼い「光源氏」の参内を促したという箇所と関連があることになろう。

しかし、すべては平清盛の知るところとなり、小督は尼にさせられて追放され、事の成り行きに衝撃を受けた高倉院も逝去してしまう。それが、高倉院の父である後白河法皇を悲しませる。法皇は、愛する建春門院《けんしゅんもんいん》（高倉院の生母である平滋子）に引き続き、高倉天皇までも同時期に喪ったのである。なお、建春門院と死別した後白河法皇の悲しみが、「天に住まば比翼《ひよく》の鳥、地に住まば連理《れんり》の枝とならむ」と、『長恨歌』からの引用で語られている。我が子・高倉院に先立たれた法皇の気持ちは、「悲しみの至《いた》つて悲しきは、老いて後《のち》、子に後《おく》れたるよりも悲しきは無《な》し」と語られているが、これはまさに桐壺更衣に先立たれた母北の方の気持ちそのままである。

『平家物語』の涙をそそる感動的な小督のエピソードは、『源氏物語』と『長恨歌』から作られた虚構の物語だった可能性すらある、ということだ。にもかかわらず、感動はまったく薄れない。それが、『平家物語』の「物語」たるゆえんである。

## ＊悲しみのかたちと、歴史の非情

これまで、『平家物語』の「小督」のエピソードを、細部に分け入って分析してきた。『平家物語』の女人哀史の中でも屈指の名場面である「小督」の話は、ストーリー的にも表現的にも『源氏物語』の大きな影響のもとに成立していた。『源氏物語』は『長恨歌』を用いながら、悲恋の様式と、別離の表現形式とを確立させた。それが、『平家物語』へと手渡されている。『平家物語』は、『源氏物語』の開発した文学手法を踏襲することで、多くの読者に感涙を催させる迫真力を獲得した。『源氏物語』の物語としての普遍性が、『平家物語』の普遍性を支えていたのである。それが

『平家物語』の縦糸と横糸のうちの横糸となっている。

その一方で、『平家物語』には、人間の喜怒哀楽に一顧だにせず、人間を翻弄する歴史の非情な側面も活写される。これが縦糸である。小督を宮中から追放し、尼にさせた悪役（嫌われ役）の平清盛ですら、権力の座には永くいられなかった。一一六七年に、清盛が太政大臣になってから、二十年も経《た》たない一一八五年、平家一門は壇ノ浦で滅亡した。一一八三年に、平家を都から追い落とした木曾義仲も、翌年には源義経に滅ぼされた。義仲と平家を滅ぼした義経も、兄の頼朝と対立し、都を追われる。

『源氏物語』は、「人間関係がもたらす喜びや悲しみ」の表現様式を、確立した。言わば、「悲しみのかたち」が、そこにある。けれども、その「悲しみ」を生み出し続ける歴史を正面から直視する姿勢は、『源氏物語』には希薄である。ここに、『平家物語』の合戦場面の迫力がある。

そして、物語というジャンルとは完全に袂《たもと》を分かった『方丈記』、さらには歴史書である『愚管抄』などが相次いで書かれ、『源氏物語』では直視されなかった世界の真実が描き出された。『平家物語』は物語でありながらも、『源氏物語』の磁場から逸脱しようとしていた。人間を描くか、歴史を描くか。その両方を実現しようとした『平家物語』は、王朝と中世の分水嶺であるのみならず、物語というジャンルを中心とする日本文学史の分水嶺でもあった。

## 3. 吉川英治の『新・平家物語』

### ＊『平家物語』の影響史

軍記物語というジャンルは、平安時代の『将門記《しょうもんき》』（平将門《たいらのまさかど》の乱を描く）や『陸奥話記《むつわき》』（前《ぜん》九年《くねん》の役《えき》を描く）を源流とし、鎌倉時代の『保元物語』『平治物語』（それぞれ保元の乱と平治の乱を描く）を経て、『平家物語』で確立した。承久の乱を描く『承久記』も書かれた。室町時代に、鎌倉幕府の滅亡と南北朝の対立を描いた『太平記』は、『平家物語』と並ぶ軍記物語の双璧とされる。安土桃山時代に、豊臣秀吉の事績を描いた『天正記《てんしょうき》』、同じく秀吉を描いた江戸時代の『太閤記《たいこうき》』、織田信長を描いた『信長公記《しんちょうこうき》』も、軍記物語の系譜に属する。

では、軍記物語の流れは、近代文学まで連続しているのだろうか。たとえば、日清・日露の両戦争を描いた司馬遼太郎の『坂の上の雲』は、軍記物語として位置づけられるのか。「司馬史観」という言葉があるように、『坂の上の雲』では、秋山兄弟（好古《よしふる》と真之《さねゆき》）や正岡子規などの個人の思いだけでなく、むしろ文明論や歴史論に作者の関心が向けられている。つまり、『平家物語』に混在していた物語（横糸）と歴史（縦糸）の二つの要素のうち、「歴史」の側に、大きな比重が置かれている。

また、大岡昇平『レイテ戦記』や吉田満《みつる》『戦艦大和ノ最期《さいご》』などは、『平家物語』の系譜に属するのだろうか。それらは、「戦記文学」と呼ばれることが多い。戦記文学を、近代化された「軍記物語」と捉えるかどうか、文学史だけでなく文化史・文明史的な解明が待たれる。

## ＊吉川英治の『新・平家物語』

戦前から人気小説家だった吉川英治は、戦後しばらく、創作の筆を断った。敗戦の衝撃から立ち直るためには何が必要かを、考え続けたからである。執筆が本格的に再開されたのは、昭和二十五年（一九五〇）から七年間、『週刊朝日』に連載した『新・平家物語』だった。この作品こそ、近現代の軍記物語だと評価できよう。

古典の『平家物語』は、「祇園精舎《ぎをんしやうじや》の鐘の声《こゑ》、諸行無常《しよぎやうむじやう》の響き有《あ》り」という無常観から始まる。どんな謀反人も、いかなる英雄も、栄華を持続できない。それが、歴史の真実である。人知を超えた歴史意思への畏怖の念は、宗教の世界とも通底しており、「盛者必衰の理《ことわり》」を説く無常観が『平家物語』全編を覆っている。だが、『新・平家物語』は、平清盛の青春の悩みから始まる。

『新・平家物語』の開始早々、清盛は市場で、喧噪《けんそう》に満ちた庶民たちの逞《たくま》しい生活の営みを目撃する。ここで、無常観からの解放と、混沌と無秩序からの再出発が企図されている。これは、戦後日本社会が、焼け跡の中から再生するために必要なエネルギーだった。それが、悩み多き青年である清盛に託された。清盛は、どこまでも人間臭く、欲望に忠実に生きる。

清盛は、やがて権力の頂点に立つ。そして、新しい経済活動を展開するために、海に面した福原に拠点を置いた。福原の海は、瀬戸内海を通じて、大陸へも繋がっている。海、そして海外へと向かう清盛のまなざしは、戦後日本の経済活動が国際化してゆく趨勢《すうせい》を映している。

吉川英治は、古典の『平家物語』と同じ時代、そして同じ登場人物を描きながら、戦後日本の動的でダイナミックな発展と重ね合わせることに成功している。

### ＊母と子の悲劇

吉川英治にとって、源平の合戦は、昭和の戦争の記憶と重なっていた。そして、社会的混乱の最大の犠牲者が、「我が子を愛する母親」の姿だと考えた。『新・平家物語』では、平清盛が、母親に対して抱く複雑な心境が描かれる。清盛の母親は「祇園《ぎおん》の女御《にようご》」と呼ばれる女性なのだが、彼の父親は平忠盛《ただもり》なのか、白河法皇なのか、それとも別の男なのか、はっきりしない。宇治十帖の薫さながらの出生の秘密を抱え、清盛は悩む。この母が、清盛にとって、最大の弱点である。

源義経（牛若）の母である常盤御前《ときわごぜん》は、夫の源義朝《よしとも》が平治の乱に敗れたために、幼い三人の子を抱えて、雪の中を逃げ惑う。牛若には、鞍馬寺で平和な一生を生きてほしいと願う。だが、我が子は、平家を倒して父の仇を討つべく、鞍馬寺を脱出し、源義経として戦いの修羅を生きる道を選択した。平和ではなく、戦いを選んだ我が子を思う常盤の母心は、張り裂けんばかりだった。

平家の側にも、悲しい母子像があった。都落ちして、海上を舟でさすらう建礼門院（平徳子）と安徳天皇の二人である。また、義経の股肱《ここう》の臣である武蔵坊弁慶にも、「さめ」という母がいて、我が子との再会を祈り続けていた。

『新・平家物語』は、壇ノ浦の戦いが終わった後で、吉川英治の独自の歴史解釈が示される。戦略的な天才である義経ならば、頼朝をも倒せた可能性がある。だが、義経は社会混乱が招く悲劇をこれ以上増やさないために、頼朝と戦わずして各地を逃げ回る。母と子が幸福に暮らせる世界を実現させたいという祈り。これが、『新・平家物語』の最終的な主題だった。歴史の滔々《とうとう》たる流れ（縦糸の力）を、人間の心（横糸の力）で制御しようとしたのである。

『新・平家物語』は、古典の『平家物語』とは、大きく異なる人間観と、歴史観と、文明観を持っている。戦後日本の復興と、深く結びついているからである。古典である『平家物語』から、無常観を取り除き、過酷な歴史意思と戦う人間の強い意思を、平清盛と源義経という二人の人物を通して結晶させたこと。それが、吉川英治の『新・平家物語』の到達点である。物語と歴史を両立させる「軍記物語」の可能性を追い続けた吉川は、最晩年には『私本《しほん》太平記』を書き、古典の『太平記』を語り直すことで、現代日本の針路と現代日本人の生き方を、読者に示し続けた。

## 引用本文と、主な参考文献

新編日本古典文学全集『平家物語・一～二』（市古貞次校注・訳、小学館、一九九四年）
吉川英治『新・平家物語・一～二十』（新潮文庫、全巻解説・島内景二、二〇一四～二〇一五年）

## 発展学習の手引き

1．『平家物語』を読みながら、合戦の場面と、悲恋の場面との読後感の違いが、どこに起因しているのか、考えてみよう。

2．『平家物語』の主題は、非業の死を遂げた死者たちへの「鎮魂」だと、しばしば言われる。ならば、『新・平家物語』の主題も「鎮魂」なのだろうか。『新・平家物語』を読みながら、古典文学と近代小説との違いについて考えてみよう。

# 6 『方丈記』を読む

島内 裕子

**《目標・ポイント》** 鎌倉時代の初期に成立した『方丈記』に焦点を当てて、住まいの文学・人生観の文学としての個性を明らかにする。また、『方丈記』と同時代に成立した歴史思想書である『愚管抄』にも触れ、それぞれの原文を通して、中世前期に出現した新しい散文のスタイルについて考察する。

**《キーワード》** 鴨長明、『方丈記』、慈円、『愚管抄』、論理性

## 1. 鴨長明と慈円

### *同時代の文学者

本章は、鴨長明《かものちょうめい》（一一五五頃～一二一六）と慈円《じえん》（一一五五～一二二五）の二人を取り上げ、中世前期の散文の名作を読んでゆきたい。鴨長明の法名は、蓮胤《れんいん》。慈円は、吉水《よしなが》（または、よしみず）僧正《そうじょう》とも、慈鎮《じちん》とも言う。まさに、同時代の文学者である。二人は共に、歌人であると同時に、散文の文章家でもあった。慈円は歴史書の『愚管抄《ぐかんしょう》』を著したほか、歌人としては『小倉百人一首』に、「おほけなく憂《う》き世《よ》の民に覆《おほ》ふかなわが立つ杣《そま》に墨染《すみぞめ》の袖」が選ばれている。

鴨長明の父・鴨長継《ながつぐ》は、下鴨神社の神官の最高位を務めたが、長明自身は、下鴨神社に地位を得

られなかった。後に出家し、大原から日野に移り、自らの理想の住まいとして、一丈（約三・〇三メートル）四方の「方丈の庵」を建てて暮らした。その草庵生活の中から生まれたのが『方丈記』である。長明には、歌論書『無名抄《むみょうしょう》』、仏教説話集『発心集《ほっしんしゅう》』などの著作もある。

慈円は、関白・藤原忠通《ただみち》の子である。幼い頃に母が亡くなり、十歳で父とも死別し、十三歳で受戒した。何度も延暦寺の天台座主《てんだいざす》を務めるなど、仏教界での存在感が大きい。漢文日記『玉葉《ぎょくよう》』を残した九条兼実《くじょうかねざね》（一一四九〜一二〇七）は、慈円の同母兄である。この『玉葉』は、『方丈記』研究の際には、同時代の歴史史料として、しばしば引き合いに出される。兼実は、源頼朝と結び、鎌倉幕府との繋がりが強かった。三代将軍源実朝《さねとも》の没後に、都から四代将軍として招かれた九条頼《より》経《つね》は、兼実の曾孫である。慈円は、妹の任子《にんし》が後鳥羽天皇の中宮であったことから、天皇の信任も厚かったが、朝廷と幕府が対立する中で、親幕派である九条家の出身者として、武士の世の到来を歴史の流れの中に位置づけた『愚管抄』を晩年に著した。

**＊時代と文学状況**

長明と慈円が生きた十二世紀半ばから十三世紀初期は、政治・社会・文学など多方面で激動の時代だった。年表スタイルで、箇条書きしてみよう。

・一一五五年頃　鴨長明、生まれる。一説に、それ以前とも。
・一一五五年　慈円、生まれる。
・一一五六年　保元の乱。崇徳上皇と後白河天皇の対立が、武士の力によって収められた。
・一一六七年　平清盛、太政大臣となる。

・一一八五年　平家、壇ノ浦で滅亡。
・一一九二年　三月、後白河法皇、没する。七月、源頼朝、征夷大将軍となる。
・一一九九年　源頼朝、没する。
・一二〇一年　「和歌所《わかどころ》」の設置により、慈円と長明も、十四名の寄人《よりうど》の中に入る。
・一二〇三年　源実朝が征夷大将軍となる。
・一二〇四年　鴨長明、河合社《かわいしゃ》（ただすのやしろ）の神官に就《つ》けず。出家し、大原に住む。
・一二〇五年　『新古今和歌集』成立。慈円の九十二首は、西行九十四首に次ぐ。鴨長明十首。
・一二一一年　鴨長明、藤原雅経《まさつね》と共に鎌倉へ下向。将軍実朝と面談し、頼朝の墓に詣でる。
・一二一二年　鴨長明、日野の草庵で『方丈記』を著す。
・一二一六年　鴨長明、没す。
・一二二〇年　慈円、『愚管抄』を著す。
・一二二一年　承久の乱。倒幕を目指して、後鳥羽院と近臣が挙兵したが、敗北。
・一二二五年　二月、藤原定家、『源氏物語』を書写（青表紙本《あおびょうしぼん》）。九月、慈円、没する。

鴨長明と慈円との直接的な交流は、あまり注目されていないが、二人は共に、後鳥羽院が『新古今和歌集』の撰集を命じた際に設置した「和歌所」で、「寄人」（編集員）だった。

# 2.『方丈記』を読む

## ＊「災害記」と「閑居記」における時間

『方丈記』の構造を最も簡略に把握すれば、前半・後半の二分割となる。前半は、書き出しの部分、すなわち「序文」と、それに続く「五大災厄《ごだいさいやく》」から成る。五つの大災害を記録した、言わば「災害記」は、以下の五つから構成される。これらは、十年足らずのうちに引き続いて起こっている。先ほどの年表で言えば、平家の全盛から滅亡までの期間である。

①安元の大火 ……　安元三年（一一七七）四月
②治承の辻風 ……　治承四年（一一八〇）四月
③治承の福原遷都 ……　治承四年（一一八〇）六月から、同年十一月まで
④養和の飢饉《ききん》 ……　養和元年から翌年（一一八一～八二）にかけて
⑤元暦の大地震 ……　元暦二年（一一八五）七月

「安元の大火」と「元暦の大地震」を両端に置いて、その中央に「辻風・遷都・飢饉」が連続して起きている。大火と辻風は短時間の出来事だった。約半年間の遷都と、長期にわたった飢饉では、その状況下の人間の行動が、人々の心の内部への洞察と共に描き出される。大地震自体は、一瞬の出来事であるが、長期にわたる余震が続いた。このように「災害記」は、流動する時間と、動揺する心を、二つながら描き出した点に特徴がある。ここでは、福原への遷都（都移り）と平安京

への還都（都戻り）の顚末《てんまつ》を、原文で読んでみよう。

古京は既に荒れて、新都は未《いま》だ成らず。有《あ》りとし有《あ》る人は、皆、浮雲の思ひを成《な》せり。元《もと》より、この所に居《を》る者は、地を失ひて愁《うれ》ふ。今、移れる人は、土木《どぼく》の煩《わづら》ひある事を嘆く。道の辺《ほと》りを見れば、車に乗るべきは馬に乗り、衣冠《いくわん》・布衣《ほい》なるべきは、多く直垂《ひたたれ》を着たり。都の手《て》風《ぶり》、忽《たちま》ちに改まりて、唯《ただ》、鄙《ひな》びたる武士《もののふ》に異《こと》ならず。世の乱るる瑞相《ずいさう》と書きけるも著《しる》く、日《ひ》を経《へ》つつ、世の中、浮き立ちて、人の心も収《をさ》まらず。民の愁《うれ》へ、遂《つひ》に空《むな》しからざりければ、同じき年の冬、猶《なほ》、この京に帰り給ひにき。されど、毀《こほ》ち渡《わた》せりし家どもは、如何《いか》に成《な》りにけるにか、悉《ことごと》く、元《もと》の様《やう》にしも造《つく》らず。

平清盛が福原の都作りの構想を練ったとされる**平野祇園神社**（神戸市兵庫区）。福原を一望する高台にある。

新都の普請中にあって、時代に即応する人、動揺して不安に駆られる人。けれども、確実に世の中は変化し、文化は衰えていった。その事実を見逃さず、冷静に、長明は書いている。

『方丈記』後半は、日野山での草庵生活を描く「閑居記」と、「跋文《ばつぶん》」（あとがき）から成る。「閑居記」の部分では、一日の時間帯における自分の生活や、四季折々の季節感も描かれる。けれども、平静な心の安定感が窺われ、いわば、静止した時間を描いている。閑居生活によって勝ち得た心の自由と平安は、次のように書かれている。

それ、三界《さんがい》は、唯《ただ》、心一つなり。心、もし安《やす》からずは、象馬《ざうめ》・七珍《しちちん》も由無《よしな》く、宮殿《くうでん》・楼閣《らうかく》も望み無《な》し。今、寂しき住まひ、一間《ひとま》の庵《いほり》、自《みづか》ら、これを愛す。自《おの》づから都に出《い》でて、身の乞《こつ》匃《がい》と成《な》れる事を恥《は》づと雖《いへど》も、帰りて、ここに居《を》る時は、他の俗塵《ぞくぢん》に馳《は》する事を憐《あは》れむ。もし、人、この言《い》へる事を疑はば、魚《いを》と鳥《とり》との有様《ありさま》を見よ。魚《いを》は、水に飽《あ》かず。魚《いを》にあらざれば、その心を知らず。鳥は、林を願ふ。鳥にあらざれば、その心を知らず。閑居《かんきよ》の気味《きび》も、又《また》、同じ。住まずして、誰《たれ》か悟《さと》らむ。

このように、鴨長明は、自然に恵まれた静かな場所での、簡素な草庵暮らしによって、自らの精神の自由を獲得し、心の平安を実感した。文章全体に、長明の喜びが溢《あふ》れている。これ以後、『方丈記』は、閑居生活の象徴として、新たな文学作品を生み出してゆくことになった。

### ＊『方丈記』の要《かなめ》

それでは、「災害記」と「閑居記」という、本来は別個であるはずの文学世界が、『方丈記』という一つの作品に収斂《しゅうれん》できたのはなぜだろうか。文学作品としての『方丈記』の達成や、名作として読み継がれてきた魅力は、どこにあるのだろうか。現代に到るまで、減速することなく、『方丈記』の命脈を保たせてきた推進力を、見極めることはできないだろうか。

「前半」と「後半」という二部構成を細分化すれば、「序文・災害記・閑居記・跋文」から成る四部構成で『方丈記』を捉えることができる。また、中国文学における「記」というスタイルは、五段構成であることから、『方丈記』を五段構成として理解する解釈も提唱されている。それらを総合しながら、新たな視点で、『方丈記』の全体像に一歩踏み込む構造把握を試みよう。

## ＊災害記と閑居記との繋ぎ目

災害記はリアルな状況描写なので、その甚大な被害の様子が具体的に読者の脳裏に焼き付けられる。一方の閑居記は、草庵暮らしの満足を、余すことなく描いて、伸びやかである。このように、二つの状況は対極にあり、一つの作品として統合するのが困難なはずである。それが『方丈記』という作品の中では分かちがたく結びつき、災害記がいつのまにか閑居生活への賛歌となるのは、なぜだろうか。災害記と閑居記の継ぎ目の部分こそが、特別な役割を持っているのではないか。

## ＊時間の流れを堰《せ》き止める

『方丈記』は冒頭部の書き出しからして、川の流れ、水の泡の生滅などを挙げながら、「久しく留《とど》まりたる例《ためし》なし」とあるように、時間の流れと、それに伴う形態の変化を書き綴っていた。『方丈記』は、序文に続く災害記でも、生起した時間の順に五つの災害を書いている。その記述方法に変化が生じるのが、災害記の末尾である。元暦の大地震のまとめとして、「則《すなは》ち、人、皆《みな》、味気無《あぢきな》き事を述《の》べて、些《いささ》か、心の濁りも薄《うす》らぐと見えしかど、月《つき》日《ひ》重《かさ》なり、年経《としへ》にし後《のち》は、言葉《ことば》にかけて、言《い》ひ出《い》づる人だに無《な》し」と書いた直後から、時間の流れが止まってしまう。

だが、もう少し後になると、再び時間が流れ始める。長明の住居歴が、幼児期から現在に至るまで、時間の順を追って書かれる。災害記の部分で、時間が流れ始める起点は、安元の大火の発生時であり、終点は元暦の大地震の余震の終焉《しゅうえん》時である。それに対して、住居歴を書く時は、時間の流れが、災害記の始発時よりもさらに以前に遡り、自分の幼少時を始発として、そこから現在、すなわち『方丈記』を擱筆《かくひつ》した、建暦二年三月末日までの時間を再現している。

つまり、『方丈記』の時間軸は、二本の流れがあり、それぞれの始発と終着が異なるので、その境目では、時間の流れを超越した記述がなされていたのである。

ところが、『方丈記』という作品は、二つの時間構造の錯綜を、それほど意識せずに、ごく自然に読むことができる。そこに、この作品の独自性がある。鴨長明は、自分の体験と思索を混合させて、一つの作品に仕上げた。時間の流れを堰き止めて、出来事の起きた時間と、出来事の意味を考える思索とを、巧みに縫合したのである。

鴨長明は、時間の流れを自在に操る力を獲得している。その力を、最も有効に活用できる文学ジャンルが評論であることも、『方丈記』が端的に教えてくれる。それでは、『方丈記』の前半と後半の継ぎ目の部分を、次に引用してみよう。

すべて、世の中の有《あ》り難《にく》く、我《わ》が身《み》と栖《すみか》との、はかなく、徒《あだ》なる様《さま》、又《また》、かくの如《ごと》し。況《いは》んや、所《ところ》により、身の程《ほど》に従《したが》ひつつ、心を悩ます事は、挙《あ》げて数《かぞ》ふべからず。もし、己《おの》れが身、数《かず》ならずして、権門《けんもん》の傍《かたは》らに居《を》るものは、深く喜ぶ事あれども、大きに楽しむに能《あた》はず。嘆き、切《せち》なる時も、声を挙《あ》げて泣く事無《な》し。進退《しんだい》、安からず、立《た》ち居《ゐ》につけて、恐れ戦《をのの》く様《さま》、喩《たと》へば、雀の、鷹の巣《す》に近づけるが如《ごと》し。もし、貧しくして、富《と》める家の隣りに居《を》るものは、朝夕《あさゆふ》、窄《すぼ》き姿を恥《は》ぢて、諂《へつら》ひつつ出《い》で入《い》る。妻子《さいし》・童僕の羨《うらや》める様《さま》を見るにも、福家《ふけ》の人の、蔑《ないがし》ろなる気色《けしき》を聞くにも、心、念々《ねんねん》に動きて、時として安からず。もし、狭《せば》き地に居《を》れば、近く炎上《えんしやう》ある時、その災《さい》を逃《のが》るる事無《な》し。もし、辺地《へんち》にあれば、往反《わうばん》、煩《わづら》ひ多く、盗賊《たうぞく》の難《なん》、甚《はなは》だし。又《また》、勢《いきほ》ひある者は、貪欲《とんよく》深く、独身《とくしん》なる者は、人に軽《かろ》めらる。財あれば、恐《おそ》れ、多く、貧しければ、恨み、切なり。人を頼めば、身、他の有《いう》なり。人を育《はぐ》めば、心、恩愛に使《つか》はる。世に従《したが》へば、身、苦し。従《したが》はねば、狂《きやう》せるに似《に》たり。いづれの所《ところ》を占《し》めて、いかなる業《わざ》をしてか、暫《しば》しも、此《こ》の身を宿《やど》し、たまゆらも、心を休《やす》むべき。

このように、災害描写の後に、思索的で論理的なまとめが存在することで、次なる自分の住居歴が、展開可能となった。この引用文が、『方丈記』という作品全体の要の役割を果たしているのである。そのことについて、さらに考察しよう。

## ＊『方丈記』の達成

『方丈記』の前半は、単に災害の規模と被害を記録しているのではない。「五大災厄」の執筆意図は、「住まいとは、外部からの衝撃によって、破却される存在である」という定義づけをする点にある。「五大災厄」を書くことで、「立派な住まいを造営することは空しい」という命題の正しさが立証された。その結論が、先に引用した原文の、「すべて、世の中の有《あ》り難《にく》く、我《わ》が身《み》と栖《すみか》との、はかなく、徒《あだ》なる様《さま》、又《また》、かくの如《ごと》し」という一文だったのである。

「我が身と栖」とあるのは、『方丈記』の冒頭部で「世の中に有《あ》る、人と栖と、又《また》、かくの如《ごと》し」とある部分の、単なるリフレインではない。「人と栖」が「我が身と栖」と変更されている点に着目すれば、人間全般から自分自身へという視点の大きな転換が見られるからである。

「人と栖」という括《くく》り方をした場合、「五大災厄」は、その被害の甚大さにおいて劇的であり、誰にも襲いかかる点で網羅的である。ところが、「我が身と栖」へと視点を移動させた時、今度は、広範囲の誰にも同時に襲いかかる災害ではなく、個人個人の住まいの「立地」と「住環境」が、問題として浮上する。その新たな思索の推進力が、「況《いは》んや」という一語に埋設されている。

災害が外部からの衝撃であるのに対して、住まいの問題は、自己の圏域にあるものとして把握される。権門の傍らの微官と、福家の隣の貧者。このような状況下での精神的な圧迫感。密集地や辺地の危険性。それらを実際に書き記すことによって、それらと正反対の状況こそが、今の自分自身にとって理想の境地であることが明確となった。

『方丈記』の後半では、住居の危うさから逃れて、山里での草庵生活を送ることの理想性が書かれる。けれども、さらに言うならば、閑居賛歌のその先に、「跋文」において、最後のどんでん返しが用意されている。跋文では、何と、閑居生活自体を否定するかのような急旋回が待ち受ける。閑居を楽しむこと自体が、閑居への執着となっているのではないか、というのだ。この問いかけに、長明は明確な解答を見つけられなかった。答えようのない問いかけをするまでに、自らの思索を突き詰めたこと。それが、『方丈記』の達成だったのである。

『方丈記』という作品は、序文と跋文の間が、災害記、閑居記、さらには閑居の否定という三要素から構成されていたのである。しかも、災害記と閑居記の間では、絶妙の時間軸の調整がなされていた。常に変動してやまない人間の心の表白として、『方丈記』は、「人生に結論は出ない」という結論に辿り着いた。

最後に、鴨長明と同時代人である慈円の『愚管抄』を取り上げ、その歴史認識に触れておこう。

## 3.『愚管抄』を読む

### ＊『愚管抄』の構成

『愚管抄』は全七巻からなる長編の歴史評論である。巻第一はまず、中国の王朝を時代順に列挙する「漢家年代《かんかねんだい》」から始まる。各時代の年数と共に、当時の日本と同時代の宋までを書いている。次いで日本の記述に移る。神武天皇から桓武天皇までが巻第一、平城《へいぜい》天皇から当代の後堀河天皇までが巻第二である。日本の記述は、天皇の一代ごとに、在位年数や崩御の年齢、摂政・内大臣などの名前と事蹟や、天台座主の名前も記す。巻第三からは、再び神武天皇の時代まで遡り、時代順に、各時代の出来事を記す歴史記述となる。最後の巻第七は、以上の記述を受けて、時代の変遷を七つの転換期に分けて、慈円自身の歴史認識を述べている。このような巨視的な歴史認識は、個人の生き方を凝視する『方丈記』にはないものであった。

『愚管抄』は、この巻第七がとりわけ有名でここでは、『愚管抄』の執筆に込めた慈円の心情がよく表れている、巻第三の冒頭部を読もう。

年ニソヘ、日ニソヘテハ、物ノ道理《だうり》ヲノミ思ヒツヾケテ、老《おい》ノネザメヲモ、ナグサメツヽ、イトヾ、年《とし》モ、カタブキマカルマヽニ、世ノ中モ、ヒサシクミテ侍《はべ》レバ、昔ヨリ、ウツリマカル道理モ、アハレニオボエテ、神ノ御代《みよ》ハシラズ、人代《じんだい》トナリテ、神武天皇ノ御後《おんのち》、百王トキコユル、スデニ、ノコリスクナク、八十四代ニモ成《な》リニケルナカニ、保元ノ乱、イデキテノチノコトモ、マタ、世継《よつぎ》ガモノガタリト申《まう》スモノモ、カキツギタル人ナシ。少々、アリトカヤ、ウケタマハレドモ、イマダ、エ、ミ侍《はべ》ラズ。ソレハ、ミナ、タヾ、ヨキ事ヲノミ、シルサムトテ侍《はべ》レバ、保元以後ノコトハ、ミナ、乱世ニテ侍レバ、ワロキ事ニテノミアランズルヲ、ハバカリテ、人モ申シオカヌニヤト、ヲロカニ覚エテ、ヒトスヂニ、世ノウツリカハリ、オトロヘクダルコトワリ、ヒトスヂヲ申サバヤト、オモヒテ、思ヒツヾクレバ、マコトニ、イハレテノミ覚《おぼ》ユルヲ、カクハ、人ノオモハデ、道理ニソムク心ノミアリテ、イトヾ、世モ、ミダレ、オダシカラヌコトニテノミ侍レバ、コレヲ思ヒツヾクル心ヲモ、ヤスメムト思ヒテ、カキツケ侍ル也《なり》。

慈円は、世の中の変化のありさまを凝視し、よいことも悪いことも乱れも、すべてを書き記すことによって、なぜ、今のような状況になっているのかを、ずっと考え続けた、と言う。自分は、「世継《よつぎ》ガモノガタリ」、つまり『大鏡』に続く時代の歴史を書きたいと熱望してきた、と言うのだ。漢字カタカナ交じりで書かれた文章は、一見すると、難解そうに思えるが、ゆっくりと文脈を辿って読んでみると、理路整然とした思索的な文体であることがわかる。しかも、慈円の真摯な気持ちが伝わってくるような文体でもある。歴史を動かす原動力を、思索の力で摑《つか》み取ろうとしているのだ。

## ＊慈円の歴史観と、その背景

次に、『愚管抄』巻第七から、慈円の学問観・歴史観がよく表れている部分を読んでみよう。

今、カナニテ書ク事、タカキ様《やう》ナレド、世ノウツリユク次第《しだい》トヲ、心ウベキヤウヲ、カキツケ侍《はべ》ル意趣《いしゆ》ハ、惣《そう》ジテ、僧《そう》モ俗《ぞく》モ、今ノ世ヲミルニ、智解《ちげ》ノ、ムゲニ、ウセテ、学問ト云《い》フ事ヲ、セヌナリ。学問ハ、僧ノ、顕《けん》・密《みつ》ヲマナブモ、俗ノ、紀伝《きでん》・明経《みやうぎやう》ヲナラフモ、コレヲ学《がく》スルニシタガヒテ、智解《ちげ》ニテ、ソノ心ヲウレバコソ、オモシロクナリテ、セラル、コトナレ。（中略）ソノ中ニ、代々《よよ》ノウツリユク道理《だうり》ヲバ、コ、ロニ、ウカブバカリハ申《まう》シツ。（中略）

コノヤウニテ、世ノ道理ノ、ウツリユク事ヲ、タテムニハ、一切《いっさい》ノ法ハ、タヾ、道理ト云フ二文字ガ、モツナリ。其《そ》ノ他ニハ、ナニモナキ也《なり》。

「智解」は、智恵の力で悟ること。「道理」は、慈円が学問と智恵の力で悟った、それぞれの時代で歴史を動かしてきたエネルギーのことだった。このように、「道理」は時代ごとに異なっている。慈円の兄、九条兼実は九条家を興し、兼実の曾孫の頼経は、鎌倉幕府の四代将軍となった。九条兼実は、鎌倉幕府と連繫し、公武一体政策を採り、後鳥羽院と対立した。慈円が歴史書『愚管抄』を著したのも、九条家の策における、朝廷と幕府の連携策の理論的・思想的な背景を形作るという面があり、摂関家の出身である慈円の生育環境と強く結びついている。けれども、「道理」という二文字に、歴史の変転とその必然を込めた慈円の思索は、それまでにない歴史把握であった。

**＊中世前期の散文における論理性**

既に述べたように、鴨長明は、京の都と朝廷を守護してきた下鴨神社の出身である。賀茂神社（上賀茂と下鴨の総称）への天皇の行幸も多い。たとえば、建永二年（一二〇七）三月七日には、後鳥羽院が賀茂社に行幸し、下社《しもしゃ》（下鴨神社、賀茂御祖《かもみおや》社）と上社《かみしゃ》（上賀茂神社、賀茂別雷《かもわけいかずち》社）に、それぞれ『鴨御祖社歌合《かもみおやしゃうたあわせ》』（十四番、二十八首）と『賀茂別雷社歌合《かもわけいかずちしゃうたあわせ》』（十八番、三十六首）を奉納している。参加した歌人は、後鳥羽院・慈円・藤原定家・藤原家隆・藤原雅経・俊成卿女《しゅんぜいきょうじょ》（藤原俊成女《ふじわらのとしなりのむすめ》）など、新古今時代を代表する宮廷歌人たち十二名である。

後鳥羽院は、都落ちした安徳天皇の替わりに擁立されて即位した。この時代は、京都の宮廷勢力は衰え、平家・源氏の武士の時代になっていた。平家の栄華もほんのわずかな期間で、鎌倉幕府が源頼朝によって樹立され、天皇を中心とする貴族たちが勢力を挽回するのは困難であった。
『方丈記』の前半に書かれている「五大災厄」が起こった時期は、『愚管抄』巻五の記述の後半に当たる。鹿ヶ谷《ししがたに》の陰謀から壇ノ浦の戦いまでの、内乱の時代である。『愚管抄』では、五つの災厄の中で、福原遷都と元暦の大地震のことのみ記載している。それに対して、『方丈記』に書かれていない源平の戦いは、『愚管抄』には詳しく書かれている。同時代の著述であっても、それぞれの観点で書いており、まさに相互補完的な作品となっている。

このように、『方丈記』と『愚管抄』は、同時代の著作であるが、内容も視点も大きく異なる。けれども、自分の体験した現実の中から、理想の生き方や理想の世の中について、鴨長明と慈円は真摯に思索をめぐらしている。この二つの作品は、現実世界との向き合い方をどのように表現するのか、という点に関して、二つの方法を示していた。『方丈記』は個人としての人間の心の安住を求め、『愚管抄』は個々の人間を超えた歴史の力を見出そうとしたのである。

## 引用本文と、主な参考文献

『方丈記』(簗瀬一雄訳注、角川文庫、一九六七年)
日本古典文学大系『愚管抄』(岡見正雄・赤松俊秀校注、岩波書店、一九六七年)
島内裕子『方丈記と住まいの文学』(左右社、二〇一六年)

## 発展学習の手引き

1. 『方丈記』と『愚管抄』の原文を読んでみよう。短編の『方丈記』と比べて、『愚管抄』は長編で、難解に感じられるかもしれないが、明確な文体であるので、取り組んでほしい。特に、最終巻である第七巻には、慈円の思索が凝縮している。また、中野孝次『すらすら読める方丈記』(講談社文庫 二〇一二年、解説・島内裕子)は、総ルビなので、音読のテキストに適している。

2. 『方丈記』からの発展学習としては、古典から近代にいたる文学作品を、住まいに視点を当てて幅広く読んでみよう。『方丈記』の系譜が理解されるであろう。たとえば、吉田健一『東京の昔』(ちくま学芸文庫 二〇一一年、解説・島内裕子)は、閑居生活を描いた小説である。

3. 『愚管抄』からの発展学習としては、北畠親房の『神皇正統記《じんのうしょうとうき》』を合わせ読むと、歴史と政治のあり方が、両書でそれぞれどのように把握されているか、対比できる。書物には、著者のものの見方や価値観が反映されているので、多角的にさまざまな書物を読むことで、読者自身の思索も深まる。また、多様な文体に触れることができるのは、読書ならではの楽しみである。

# 7 『徒然草』を読む

島内　裕子

**《目標・ポイント》**『徒然草』が、それ以前とそれ以後の文学の分岐点となったことを、表現と内容の両面から考察する。また、集約力に富む名文を鏤《ちりば》めている『徒然草』が、近世文学や近代文学へ与えた影響力の大きさにも言及し、現代にまで至る古典文学の基盤作品として位置づける。

**《キーワード》**『徒然草』、『徒然草』以前、『徒然草』以後、分水嶺

## 1. 文学史の中での『徒然草』

### ＊異色作としての『徒然草』

『徒然草』は、数ある日本の古典文学の中でも、異色の作品である。『徒然草』は、親しみやすい作品として読まれているので、「異色の作品」という言葉は意外かもしれない。けれども、日本文学の全体像に照らしてみると、『徒然草』ほど、既成の文学ジャンルの枠組の中に定位し、分類することが難しい作品はないと言ってもよいだろう。

『徒然草』は、『徒然草』の成立以前から既に存在していた、和歌・物語・紀行文・日記・説話などの文学ジャンルに納まりきれない。それでいて、これらの要素を『徒然草』の中に見出すことは

できる。ある箇所は和歌的であり、ある箇所は物語的であり、ある箇所は説話的である。けれども、さまざまな文学ジャンルを内包していながら、どれか一つだけには納まりきれない。つまり、『徒然草』は形式が流動性を帯びており、読むにつれて、刻々と表情を変えるのである。

**＊文学スタイルの創造と継承**

ところで、類似性を帯びた作品がいくつも寄りあって、そこに共通するものが見えてきて初めて、それらを総称することができる。たとえば、前章で取り上げた『方丈記』には、「災害記」と「閑居記」という、際だった二つの要素があった。『方丈記』の二つの要素を受け継ぐ、いくつもの作品が後世に現れたので、「災害記」および「閑居記」という文学作品のスタイルが明確化した。『方丈記』は、「災害を描く」「閑居生活を描く」といった記述内容を、文学要素として自立させ、それが受け継がれて文学系譜となるという径路を文学史のうえで明確化したのである。

**＊『徒然草』以前**

それでは、『徒然草』が、優れた名作として読み継がれてきた理由はどこにあるのか。そして、『徒然草』が切り開いた文学上の新機軸は何であったか。『徒然草』がどのような文学的な蓄積のうえに出現したかを考えるために、八世紀から十四世紀半ば頃まで、すなわち、『徒然草』が成立した頃までの文学状況を、概観してみよう。

八世紀に『古事記』、『日本書紀』、『懐風藻《かいふうそう》』(漢詩集)、『万葉集』などが登場した。けれども、これらの研究が本格化するのは近世になってからである。一方、後世への影響力の大きさという点では、九〇五年に、醍醐天皇の勅命により撰集された『古今和歌集』と、十一世紀初頭の『源氏物語』が双璧であった。さらに『源氏物語』以前に成立した歌物語の『伊勢物語』を加えれば、ここに「和歌と物語」という日本文学の王道が誕生した。その王道が維持されたのは、この三つの作品に対する注釈研究が不断に継続されたからである。

十三世紀に、八番目の勅撰和歌集『新古今和歌集』が成立した。この時代の和歌を牽引《けんいん》した歌人である藤原俊成は「源氏見ざる歌詠みは、遺恨の事なり」と述べ、彼の子である定家は『源氏物語』の校訂本文を作成し、この本文が現代にいたるまで「青表紙本《あおびょうしぼん》」として、重んじられている。俊成・定家父子という当時の最高の文化人が、『源氏物語』の古典化を決定的にした。『源氏物語』は「源氏文化」として、文学の世界にとどまらぬ大きな地平へと歩み始めた。

## 2．分水嶺としての『徒然草』

### ＊古典となった『徒然草』

新古今時代から百数十年後の十四世紀前期に、文学上に登場したのが、『徒然草』である。これまで概観したように、現代まで読み継がれている主な古典文学は、『徒然草』の登場以前に、既に出揃っている。このことは、一体、何を意味するのか。

現代の私たちにとって、芭蕉や蕪村、井原西鶴や上田秋成や曲亭馬琴など、江戸時代の文学は古典であるが、それらは江戸時代の人々にとっては、注釈研究をしなくても読める同時代文学であった。それに対して『徒然草』は、江戸時代の人々にとって、注釈研究の対象となりうる、最も近い時代の古典として特別な意味を持っていた。注釈研究という文学行為は、作品の背後に、それ以前のさまざまな文学・文化が凝縮し、重層されている作品に対してなされるものである。

古い時代に書かれた作品が、進んで学び、摂取すべきものとして明確に意識され、また実際に注釈の対象となり、影響を受けた作品が登場して初めて、「古典」としての存在が認識される。このことは、文学を読み、学ぶに際して、心に留めておくとよい。古典は、その文学的な価値を認識する人々が登場して初めて、古典となる。その「古典化」、すなわち、古典となる道を切り開くのは、その価値を、しかと認識した人々である。その一点に懸かって、文学という人間の営為への信頼感が生まれる。「『徒然草』以後」とは、『徒然草』の古典化が実現するプロセスなのである。

古い時代の文学作品は、そこに置かれたままの状態を遠目に見ただけでは、実際のところ、何が書かれているか、明確にはわかりかねるものである。たとえて言うなら、その作品を読むためには、両端をしっかり摑《つか》んで、強い力で引き伸ばして、文字の姿を明確にする必要がある。つまり、持続的に一定の力を加えれば、書かれている内容を読めるが、力を緩めれば、またもとの形態に戻り、何が書かれているのか判然としなくなる。そのような素材の上に書かれているのが文学であり、名作とは、成立後、歳月が経っても、読み解く努力を人々に示唆する作品なのである。

## ＊注釈書の出現

『徒然草』の注釈書は、江戸時代の初期から次々と刊行されて、貞享《じょうきょう》五年（一六八八）には、それまでに刊行された十三種類の『徒然草』注釈書を集大成した『徒然草諸抄大成』二十巻が刊行された。『徒然草』が成立した直後の流布状況は不明であるが、約百年後に、正徹《しょうてつ》（一三八一〜一四五九）という慧眼《けいがん》の歌人が、「花は盛りに、月は隈無《くまな》きをのみ、見るものかは」という『徒然草』の原文を引用しつつ絶賛して以来、人々の注目するところとなった。『徒然草』は、後世の優れた文学者による評価が明確にわかる点でも、古典と呼ぶにふさわしい作品である。

『枕草子』も『方丈記』も、『徒然草』より古い時代の作品であるにもかかわらず、本格的な注釈書は、長い間、書かれなかった。つまり、これらの中で成立の時代が最も遅い『徒然草』の注釈書が、『枕草子』『方丈記』の注釈書よりも早いという、逆転現象が生じていたのである。

**＊文学史の中の『徒然草』**

さて、これまで、二つのことを明確に確認できたと思う。一つは、『徒然草』以前に、「和歌と物語」という日本文学の王道が確立し、その文学的な蓄積が膨大だったこと。もう一つは、現代において古典文学として著名な『枕草子』と『方丈記』が、注釈研究の対象となって広く一般に読まれるようになったのは、江戸時代に『徒然草』の注釈研究の隆盛があったからであること。

『徒然草』は、日本文学の中での「分水嶺」の役割を果たしており、それ以前の古典文学の王道たる「和歌と物語」を集約化する存在であった。江戸時代にあれほど『徒然草』の注釈書が隆盛であったのも、『徒然草』の中にそれ以前の古典文学のエッセンスが集約されていたから、その読解が必要とされたのであろう。

このように『徒然草』の文学史的な役割を把握するなら、そのさらなる展開として、『徒然草』が『徒然草』以後に、どれほど大きな影響力を発揮したかも、具体的に見ておく必要がある。本章が、『徒然草』以前と、『徒然草』以後の双方を視野に収めたいと願うゆえんである。

**＊『徒然草』は、なぜ名作なのか**

名作であるかどうかを左右する大きな要因は、作品の書き出しにある。ここで改めて、『徒然草』の冒頭部、すなわち「序段」の全文を読んでみよう。ちなみに、『徒然草』の章段番号は、江戸時代になってから付けられたもので、それ以前の古い写本には付いていていない。

徒然《つれづれ》なるままに、日暮《ひぐ》らし、硯《すずり》に向かひて、心にうつりゆく由無《よしな》し事《ごと》を、そこはかとなく書き付《つ》くれば、あやしうこそ物狂《ものぐる》ほしけれ。

『徒然草』の場合、冒頭部に示された「心にうつりゆく由無し事」を書き綴るという執筆方針から して、内容と文体の多様性を予測させる。その多様性が、『徒然草』をして名作たらしめたのではないだろうか。兼好の心に去来する、さまざまな思いは、言葉という衣装を纏《まと》う。しかも、それぞれの思いにふさわしい衣装を、そのつど身に纏って、その姿を顕す。

## 3.『徒然草』の集約力

### ＊王朝文学との響映

「摂取」であれ「引用」であれ、ある物の中から、特定の表現なり思想なりを、自らの作品に取り入れる行為は、それを選び出し、自分の文脈の中で活きるように嵌《は》め込むことである。したがって、その時点で何をどこから抽出するかという価値判断が働いており、その価値判断を実現させるためには、言葉なり思想なりを、自分の文脈に取り込む力が、自ずと必要になってくる。それが、文学作用としての集約力である。集約力に満ちた文章は、原典になった言葉がそのままの輝きを発しつつ、新たな文脈自体をも輝かせる。私はかつて、「響映《きょうえい》」という言葉を造語して、折々に自分の文章の中で使ってきたが、集約された『徒然草』の文体は、その背後に、王朝文学との響映があることを、これから見てゆきたい。

### ＊季節を描く

平安時代の文学を総称して「王朝文学」と呼称することが多いのは、宮廷人たちによって創作され、記録され、詠まれた作品が中心だからである。その「王朝文学」の内実は、「和歌と物語」であり、その両者に通底する大きなテーマは、「季節と恋」である。

『徒然草』の第十九段は、季節という循環する時間を描く。つまり、春から始まって冬で終わるのではなく、季節の移り変わりを描きながらも、大晦日の翌日には、確実に元旦がやって来て、再び新たな一年が始まるという晴れ晴れしさで締めくくる。しかも、季節の細やかな変化に伴う、感情や心理を、「哀れ」「心も浮き立つ」「心慌《あわ》たたし」「心をのみぞ悩ます」「恋しう思ひ出《い》でらるる」など、心情表現を次々と畳みかけるように書き綴りながら、季節の変化が人間の心にもたらす、生き生きとした感覚を現前させている。

そこにこの段の特徴があるのだが、一方で、季節感が生き生きと伝わってくるのは、王朝文学の歌語と散文を集約した「歌文融合」の名文だからであろう。第十九段の原文の一部を、引用しよう。

> 折節《をりふし》の移り変はるこそ、物毎《ものごと》に哀《あは》れなれ。
> 「物の哀《あは》れは、秋こそ勝《まさ》れ」と、人毎《ひとごと》に言ふめれど、それも然《さ》る物にて、今一際《ひときは》、心も浮き立つ物は、春の気色《けしき》にこそあめれ。鳥の声なども、殊《こと》の外《ほか》に春めきて、長閑《のどやか》なる日影に、垣根の草、萌《も》え出《い》づる頃より、やや春深く、霞み渡りて、花も漸《やうや》う気色《けしき》立《だ》つ程《ほど》こそ有《あ》れ、折《をり》しも、雨・風、打ち続きて、心慌《あわ》たたしく散り過ぎぬ。青葉に成《な》り行くまで、万《よろづ》に唯《ただ》、心をのみぞ悩

ます。花橘《はなたちばな》は、名にこそ負《お》へれ、猶《なほ》、梅の匂《にほ》ひにぞ、古《いにしへ》の事も立ち返り、恋しう思ひ出《い》でらるる。山吹《やまぶき》の清げに、藤《ふぢ》の覚束無《おぼつかな》き様《さま》したる、すべて、思ひ捨て難《がた》き事《こと》、多し。（中略）七夕祭《たなばたまつ》るこそ、艶《なま》めかしけれ。漸《やうや》う夜寒《よさむ》に成《な》る程《ほど》、雁《かり》鳴きて来《く》る頃、萩の下葉《したば》色付く程、早稲田《わさだ》刈り干《ほ》すなど、取り集めたる事は、秋のみぞ多かる。また、野分《のわき》の朝《あした》こそ、をかしけれ。言ひ続くれば、皆、『源氏物語《げんじものがたり》』・『枕草子《まくらのさうし》』などに言古《ことふ》りにたれど、同じ事、また今更《いまさら》に言はじとにもあらず。思《おぼ》しき事言はぬは、腹膨《ふく》るる業《わざ》なれば、筆に任《まか》せつつ、あぢきなき遊《すさ》びにて、かつ、破《や》り捨つべき物なれば、人の見るべきにもあらず。（中略）

かくて、明《あ》けゆく空の気色、昨日《きのふ》に変はりたりとは見えねど、引き替《か》へ、珍しき心地《ここち》ぞする。大路《おほち》の様《さま》、松立て渡して、華やかに嬉しげなるこそ、また、哀《あは》れなれ。

書き出しが和歌の雰囲気を漂わせているのは、その背景に、数々の和歌が揺曳しているからである。春の部分に参照された歌として、江戸時代の諸注釈書が挙げている歌を示してみよう。

春はただ花のひとへに咲くばかり物の哀れは秋ぞ勝れる（詠み人知らず、拾遺和歌集）
青葉さへ見れば心の留《と》まるかな散りにし花の名残《なごり》と思へば（西行）
五月《さつき》待つ花橘《はなたちばな》の香《か》を嗅《か》げば昔の人の袖の香ぞする（詠み人知らず、古今和歌集）

また、兼好は秋の情景を描きながら、それらの表現や発想の背景に『源氏物語』や『枕草子』があると、自ら気づいている。『源氏物語』や『枕草子』から、直接に原文を引用せずとも、両方の書名を明記して、この二つの作品世界のエッセンスを、ほんの一刷毛《はけ》で、明確に刻印している。『源氏物語』には、その名も野分《のわき》巻がある。ここでは、野分の朝の情景を描いた、『枕草子』の一節を挙げておこう。

野分《のわき》の又《また》の日《ひ》こそ、いみじう哀《あは》れに、覚《おぼ》ゆれ。立蔀《たてじとみ》・透垣《すいがい》などの、伏《ふ》し並《な》みたるに、前栽《せんざい》ども、心苦《こころぐる》し気《げ》なり。大《おほ》きなる木《き》ども、倒《たふ》れ、枝《えだ》なども、吹《ふ》き折《を》られたるだに、惜《を》しきに、萩《はぎ》・女郎花《をみなへし》などの上《うへ》に、蹌踉《よろぼ》ひ、這《は》ひ伏《ふ》せる、いと思《おも》はずなり。

『枕草子』のこの部分は細やかで、詳しく庭の情景が書かれている。「野分」というたった一つの言葉と、『源氏物語』『枕草子』という二つの書名だけで、このような先行作品を彷彿《ほうふつ》させるのであるから、『徒然草』の集約力の高さがうかがわれる。なお、『徒然草』第十九段の原文引用では省略したが、夏の季節の中で「夕顔」という言葉も出しており、これもこの一言で『源氏物語』の夕顔巻を思い浮かばせる作用をしている。

**＊『徒然草』の恋愛美学**

季節感を描いた章段と同様のことは、恋愛に関する章段にも見られる。『徒然草』の第二百四十段の末尾の一節を引用してみよう。

梅の花、香《かう》ばしき夜《よ》の、朧月《おぼろづき》に佇《たたず》み、御垣《みかき》が原《はら》の露、分《わ》け出《い》でん有明《ありあけ》の空も、我《わ》が身様《みざま》に偲《しの》ばるべくも無《な》からん人は、唯《ただ》、色好《いろこの》まざらんには如《し》かじ。

**『徒然草絵抄』第240段**（架蔵）。右側の絵には、「梅の花、かうばしき夜のおぼろ月にたゝずみ」、左側の絵には、「みかきが原の露、わけいでん有明のそら」とある。

この梅の花の背後に、江戸時代の注釈書は、『伊勢物語』第四段の、「又《また》の年の睦月《むつき》に、梅の花盛りに、去年《こぞ》を恋ひて行きて、立ちて見、居《ゐ》て見、見《み》れど、去年《こぞ》に、似るべくもあらず」とある名場面を読み取るものが多い。また、「御垣が原」は、『源氏物語』若菜上巻で、「一日《ひとひ》、風に誘はれて、御垣の原を分《わ》け入《い》りて侍《はべ》りしに」とある箇所を念頭に置くと考えられている。

『徒然草絵抄』（一六九一年刊）という、画注によって『徒然草』の内容を解説する本では、『徒然草』第二百四十段の解説画として、まさに、『伊勢物語』第四段と『源氏物語』若菜上巻を描いている。なお、ここで「画注」というのは、各頁の上部に、その頁の『徒然草』の原文の内容に合わせて描いた絵のことを指す。『徒然草絵抄』によって第二百四十段を読む人々は、『徒然草』の背後には、王朝時代の『伊勢物語』や『源氏物語』が織り込められていることに気づかされる。

## ＊集約力と独自性

このように、『徒然草』は、先行文学を摂取しながら、それらを集約して鏤《ちりば》めている。『徒然草』は、王朝文学の精華とも言うべき『伊勢物語』『古今和歌集』『枕草子』『源氏物語』を集約して、「季節と恋」という文学伝統そのものを脈打たせた。後世の人々は『徒然草』を通して、王朝文学のエッセンスに触れることができる。

『徒然草』が明確に指し示した機能は、自らの文脈の中に、先行作品の世界を凝縮して投入する「集約力」である。この集約力が、『徒然草』自身を名文・名句の宝庫にした。そのような作品を一読すれば、今度は読者が、瞬《また》く間に言葉の精粋を身に付けられる。そして、『徒然草』の言葉を引用・集約させた散文の書き手へと変貌してゆく。

けれども、『徒然草』には、それ以前の古典文学を的確・簡潔に集約しただけではなく、先行作品に依拠しない、平易な書き方もある。その双方が相俟《あいま》って、『徒然草』以後の文学に影響力を発揮したのである。先行文学の的確な抽出とともに、典拠を持たない自分の言葉で書いた文章も、先行古典に比肩するほどの凝縮性と、文意の伝達性を持つ。それが『徒然草』であり、そこにこそ『徒然草』の独自性と達成がある。

## 4．『徒然草』の新しい文体とその影響力

### ＊人生の洞察

日本文学の分水嶺としての『徒然草』。それは、作者である兼好が、先行作品を十分に自らのものとして咀嚼《そしゃく》したことにより、『徒然草』以前の文学世界が凝縮されて、後代の人々に手渡されたことを示す。『徒然草』の出現により、それ以前の文学世界とは明らかに異なる状況が切り開かれた。誰でもが読んで理解でき、しかも和歌と物語の文学の王道も同時に指し示す作品が現れたので

ある。とりわけ、『徒然草』の新しい試みは、簡潔な文章の中に、人生の深淵を垣間見《かいまみ》せ、「人生、いかに生きるべきか」という難問への道標となった点にあると、私は考える。まさにそのような段の一例として、第二百十一段の全文を掲げよう。

万《よろづ》の事は、頼《たの》むべからず。愚かなる人は、深く物を頼む故《ゆゑ》に、恨み、怒《いか》る事有《あ》り。勢《いきほ》ひ有《あ》りとて、頼むべからず、強《こは》き者、先《ま》づ滅ぶ。財《たから》多しとて、頼むべからず、時《とき》の間《ま》に、失《うしな》ひ易《やす》し。才《ざえ》有《あ》りとて、頼むべからず、孔子《こうし》も、時に遇《あ》はず。徳《とく》有《あ》りとて、頼むべからず、顔《がん》回《くわい》も、不幸《ふかう》なりき。君の寵《ちよう》をも、頼むべからず、誅《ちゆう》を受くる事、速《すみ》やかなり。奴《やつこ》従へりとて、頼むべからず、背《そむ》き走る事有《あ》り。人の志《こころざし》をも、頼むべからず、必ず、変《へん》ず。約《やく》をも、頼むべからず、信有《しんあ》る事、少《すくな》し。

身をも、人をも、頼まざれば、是《ぜ》なる時は喜び、非《ひ》なる時は恨みず。左右《さう》、広ければ、障《さは》らず。前後《ぜんご》、遠ければ、塞《ふさ》がらず。狭《せば》き時は、拉《ひし》げ砕《くだ》く。心を用ゐる事、少《すこ》しきにして、厳《きび》しき時は、物に逆《さか》ひ、争ひて破る。緩《ゆる》くして、柔《やは》らかなる時は、一毛《いちまう》も損《そん》せず。

人は、天地の霊《れい》なり。天地は、限る所無《な》し。人の性《しやう》、何《なん》ぞ異《こと》ならん。寛大《くわんだい》にして、極《きは》まらざる時は、喜怒《きど》、これに障《さは》らずして、物の為《ため》に煩《わづら》はず。

この段には、中国の古典がいくつも使われている。「強き者、先づ滅ぶ」は『淮南子《えなんじ》』が典拠である。顔回は孔子の高弟であり、このあたりは『論語』と関わる。また、「人は、天地の霊なり」は、『書経《しょきょう》』が典拠である。けれども、ここで書かれている人生への向き合い方は、時代や社会を超えて、普遍性を帯びており、江戸時代の儒学者である林羅山の『丙辰紀行《へいしんきこう》』や、佐藤直方《なおかた》の講義録にも共感が記されている。明治時代にも、まだ二十歳にもならない若さの樋口一葉が、日記に引用している。

『徒然草』の文体は、日本文学の先行作品を集約した和文脈と共に、中国の古典も自在に引用することで、文体に多様性が生まれ、幅広い読者の獲得にも繋がった。読者層の厚さは、その読者の中から、『徒然草』の表現・発想・文体を身に付けた人々を生みだしたのである。

## ＊『徒然草』の影響力

『徒然草』から、季節や恋愛に関する王朝的な美学や、人生いかに生きるべきかという思索の深化を示す章段を取り上げたが、最後に『徒然草』のもう一つの魅力である、ほのかな滑稽味とその影響力に触れて、本章の締めくくりとしたい。次に、芭蕉の俳文「垣穂の梅」を掲げる。

　或《あ》る人の隠《かく》れ家《が》を訪《たづ》ね侍《はべ》るに、主《あるじ》は寺に詣《まう》でける由《よし》にて、年老いたる男《をのこ》一人、庵を守り居《ゐ》ける。垣穂《かきほ》に、梅盛りなりければ、「これなむ主顔《あるじがほ》なり」と言ひけるを、彼《か》の男、「他所《よそ》の垣穂にて候《さうら》ふ」と言ふを聞きて、

　　留守《るす》に来て梅さへ他所《よそ》の垣穂かな

この俳文には、『徒然草』が明確に引用されているわけではない。けれども、『徒然草』の面影が漂うところに、芭蕉による『徒然草』の文学世界の集約化がみられるように感じられる。

もう一例、横井也有《やゆう》の俳文集『鶉衣《うずらごろも》』から、「飛鳥山賦《あすかやまのふ》」の一節を掲げよう。

今日は、この事《こと》、かの事《こと》に、障《さは》る事有《ことあ》り、明日は飛鳥山の花、見む見むと、心に過《す》ぐる日数《ひかず》も、やや弥生《やよひ》の二十日《はつか》余《あま》り、尋《たづ》ねし花は、名残無《なごりな》く散りて、染《そ》め変《か》はる若葉の、その色としも無《な》きを、春を惜《を》しむ遊人《いうじん》は、我のみにもあらず、此処《ここ》に酒飲み、彼処《かしこ》に歌ひて、この夕暮に帰《かへ》るさ忘るるも、なかなか、心深き方《かた》に思ひなさる。

ここに描かれている江戸の春を惜しむ情趣は、『徒然草』の第百三十七段に「歌の詞書《ことばがき》にも、（中略）障《さは》る事有《ことあ》りて、罷《まか》らで、なども書けるは」とある箇所や、第百八十九段の「日々に過ぎゆく様《さま》、予《かね》て思ひつるには似ず」とある箇所を連想させる。

鎌倉時代末期に文学史上に登場した『徒然草』を分水嶺として、日本の古典文学は絶えることなく、豊かに流れ続けているのである。

## 引用本文と、主な参考文献

島内裕子校訂・訳『徒然草』（ちくま学芸文庫、二〇一〇年）
池田亀鑑校訂『枕草子（春曙抄）中巻』（岩波文庫、一九三一年）
新潮日本古典集成『芭蕉文集』（富山奏校注、一九七八年）
堀切実校注『鶉衣・下』（岩波文庫、二〇一一年）

## 発展学習の手引き

・本章では、『徒然草』が集約した例として、和歌と『源氏物語』と『枕草子』を取り上げたのみであったが、たとえば、第二十五段を読むと『方丈記』との関わりも考察できる。また、日頃、いろいろな本を読んでいて、『徒然草』との関連箇所に気づくこともあるだろう。そのためにも、日本文学の分水嶺として大きな役割を果たしている『徒然草』を通読することを進めたい。ちくま学芸文庫の拙著では、『徒然草』を全段にわたって現代語訳し、「評」では、『徒然草』の章段間の繋がりや、他の作品との関連にも触れたので、『徒然草』を「連続読み」していただければ幸いである。

# 8 『金々先生栄花夢』を読む

佐藤 至子

**《目標・ポイント》** 恋川春町《こいかわはるまち》の黄表紙《きびょうし》『金々先生栄花夢《きんきんせんせいえいがのゆめ》』を読み解き、初期草双紙《くさぞうし》とは異なる、大人向けの戯作としての特色を理解する。また、その後日談という設定で書かれた山東京《さんとうきょう》伝《でん》の黄表紙『金々先生造化夢《きんきんせんせいぞうかのゆめ》』を読み、寛政の改革が黄表紙に及ぼした影響について考える。

**《キーワード》** 『金々先生栄花夢』 黄表紙、謡曲、洒落本、戯作、寛政の改革

## 1．近世文学と江戸の文学

### ＊近世文学の名作

近世は、出版文化の成立と読者層の拡大により、文学の大衆化が進んだ時代である。近世前期の文学の中心地は上方（京都・大坂）であったが、十八世紀半ば以降は江戸へと移り、さまざまな文学のジャンルが生まれた。

近世文学といえば、井原西鶴《いはらさいかく》『好色一代男《こうしょくいちだいおとこ》』（天和二年〈一六八二〉刊）、松尾芭蕉《まつおばしょう》『おくのほそ道』（元禄十五年〈一七〇二〉刊）、近松門左衛門《ちかまつもんざえもん》『心中天網島《しんじゅうてんのあみじま》』（享保五年〈一七二〇〉初演）、上田秋成《うえだあきなり》『雨月物語《うげつものがたり》』（安永五年〈一七七六〉刊）など、十七〜十八世紀の上方で生まれた

作品が有名である。これらが名作であることは言うまでもないが、近世文学の魅力を考えるには、いわゆる江戸っ子たちが楽しんだ江戸の文学にも目を向けていく必要がある。

第８～11章では、既存の作品を利用する近世文学の方法がよく表れた作品であること、表現が洗練されていること、同時代の人々の好評を得た作品であることの三点を名作の基準として、十八世紀以降の江戸で生まれた黄表紙・後期読本・合巻・落語から各一作を取り上げる。

**＊草双紙**

江戸で生まれ、独自の成長をとげた文学のジャンルとして、草双紙がある。ほぼすべての紙面に挿絵があり、挿絵の余白に文章が書き入れられる形態を持つのが特徴で、装丁と内容から、赤本《あかほん》・黒本《くろほん》・青本《あおほん》・黄表紙・合巻《ごうかん》に区分される。

赤本・黒本・青本は初期草双紙とも呼ばれる。内容は、昔話や御伽草子《おとぎぞうし》などの文芸に拠《よ》るもの、浄瑠璃・歌舞伎などを取り入れたもの、めでた尽くしの祝儀ものなど多様である。赤本は遅くとも宝永期（一七〇四～一一）には存在し、十八世紀中頃に黒本・青本へ移行したと推定されている。

黄表紙の嚆矢《こうし》は、本章で取り上げる恋川春町作・画『金々先生栄花夢』（安永四年〈一七七五〉刊）である。黄表紙の特色として、先行文芸をふまえつつその滑稽な翻案を試みていること、作中の設定が荒唐無稽であること、現実の世の中に取材した内容であること、文章に流行語や地口《じぐち》（語呂合わせの駄洒落）をふんだんに含むことなどがあげられる。寛政の改革（一七八七～九三）を境として次第に作風が変化し、文化期の初頭（一八〇四～〇六頃）に合巻へと変容した。合巻については、第10章で述べる。

### ＊『金々先生栄花夢』の同時代評

赤本・黒本・青本・黄表紙という呼び方は、概ねその表紙の色に由来している。ただし青本と黄表紙の表紙の色は、ともに元は萌黄色で早い時期に褪色して藁《わら》の色のような黄色になったと考えられている。両者の区別は表紙の色ではなく、内容の違いに基づくものである。

黄表紙の始まりを『金々先生栄花夢』とするのは、黄表紙評判記『菊寿草』（大田南畝《おおたなんぽ》跋、安永十年〈一七八一〉刊）に「きんきん先生といへる通人出でて、鎌倉中の草双紙これがために一変して、どうやらこうやら草双紙といかのぼりは、おとなの物となつたるもおかし」とあることによる（「鎌倉」は暗に「江戸」を意味する）。挿絵の多い草双紙は子ども向けの読み物という印象があるが、『金々先生栄花夢』以来、大人が楽しむものになったという。

## 2.『金々先生栄花夢』の世界

### ＊序文

『金々先生栄花夢』が大人向けの作品と言われる理由について、まず、序文を材料として考えてみよう。

文《ぶん》に曰《いわ》く、浮世《ふせい》は夢の如し。歓《よろこび》をなす事いくばくぞやと。誠にしかり。金々先生の一生の栄花も、邯鄲《かんたん》のまくらの夢も、ともに粟粒《ぞくりう》一すひの如し。金々先生は何人《なんぴと》といふことを知らず。（略）金《かね》ある者は金々先生となり、金なきものはゆふでく頓直《とんちき》となる。さすれば金々先生は、一人の名にして壹人《いちにん》の名にあらず。神銭論《しんせんろん》にいわゆる、是《これ》を得《う》るものは前にたち、これを失ふものは後《しりへ》にたつと。

［現代語訳］書物にいわく、人生は夢のようにはかない。歓楽をなす時間はいくらもない。まことにその通り。金々先生の一生の栄花も、邯鄲の枕の夢も、ともに粟粒一すいのごとくである。金々先生が何者かはわからない。（略）金のある者は金々先生になり、金のない者は「田舎者、まぬけ」と蔑まれる。つまり金々先生はひとりの名前だが、そう呼ばれる人はひとりではない。神銭論によれば、金を持つ者は人の前に立ち、金を失う者は人の後ろに立つという。

冒頭の「浮世は夢の如し……いくばくぞや」は、唐の詩人李白《りはく》の「春夜桃李ノ園ニ宴スルノ序」からの引用である。「金々先生」の「金々」は、「きらびやかな」という意味で、転じて「当世風の身なりをして気取っている様子」も意味する。「金々先生」はそうした様子の人をいう。

「邯鄲のまくらの夢」は、謡曲『邯鄲』で知られる中国故事をさす。謡曲『邯鄲』は次のような内容である。盧生《ろせい》という青年が高僧を訪ねる旅に出る。途中、邯鄲の里で雨宿りし、枕を借りて昼寝をする。夢に勅使が現れ、楚国《そこく》の帝が盧生に位を譲るという。即位した盧生は栄華を極め、五十年を過ごすが、気がつくとそれはすべて粟飯《あわいい》が炊きあがる間の夢だった。盧生は栄花のはかなさを悟り、帰郷する。この『邯鄲』の内容をふまえれば、「粟粒一すひ」が「粟飯が炊きあがる間ほどの短時間に見た夢」を意味することがわかる（「一すひ」に「一睡」と「一炊」を掛けている）。

また、「金ある者は金々先生となり…」に始まる一文は、その後の「是を得るものは前に立ち…」という箇所と響き合っている。この「是を得るものは前に立ち…」の出典は、原文には「神銭論に」とあるが、正しくは『銭神論』（晋の魯褒《ろほう》が金銭を尊ぶ人々を風刺した書）に拠る文言である。

この序文には「夢」「金々先生」「邯鄲」など、これから始まる物語を読み解くキーワードがちりばめられている。漢文読み下し調の文体で、漢籍からの引用もあり、子どもが簡単に理解できるものではない。まずはこの序文からして、大人向けのものと言えるだろう。

**＊幕開き**

物語は、次のように始まる。

今はむかし、片田舎に金むらや金兵衛《きんびやうへ》といふ者ありけり。生《むま》れつき心優《ゆふ》にして、うき世の楽しみを尽くさんと思へども、いたつて貧しくして、心にまかせず。よつてつくづく思ひつき、繁華のみやこへ出て奉公をかせぎ、世に出て思ふままにうき世の楽しみを極めんと思い立ち、まづ江戸のかたへとこころざしけるが、名に高き目黒不動尊は運の神なれば、これへ参詣して運のほどを祈らんと詣でけるが、はや日も夕方になり、いと空腹になりければ、名代《なだい》の粟餅を食わんと立ちよりける。

「今はむかし……ありけり」は、物語の書き出しによくある、時代設定をぼかした表現である。ただしここでは、主人公の金むらや金兵衛は江戸をめざして旅立ち、目黒不動尊に立ち寄る展開になっている。目黒不動尊は天台宗の寺院泰叡山滝泉寺のことで、大同三年（八〇八）創建、寛永十一年（一六三四）に徳川家光によって再興された。周辺には粟餅などを売る店も多かったという（『江戸名所図会』）。時代設定を曖昧にする定型句で書き出しながら、実際には同時代の情景を描いているというずれが面白い。

粟餅屋に入った金兵衛は、粟餅ができるのを待ちながら眠ってしまう。挿絵（図8―1）はその様子を描いたもので、脇差や煙草入れなどの持ち物や、無造作に脱いだ草履まで細かく表現されている。首の辺りから吹き出しが出ており、その内側に金兵衛の見ている夢の内容が描かれている。

**＊夢の始まり**

夢の中で、駕籠《かご》、草履取り、小僧、手代、番頭などを従えた年配の男が金兵衛のもとにやって来る。男は、自分たちは神田八丁堀の和泉屋清三《せいざ》の使用人であると名乗る。そして、「主人の清三は老いているが子どもがない。今年、剃髪して文ずいと改名し、財産を譲る跡継ぎを探していたところ、あなたが出世を望んでここに来たことを万八幡《まんぱちまん》大菩薩のお告げで知った。そこで、自分たちが迎えに来た」という趣旨のことを言い、金兵衛を駕籠に乗せる。

金兵衛は不思議に思いながらも、思いがけない幸運を喜び、駕籠に乗る。

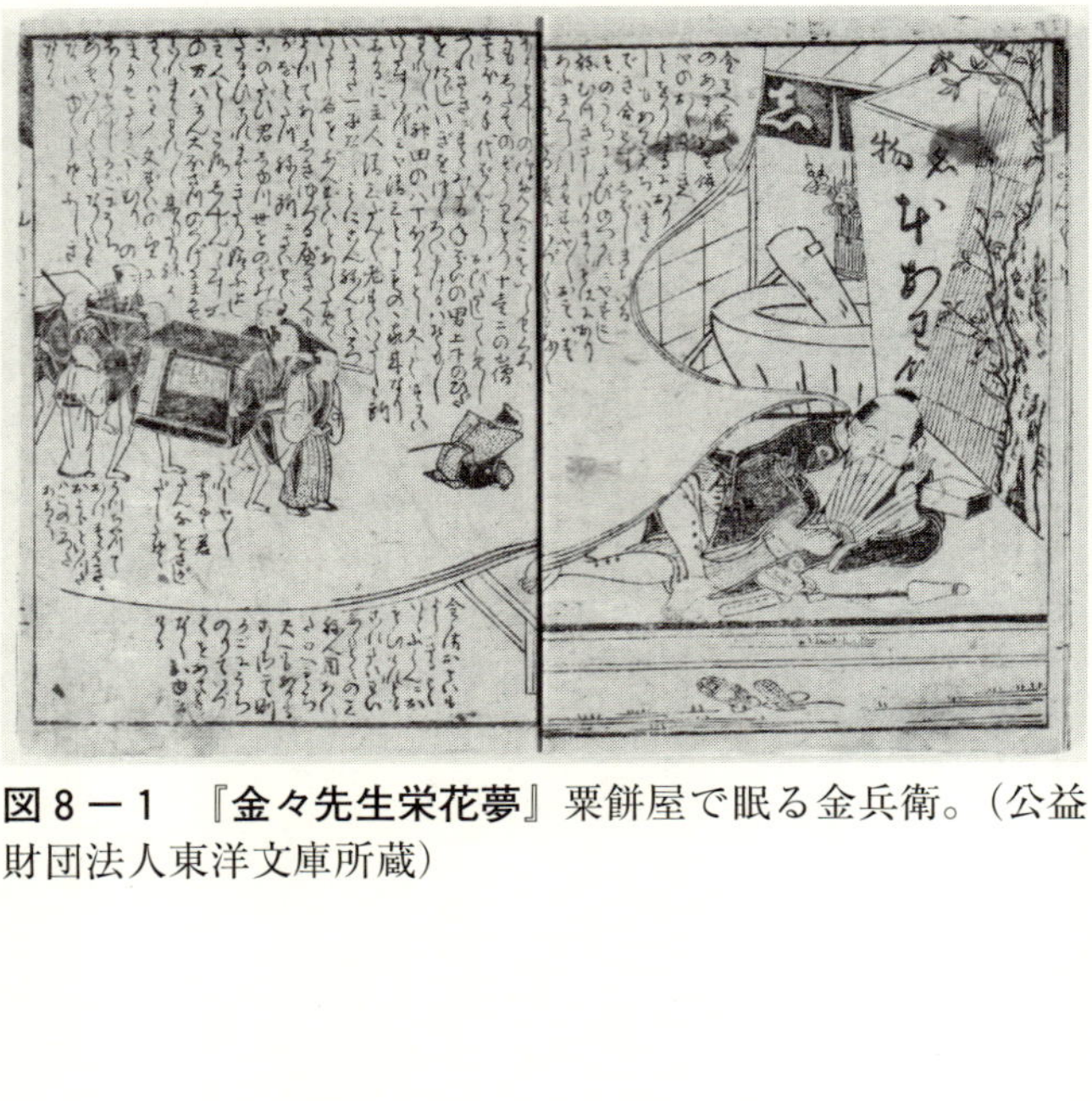

**図８－１　『金々先生栄花夢』**粟餅屋で眠る金兵衛。（公益財団法人東洋文庫所蔵）

金兵衛①思いもよらざること、いと不審に思ひけれども、これさいわい福徳の三年目、あいた口へ餅、天へもあがる心地して、則《すなはち》駕籠にうち乗りて、いづくをあてともなく出ゆきける。

ほどなく和泉屋に到着し、金兵衛は奥へ通される。そこは素晴らしい邸宅だった。

> そのすまひの結構さ、まことに玉のきざはし・瑠璃《るり》の戸ばりとも言つべきありさま、②屏風・ふすまには金銀の砂子をならべ、ついたてに小金の日輪をかかせ、からかみにしろがねの月輪をあらわしたり。

冒頭からここまでの展開を振り返ってみよう。金兵衛は旅の途中で一休みし、夢の中で富豪の使用人に出会った。富豪との養子縁組という思いがけない提案をされ、駕籠に乗って豪壮な屋敷に赴いた。この一連の展開が、先に紹介した謡曲『邯鄲』の前半部分をなぞっていることは明白である。『邯鄲』では、夢の中で盧生が勅使と出会い、帝からの譲位を告げられる。盧生は輿《こし》に乗って宮殿に赴き、即位して栄華を極める。帝か富豪かという違いはあるものの、旅寝の夢の中で思いがけない幸運に恵まれるという筋立ては同じである。

さらに『金々先生栄花夢』では、文章にも『邯鄲』の詞章を利用している箇所がある。引用した原文の傍線部①は、『邯鄲』で盧生が輿に乗る時の様子を表した「かかるべきとは思はずして、天にも上がる心ちして、玉の御輿にのりの道」という一節をふまえたものである。また傍線部②は、宮殿の様子を描写した「東に三十余丈に銀の山を築かせては、金の日輪を出されたり、西に三十余丈に金の山を築かせては、銀の月輪を出されたり」という一節をふまえている。このような『邯鄲』の利用については、後に改めて考察することにしよう。

**＊遊里での遊び**

金兵衛は文ずいの養子になり、金にまかせて浮世の楽しみを極める。髪は流行の本多髷《ほんだまげ》に結い、衣服は黒羽二重の着物や天鵞絨《びろうど》の帯など上等で高価なものを身につけ、「あらゆる当世のしやれをつく」す。金兵衛は取り巻きに囲まれ、「金村屋金兵衛」という名前から「金々先生」という呼び名もついた。当世風に着飾った「金々先生」が、ここに登場した。

金々先生は八丈八端《はちじょうはったん》の羽織、縞縮緬《しまちりめん》の小袖、役者染《やくしやぞめ》の下着を身につけ、亀屋頭巾から目だけ出すという最先端の装いで、吉原の遊廓へ遊びに行く（**図8—2**）。吉原では、かけのという名前の遊女と馴染《なじ》みになり、節分の日に豆をまくのは古くさいと金銀をまいてみたりするが、かけのにはそっぽを向かれてしまう。吉原の次は岡場所（非公認の遊里）の深川に足を運び、雪の日に加賀蓑をつけてわざわざ徒歩で出かけるが（**図8—3**）、「にわかの洒落なれば、さしたる落ちの来ることもなし」。にわか仕込みの洒落で底が浅く、さして受けない。

深川では、おまづという女と馴染みになり、さんざん金を使う。だが、おまづは金々先生に惚れていると見せかけ、ひそかに和泉屋の手代の源四郎と会っている。おまづと茶屋の女は金々先生にさとられないよう、唐言《からこと》（カキクケコの音を挟んだ暗号的な話し方）で会話する。

（茶屋の女）「げコンカシコロウサコンケ

**図8－2　『金々先生栄花夢』**
頭巾をかぶった金々先生。
（公益財団法人東洋文庫所蔵）

ガ、キコナカサカイコト。よしかへ。」
（おまづ）「イキマカニイケククコカクラ、マコチケナコトイキツケテクコンケナ。よくいってくんねへ。」

カキクケコの音を除くと「げんしろうさんが、きなさいと、よしかへ」「いまにいくから、まちなといってくんな。よくいってくんねへ」となる。おまづのふるまいに合点のいかない金々先生は立腹して立ち上がり、なだめる取り巻き連中に「うつちやつておけ、煤掃《すすはき》にや出やう」（かまわないでおけ、年末の大掃除の時に出てくるだろう）と言い放つ。「うつちやつておけ、煤掃にや出やう」は「かまわないでおけ」を意味する通言（遊里での通用語）で、金々先生としては通人を気取ったつもりだったが、そもそも遊びの場でもめごとを起こす客は嫌われる。金々先生は茶屋の女に「ほんにあきれたとんちきだね」と嘲《あざけ》られてしまう。

**図８－３　『金々先生栄花夢』**加賀蓑を着た金々先生。（公益財団法人東洋文庫所蔵）

**＊幕切れ**

金々先生はあちこちでだまされ、金を巻き上げられ、取り巻きも寄りつかなくなる。駕籠に乗ることもできず、歩いて品川へ行く。品川は吉原や深川より格下の遊里である。挿絵（**図8―4**）には高輪の大木戸と海を背景に、金々先生が「ぱつち尻はしよおりに桐の柾下駄」という姿で、駕籠を羨ましげに見ている様子が描かれている。金持ちになった途端にちやほやされ、金を失った途端に人気を失う金々先生の様子は、序文の「是を得るものは前にたち、これを失ふものは後にたつ」という警句を具体化したものと言えるだろう。

　浪費によって和泉屋の身代を傾けた金々先生は、文ずいの怒りを買い、家から追い出されてしまう。途方にくれて嘆いていると、粟餅をつく杵《きね》の音がする。驚いて起きると、すべては「一すいの夢」だった（「一睡」と「一炊」を掛けている）。

> 金兵衛よこ手打ち、「われ夢に文ずいの子となりて、栄花をきわめしもすでに三十年、さすればば人間一生のたのしみも、わづかに粟餅一臼《うす》の内のごとし。」と初めて悟り、これよりすぐに在所へ引こみける。

**図8－4　『金々先生栄花夢』**ぱっち・尻端折《ばしょり》姿の金々先生。（公益財団法人東洋文庫所蔵）

謡曲『邯鄲』では、盧生が夢から覚める場面に「扨《さて》夢の間は粟飯《あはいひ》の、一炊《いつすい》の間《あひだ》なり（略）五十年の栄花こそ、身の為には是迄《これまで》なり（略）実《げに》何事も一炊の夢」という一節がある。人生のはかなさを悟った金兵衛のことばが、この一節をふまえたものであることは明白である。

## 3.『金々先生栄花夢』の特色

### ＊謡曲の利用

若者が旅の途中で休息し、夢の中で思いがけない幸運に恵まれ、栄耀栄華を体験するが、目覚めて悟り、帰郷する。『金々先生栄花夢』の筋立ては全編、謡曲『邯鄲』に拠っている。しかも、要所要所に『邯鄲』の詞章が取り入れられている。

謡曲とは、能の詞章のことである。能は江戸時代には幕府の式楽に定められ、古典芸能化していった。能の詞章は謡本などの出版物を通じて民間にも浸透した。謡曲を知っている読者なら、『金々先生栄花夢』の筋立てや表現が『邯鄲』をふまえていることに気づくのは難しいことではなかっただろう。そして『邯鄲』と『金々先生栄花夢』との落差、つまり物語の舞台が古代の中国ではなく当世の江戸であり、主人公が求道的な若者ではなく享楽的な若者であることなどが、面白く感じられたに違いない。

なお、作中では『邯鄲』以外の謡曲も利用されている。深川で、雪の中を歩いて来た金々先生を太鼓持ちの万八が迎える場面がある（図8—3）。そこで二人は次のような会話をかわしている。

（金々先生）「ああ降つたる雪かな。世になき人はさぞ寒からん。雪は鵞毛《がもふ》に似て飛んで散乱し、人わ《(ママ)》紙子《かみこ》をきて川へはまらうと、アアままよ。」
（万八）「この大雪にお駕籠にも召しませず、加賀蓑の御いでたちは。ソレヨ、辰巳の里に猪牙《ちょき》はあれど、君を思へばかちはだしといふ御趣向。おそろおそろ。」

鶩毛はガチョウの羽毛、紙子は柿渋を塗った紙製の衣、辰巳の里は深川のことである。金々先生のセリフは謡曲『鉢木《はちのき》』の「ああ降つたる雪かな。如何に世にある人の面白う候ふらん。それ雪は鶩毛に似て飛んで散乱し、人は鶴氅《かくしょう》を着て立つて徘徊すといへり」という一節をふまえたもので、万八のセリフは謡曲『通小町《かよいこまち》』の「山城の、木幡《こはた》の里に馬はあれども、君を思へば徒歩跣足《かちはだし》、扨《さて》其《その》姿は、笠に蓑」という一節をふまえたものである。万八は金々先生を小野小町《おののこまち》に通った深草少《ふかくさのしょう》将《しょう》に見立てて、追従《ついしょう》しているのだ。

このように『金々先生栄花夢』には、作中世界をその典拠である謡曲の世界に重ねて読む楽しみが用意されている。言いかえれば、そうした読み方・楽しみ方ができるのは謡曲についてある程度の知識がある読者である。この点からも、この作品は子ども向けというより大人向けのものと言えるのではなかろうか。

**＊洒落本との共通点**

この作品にはもう一つ、大人が楽しむ小説としての面がある。それは作中に遊里や遊客が登場し、その描き方において、同時期の洒落本《しゃれぼん》（遊里に取材した文学）との共通点が多いことである。

例えば金々先生の服装は、洒落本『当世風俗通《とうせいふうぞくつう》』（金錦佐恵流作、安永二年〈一七七三〉刊）に描かれた遊客の装いと一致している。この洒落本には「上之令子風《むすこふう》」（上流の息子風）の装いとして、黒羽二重・八丈八端・縞縮緬などの小袖、博多縞や天鵞絨の帯、黒縮緬の大坂頭巾（亀屋頭巾）などが紹介されている。加賀蓑をつけた若者や、ぱっち・尻端折姿の若者を描いた挿絵もある。

また、作中にはおまづと茶屋の女が唐言で会話する場面があったが、唐言は当時、深川を中心とする遊里で実際に流行していた話し方だった。洒落本『辰巳之園《たつみのその》』（明和七年〈一七七〇〉刊）には、おまづと女の会話によく似た場面が出てくる。

そして、金々先生は外見こそ通人気取りだが、所詮は金を使うしか能がなく、女たちの心をつかむことができない。こうした人物像も、洒落本に登場する半可通《はんかつう》（装いや言動は通人風だが、うわべだけで中身の伴わない客）そのままである。

### ＊『金々先生栄花夢』の新しさ

『金々先生栄花夢』に、謡曲の利用や、洒落本に通じる素材・表現が見られることを述べた。ところで先行する草双紙にも、これらの要素を個々に持つものがないわけではない。例えば『浮世栄《うきよえい》花枕《がまくら》』（安永元年〈一七七二〉刊、富川吟雪作・画）は謡曲『邯鄲』をふまえた筋立てを持ち（ただし夢の内容は御家騒動で現実味に乏しい）、『色里通《いろざとがよい》』（宝暦十一年〈一七六一〉または安永二年刊、鳥居清経作・画）は吉原の習慣や通言を扱った作品である。

類似点を持つこれらの先行作と比べた時、『金々先生栄花夢』の特色として、むしろ際立って見えてくる点がある。この作品では、謡曲をふまえて筋《ストーリー》をつくる手法は先行作と同じだが、その謡曲的な枠組の中で江戸の遊里・遊客を描く試みがなされている。その際、草双紙の特色である挿絵が十分に生かされ、当世の遊里・遊客のさまが鮮やかに描写されている。いわば草双紙という媒体に、意識的に洒落本の素材と表現が持ち込まれている。ここに、この作品の新しさがある。

**＊知識人の戯作**

作者の恋川春町（本名、倉橋格）は駿河小島《おじま》藩の江戸詰めの用人であり、小石川春日町の藩邸に住んでいた。知識人が趣味として行う創作を戯作《げさく》という。春町にとって草双紙の執筆は、武士としての務めとは別の余技、つまり戯作であった。金々先生の浮沈を描く『金々先生栄花夢』には、にわか成金の半可通に対する春町なりの揶揄《やゆ》がこめられているように感じられる。

春町は狂歌師としても活躍した（狂名は酒上《さけのうえの》不埒《ふらち》）。狂歌は本歌取りの手法で和歌の世界を卑俗化し、当世の事物に付会して興ずるものである。謡曲『邯鄲』の求道的な若者を江戸の享楽的な若者に転じた『金々先生栄花夢』にも、雅俗を転じて遊ぶ狂歌的な発想法が見出せる。こうした発想は、以後の黄表紙に受け継がれていく。

## 4．黄表紙の変容

**＊寛政の改革による影響**

現実世界に取材する黄表紙作者たちの視線は、天明末年から始まった松平定信の改革政治（寛政の改革）にも向けられた。朋誠堂喜三二《ほうせいどうきさんじ》『文武二道万石通《ぶんぶにどうまんごくどおし》』（天明八年〈一七八八〉刊）や春町『鸚鵡返文武二道《おうむがえしぶんぶのふたみち》』（寛政元年〈一七八九〉刊）は、実在の大名や旗本を思わせる人物を登場させ、改革政治の進む世の中を誇張して戯画化した作品である。ともに当たり作となったが、春町は松平定信から召喚され、応じないまま寛政元年に死去した。喜三二（本名平沢常富、秋田藩江戸留守居役）も、黄表紙の筆を折った。翌寛政二年には、妄説や好色本の出版を改めて禁じる町触《まちぶれ》が出された。

武士たちは戯作から手を引いていった。町人の戯作者である山東京伝《さんとうきょうでん》も、寛政三年春に発表した洒落本が咎《とが》められて手鎖刑に処せられ、洒落本の筆を折った。だが京伝は、黄表紙の執筆は続けた。次に紹介する『金々先生造化夢《きんきんせんせいぞうかのゆめ》』（寛政六年〈一七九四〉刊）は、『金々先生栄花夢』の後日談という設定で書かれたものである。

## ＊『金々先生造化夢』の世界

物語は、「昔々、赤本《あかぼん》元年、かちかち山の兎の年の頃、金々先生といふ者あり」という書き出しで始まる。金々先生は「盧生もどきの栄華の夢を見てより、浮世は夢のごとしと悟り」、「あまり物を悟りすぎて、これぞといふ商売も渡世もせず（略）ただ明暮れ、ぬらりくらりと暮らし」ていたが、ある日、茶漬飯をつくろうと茶をわかしている間に、うとうとと眠ってしまう。

夢の中で、金々先生は仙人に出会う。仙人は「なんぼ悟つても、飯を食はねば生きてゐられず、すでに古語にも、恒《つね》の産なきは恒の心なしといへり」と金々先生を諭す。「恒の産なきは恒の心なし」は『徒然草』第一四二段に出てくる有名な文句（出典は『孟子』）である。

仙人は金々先生に、茶漬飯をつくるために必要なものを次々と見せていく。それは燃料の薪集めに始まり、食器や調理道具の制作、農作物の栽培、井戸掘り、天候・水・台所を司る神々の活動まで多岐に及ぶ。それらを見終えた金々先生は、できあがった茶漬飯を前に、次のように悟る。

> わづかに茶漬飯一膳、たつた二タ切れの香の物といへども、幾万人の手にかかりけるか、数へ尽くし難し。（略）人間一生入用の品々は、皆これ幾万人の辛苦を積めり。然る時は、紙一枚、

箸一膳も我が物にて我が物にあらず。皆、天地より恵み給ふ所なり。米一粒《りう》も遊んでいて食らふは勿体なき事なり。アアそうじやナア

目を覚ますと、ようやく茶が煮える頃だった。金々先生は「盧生は粟飯炊ぐうちに五十年の夢を見、我は煮花の出来るうち千万人の辛苦を知れり。我、浮世を夢と思ひなして、ただうかうかと暮らしたるが、今日より心を改め、天地へ恩を報づるため、一つの渡世を始めん」と決心し、仕事を始め、ほどなく百万両の分限になった。

## ＊大衆向け娯楽小説へ

うたたねの夢の中で思わぬ経験をし、目覚めて悟る。この作品も『金々先生栄花夢』と同様、謡曲『邯鄲』を下敷きにしている。だが、『金々先生栄花夢』とは大きく異なるところがある。金々先生は夢の中で「造化」（変化し続ける天地・万物）を見、世の中の仕組みを知り、怠け者から働き者へと変貌する。金々先生が悟り得た内容は、あらゆる物は人々の労働によって生み出されていること、物を無駄にしてはならないこと、人間は渡世（生業）を持つべきであることなど、きわめて現実的な教訓だった。これらは、倹約と分相応を是とする寛政の改革の方針に合致するものである。京伝は、仙人に連れられて茶漬飯ができあがるまでの全工程を見せられるという荒唐無稽な設定を通じて、現実の世の中に合わせた教訓を説いたのである。

寛政の改革後の黄表紙には、教訓的・啓蒙的な内容を面白く表現したものが多い。幕府に咎められずに、なるべく多く売れそうな内容が追求されるのは、商業出版物であることを考えれば自然なことだった。結果的に黄表紙は、知識人の戯作から大衆向けの娯楽小説に変じていくこととなる。

## 引用本文と、主な参考文献

日本古典文学大系『黄表紙　洒落本集』（岩波書店、一九五五年）ただし適宜仮名を漢字に改め、振り仮名を省き、踊り字は仮名や漢字に置き換えた。

『山東京傳全集』第三巻（ぺりかん社、二〇〇一年）ただし適宜振り仮名を省き、踊り字は仮名に置き換えた。

水野稔『黄表紙・洒落本の世界』（岩波新書、岩波書店、一九七六年）

新日本古典文学大系『謡曲百番』（岩波書店、一九九八年）

『洒落本大成』第四巻・第六巻（中央公論社、一九七九年）

## 発展学習の手引き

1．謡曲『邯鄲』と『金々先生栄花夢』を読み比べ、作品から受ける印象の違いと、その理由について考えてみよう。

2．『黄表紙　洒落本集』（日本古典文学大系）に収録されている恋川春町の黄表紙『高漫斉行脚日《こうまんさいあんぎゃにっ》記《き》』（安永五年〈一七七六〉刊）を読み、謡曲の利用のしかたや、作中で戯画化されているものについて考えてみよう。

3．黄表紙の挿絵は、物語を表現するうえでどのような役割を果たしているだろうか。複数の作品を読んで考えてみよう。

# 9 『桜姫全伝曙草紙』を読む

佐藤　至子

**《目標・ポイント》** 山東京伝の読本《よみほん》『桜《さくら》姫《ひめ》全《ぜん》伝《でん》曙《あけぼの》草紙《ぞうし》』を取り上げ、物語の構造、表現、主題について考察し、作品の特色と魅力を再評価する。

**《キーワード》**『桜姫全伝曙草紙』、読本、清玄桜姫もの、因果応報、無常観

## 1. 読本とは

**＊前期読本と後期読本**

山東京伝作・初代歌川豊国画の『桜姫全伝曙草紙』（以下、『曙草紙』と略記）は、文化二年（一八〇五）十二月に江戸で出版された。

読本は十八世紀の中頃に成立し、幕末・明治初期まで命脈を保った。文学史の上では、山東京伝の『忠臣水滸伝』（寛政十一年・享和元年〈一七九九・一八〇一〉刊）を境として、それより前のものを前期読本、それ以後のものを後期読本と分けることが多い。前期読本は主に上方《かみがた》の文人によって作られ、後期読本は主に江戸の戯作者によって作られた。

読本の成立には、日本における中国白話小説の流行が大きく関わっている。読本の嚆矢《こうし》は都賀庭《つがてい》

鐘《しょう》の『英草紙《はなぶさぞうし》』（寛延二年〈一七四九〉刊）である。庭鐘は中国語学者・医者であり、中国白話に精通していた。『英草紙』は九編の奇談を集めた短編集で、九編のうち七編が中国白話小説を翻案する手法で作られている。手法だけでなく、全編に作者の学識・思想が反映されている点、雅俗折衷・和漢混淆《こんこう》の文体で書かれている点も、従来の文芸とは一線を画すものだった。『英草紙』のこうした特徴は、上田秋成《うえだあきなり》の『雨月物語』（安永五年〈一七七六〉刊）にも引き継がれていく。

前期読本は、その内容から、比較的教養のある読者を念頭において書かれたと推測される。それに対して後期読本は、より幅広い読者層に向けて書かれていると考えられる。このことについては『曙草紙』を読解したのち、再び考察したい。

## ＊京伝と馬琴

後期読本で最も有名なのは、曲亭馬琴《きょくていばきん》の長編『南総里見八犬伝《なんそうさとみはっけんでん》』（文化十一年〜天保十三年〈一八一四〜一八四二〉刊）だろう。『曙草紙』について考えるための補助線として、京伝と馬琴の関係と、馬琴読本の特色にふれておきたい。

京伝は、安永七年（一七七八）に黄表紙の作者として戯作の世界に足を踏み入れた。京伝より六歳年下の馬琴は、寛政二年（一七九〇）に戯作者を志し、既に黄表紙・洒落本作者として活躍していた京伝の家を訪れた。翌年、京伝の仲介で、馬琴の初めての黄表紙が出版された。

馬琴の最初の読本は『高尾船字文《たかおせんじもん》』（寛政八年〈一七九六〉刊）である。ただしこれは中本（縦約十八cm、横約十三cm）の書型で出版された読本（中本型読本）で、本格的な読本ではなかった。読本の一般的な書型は半紙本（縦約二十三cm、横約十六cm）である。書型と内容は対応しており、中本型読本は半紙本型の読本よりも文章が平明で、内容も演劇色が強いことが指摘されている。

『高尾船字文』も、浄瑠璃・歌舞伎で知られた「伊達騒動」を『通俗忠義水滸伝』（中国白話小説『水滸伝』の翻訳）と組み合わせたものだった。

　馬琴の半紙本型の読本の第一作は『月氷奇縁《げっぴょうきえん》』（文化二年〈一八〇五〉刊）である。この作品には京伝の『優曇華物語《うどんげものがたり》』（文化元年〈一八〇四〉刊）を参照した形跡が認められる。また、これだけでなく、文化四年頃までの京伝と馬琴の読本には、典拠・構想・趣向などさまざまなレベルでの共通点が見出だせる。この時期の二人は互いの作品を栄養としつつ、読本のあるべき姿を模索していたのではないかと考えられている（大高洋司「『四天王剿盗《しょうとう》異録』と『善知安方《うとうやすかた》忠義伝』」）。

　その後、馬琴は史実の空白部分に虚構を設ける「稗史《はいし》もの」の読本に独自の境地を開き、『椿説《ちんせつ》弓張月《ゆみはりづき》』（文化四年～八年〈一八〇七～一八一一〉刊）や『南総里見八犬伝』を著した。いずれも武士を主人公にした長編である。『南総里見八犬伝』は、中世の武将里見義実《よしざね》の子伏姫《ふせひめ》が愛犬と交感して気を孕《はら》み、その腹から出た気に包まれた水晶の数珠が空中で飛散し、後にその玉をそれぞれ持つ八人の勇士（八犬士）が出現して里見家のために戦うという、壮大な物語である。

　京伝は、戯作者としては馬琴の先輩にあたるが、その読本は、現在では残念ながら『南総里見八犬伝』ほどの知名度はない。しかし、出版当時は必ずしもそうではなかった。馬琴が江戸の戯作者たちについて記した『近世物之本江戸作者部類』には、『曙草紙』について「この書大《いた》く時好に称《かな》ひて、雅俗倶《とも》に佳妙とせり」と記されている。当時の人々の好みに合い、幅広い層の読者から好評を得た作品だったという。

## 2. 物語の構造と表現

### ＊『曙草紙』の概要

『曙草紙』とは、どのような作品なのか。まず、全体のあらすじを示しておく。

後鳥羽院の時代、丹波国の鷲尾義治《わしのおよしはる》の正妻である野分《のわき》は、義治の妾である玉琴《たまごと》が妊娠したことに嫉妬し、家来に命じてひそかに玉琴を殺害する。その際、玉琴から赤子が生まれ、通りかかった回国修行者の弥陀二郎がその赤子を拾う。十六年後、野分の子の桜姫は桜を見に京都を訪れ、清水寺に詣でる。清水寺の僧である清玄《せいげん》は、偶然見かけた桜姫に一目惚れし、煩悩にとらわれ、破戒して寺を出る（巻一・巻二）。

桜姫は伴宗雄《ばんのむねお》と婚約する。信太《しだ》平太夫は桜姫への求婚を断られ、その恨みから、鷲尾家を襲って義治を殺す。騒動のなかで野分と桜姫は離れ離れになる。野分は強盗蝦蟇《がま》丸の家に身を寄せ、蝦蟇丸の妻である小萩と、その娘の松虫・鈴虫をいじめる。小萩は家から追い出され、殺される。松虫・鈴虫は山奥で母のなきがらを見つけ、後を追おうとするが、常照阿闍梨《あじゃり》に諭されて出家する。桜姫は人里離れた場所に逃れ、病死する。その棺が鳥部野に運ばれ、墓守となっていた清玄の手に渡る。清玄の涙が桜姫にかかり、桜姫は蘇生する。清玄は桜姫に言い寄り、苦しめる。そこに弥陀二郎が通りかかり、清玄を殺す。清玄は怨霊となり、桜姫を苦しめる（巻三・巻四）。

伴宗雄は鷲尾家の旧臣とともに信太平太夫を討つ。蝦蟇丸は義治殺害に加担したことを野分に告げて殺そうとするが、小蛇が現れてこれを妨げる。鷲尾家の旧臣が蝦蟇丸を討ち、野分を救う。桜姫は宗雄と結婚し、鷲尾家を再興するが、怪異現象に悩まされる。家臣たちは清玄の怨霊の祟りと思い、加持祈禱《かじきとう》などをする。常照阿闍梨が怨霊を教化すると玉琴の霊が現れ、「深き恨《うらみ》のいはれ」を語り始める。それによれば、玉琴は野分の家来に殺され、その魂魄《こんぱく》が赤子に憑《つ》いた。その赤子が成長し、清玄になった。玉琴は桜姫のことが妬ましく、再び清玄に憑いて桜姫を悩ませた。桜姫を苦しめたのは、野分を嘆かせるためだった。桜姫を蘇生させたのも玉琴のしわざで、真実の蘇生ではなかった。蝦蟇丸を妨げた小蛇も玉琴の霊が変じたもので、野分を生かして憂き目に合わせ、とり殺すつもりだった。

常照阿闍梨の教化によって、玉琴の霊は成仏し、桜姫の姿も消えて、骨だけが残る。野分は悪事が露見して、自害しようとするが、雷に打たれて死ぬ（巻五）。

## ＊清玄と桜姫の物語

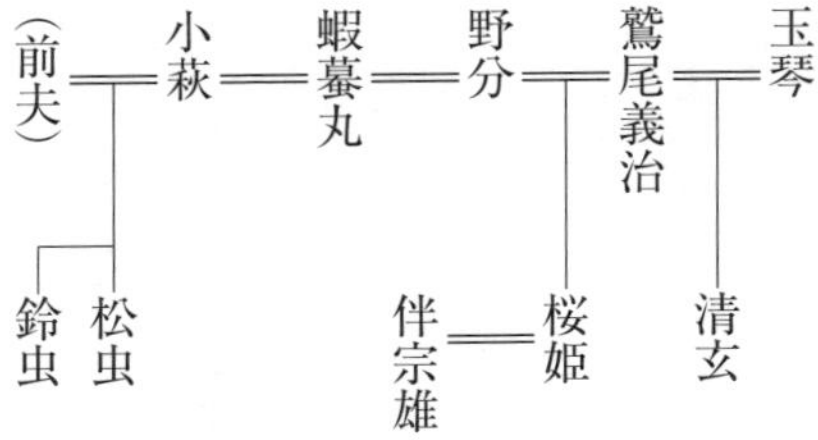


**人物関係図**

『曙草紙』には多くの人物が登場する（**人物関係図**参照）。筋立てもやや複雑だが、清玄・桜姫に関する筋立てと、かれらの母親である玉琴・野分に関する筋立てに分けて考えてみよう。

清玄と桜姫に関する筋立ては、概ね次の順序で進行する。

清玄と桜姫の誕生→清玄と桜姫の出会い→清玄の破戒→桜姫と伴宗雄の婚約→桜姫の死→清玄と桜姫の再会→清玄の執着と怨霊化→鷲尾家再興→怪異現象の発生→桜姫の消滅

京伝は物語本文の前においた「例言」で、『曙草紙』は友人が市で購入した本を京伝が補綴したものだとし、その本は「曾木偶《かつてでく》に舞《まは》しめ、歌舞伎に作《つくり》て、普《あまねく》児女《じじよ》の耳目《じもく》にふれたる、美女桜姫一期盛衰の事」を記したものだったと述べている。浄瑠璃や歌舞伎で演じられていた「桜姫」の物語は、桜姫が破戒僧の清玄に苦しめられる筋立てで、古浄瑠璃『一心二がびやく道』（寛文十三年〈一六七三〉刊）をはじめとして、あまたの演目が知られている。それらの作品群（「清玄桜姫もの」と呼ぶ）においては、上演を重ねるうちに〈清玄が桜姫を見そめ、破戒し、桜姫と再会して激しく執着し、殺されて怨霊化する〉という展開が定型化していった。『曙草紙』の清玄・桜姫に関する筋立てにも、傍線で示したように、そうした「清玄桜姫もの」の定型的な展開が取り込まれている。

『曙草紙』の刊行に比較的近い時期に江戸で上演された「清玄桜姫もの」としては、歌舞伎『遇《さいかい》曽《そ》我《が》中村《なかむら》』（寛政五年〈一七九三〉三月、江戸・中村座）がある。浄瑠璃『桜姫操大全《さくらひめみさおたいぜん》』は安永五年（一七七六）正月、江戸・肥前座上演だが、台本（浄瑠璃正本）が出版され、流布していたと見られる。「清玄桜姫もの」は、京伝が「普《あまねく》児女《じじょ》の耳目《じもく》にふれたる」（広く女性や子どもに知られている）と言うように、江戸の人々にとってなじみのある題材だったと考えられる。

なお、京伝が直接参照したと考えられるのは、大江文坡の著した『勧善桜姫伝《かんぜんさくらひめでん》』（明和二年〈一七六五〉刊）であったことが、中村幸彦によって論証されている（「桜姫伝と曙草紙」）。『勧善桜姫伝』は浄土宗の勧化本（説教説話書）であるが、二川清によればこの書もまた、浄瑠璃・歌舞伎で定型化した「清玄桜姫もの」の要素を取り込むかたちで書かれたものだった（「『桜姫全伝曙草紙』及び『勧善桜姫伝』と先行戯曲との影響関係について」）。

### ＊清水寺の見そめ

『曙草紙』の名場面の一つは、清玄と桜姫が出会う清水寺の見そめの場面である。

桜ひめ且《まづ》本堂にいたりて観音を拝し、扨山中《さてさんちう》の花を見るに、聞《きき》しにまさる名花なり。再《ふたたび》滝のもとにくだりて見れば、ここなるは殊にまさり、咲《さき》も残さず散《ちり》もはじめぬまさかりの時とひ、三条《みすぢ》の滝に花のかげのうつりたるさま、えもいはれねば深く興じて、一首の和歌を詠じ、乗物のうちより硯とり出《いだ》さして短冊にかきつけ、花の枝にむすびつけさしけり。（中略）しかるに此時《このとき》清玄香水《かうすい》を供《くう》ぜんと、みづから閼伽桶《あかをけ》を提《さげ》て滝の水をくみ、何《なに》の心もなく石段の半《なかば》を上《のぼ》りけるが、偶《ふと》顧《かへりみ》て桜ひめと顔見合《みあは》し、桜ひめおもはゆげにうちゑみける時しも、一陣の冷《れい》風《ふう》さと吹《ふき》おろして梢の花をちらし、清玄が皮肉にぞつと冷《ひえ》とほるとおぼえしが、神心《しんじん》酔《ゑへ》るが如くなりて、世にはかかる美人もありけるよと、あからめもせず惘然《ばうぜん》として、閼伽桶をとりおとしければ、はつしと箍《たが》きれて桶くだけ水ちりぬ。（巻三・第七）

桜姫は、清水寺の本堂で観音に参拝する。山中の桜は聞きしに勝る美しさ、滝のあたりの桜はとりわけ美しく、まだ咲かぬつぼみもなければ、散り始めた花もない。えも言われぬ様子を桜姫は大変おもしろく感じて、和歌を詠んだ。清水寺の僧である清玄は、仏前に供える水を汲み、石段を上り、ふと振り返って桜姫と顔を見合わせた。桜姫が恥ずかしげに微笑んだ時、冷たい風が吹いて梢の花を散らした。その風が自分の体を冷たく貫いたと感じた時、清玄は酔ったような気分になり、世の中にはこのような美人もいるのだと、ぼうぜんとして桶を落とした。桶は壊れ、水は流れてしまった。

満開の桜のもとでの、美女と若い僧侶の運命の出会いである。清玄は何げなく桜姫を見、はなやいだ気分の桜姫は笑みを返す。そこに「一陣の冷風」が吹き、花が散る。清玄は桶を落とし、せっかくの水が流れてしまう。明るさのなかに不吉な影がよぎり、満ち足りていたものが壊れ始めることを予感させる描写である。

### ＊清玄の惑乱

この後、清玄について、次のような描写がある。

> 忽《たちまち》悟心《ごしん》の明月《めいげつ》煩悩の雲にかくれ、肝《きも》魂《たましひ》空に飛《とび》うせて、しばし見とれて跕《たたずみ》けるが、やや心を転じ、あさましあさまし、仏戒に女人《にょにん》に近づくを以《もつ》て、身を火焼《くはしやう》に投《なげ》うつにたとへしものをとおもひきりて、二脚《ふたあし》三脚《みあし》あゆめど、とかく桜ひめの容儀に心ひきもどされ、又跕て去《さり》かねけるが、諸人《しよにん》の見とがめんことのはづかしく、依々恋々《いいれんれん》として轟坊《とどろきぼう》にぞ帰りける。（巻三・第七）

それまで清玄の心は明月のような悟りの境地にあったが、たちまち煩悩の雲に覆われ、桜姫に見とれて立ちつくした。「浅ましいことだ。仏戒では女人に近づくことを身体を火中に投げうつことに喩えているのに」と思いを振り切り、歩き出したが、桜姫の様子に心が引き戻されて、去りかねた。だが、人に見咎められるのも恥ずかしく、未練を残しながら宿坊の轟坊に帰った。

清玄は、どうしようもなく桜姫に引きつけられていく自分自身に戸惑っている。この後、修行に打ち込んで妄念を払おうとするのだが、不動明王像も桜姫の顔に見えてしまう始末で、ついに破戒し、寺を出奔してしまう。

清水寺の見そめの場面は、いわば清玄の転落の序曲である。だが、出会いの瞬間から始まる心の揺れ動きは、若者が恋に落ちた時の気持ちのあり方として、決して特殊なものではない。『曙草紙』は全体として怪奇性をおびた陰惨な場面が多いが、決してそればかりではない。明るさに満ちた見そめの場面、そして若者らしい恋の戸惑いを描いたこうした場面があることも、この作品の魅力として評価すべきだろう。

## ＊玉琴と野分の物語

玉琴と野分に関する筋立ては、概ね次の順序で進行する。

玉琴の妊娠→野分の嫉妬と玉琴殺害→野分の妊娠と出産→鷲尾家の滅亡→野分と蝦蟇丸の生活→鷲尾家の再興→玉琴の告白と成仏→野分の悪事露見と死

この筋立ての核にあるのは、鷲尾義治の正妻野分と、妾玉琴の確執である。そこから、野分が玉琴を殺害し、玉琴が怨霊化して野分に復讐するという、因果応報の物語が展開していく。しかも、怨霊となった玉琴の告白――清玄の桜姫への執着は野分を苦しめるために玉琴が引き起こした現象だったという告白――からわかるように、清玄が桜姫に執着する物語は、玉琴と野分にまつわる因果応報の物語のなかに含み込まれる構造になっている。

玉琴による野分への復讐は、清玄と桜姫がともに世を去った後も続き、玉琴の成仏と野分の死によって、ようやく終わる。玉琴と野分の物語を〈母親たちの物語〉、清玄と桜姫の物語を〈子どもたちの物語〉とすれば、〈母親たちの物語〉は〈子どもたちの物語〉を完全に包み込むかたちになっている。

玉琴と野分に関する筋立ては、『勧善桜姫伝』にはなく、京伝が独自に構想したものである。これを付加したことは、よく知られた「清玄桜姫もの」に新たな物語性を与える、斬新な方法といえる。京伝は巻一の冒頭部分で、次のように書いている。

昔より児女《じぢよ》の耳にふれたる、清水寺の清源《せいげん》、美女桜姫を執愛《しうあい》し、死して怨魂《おんこん》姫をなやましたる物語を考《かんがう》るに、因果覿面《いんぐわてきめん》の理《り》彰々《しやうしやう》として毫釐《がうり》もたがはず、悪報のすみやかにいたれること、聞《きく》にすら戦慄として、毛髪《みのけ》いよだつ一談なり。（巻一・第一）

［現代語訳］昔から女性や子どもが聞き知るところの、清水寺の清玄が桜姫に執心し、死んでその怨霊が姫を悩ませる物語について考えると、因果覿面の道理が明らかで、いささかも齟齬《そご》することなく、悪の報いがすみやかであること、聞くだけでもぞっとする物語である。

京伝は、清玄が桜姫に執着する理由（因）として、その母親たちの物語を構想し、「因果覿面の道理」に則った物語を作り上げた。これによって清玄と桜姫の物語は、破戒僧が美女に執着する物語であると同時に、母親たちの確執の犠牲者としての異母兄妹の物語という一面を持つことになった。ここに、既存の物語を利用しながら新しい物語を生み出していく、京伝の読本作者としての技量を見ることができる。

**＊怨霊出現の描写**

桜姫を悩ます怪異を清玄の怨霊のしわざと思わせながら、実は玉琴の怨霊のしわざだったとする最後の場面は、読者を驚かす仕掛けとして功を奏している。この玉琴の告白を念頭において作品を読み返すと、要所要所で、怨霊出現を暗示する表現があることに気づかされる。

作中で、玉琴の怨霊が出現したと明確にわかるのは、巻二・第四、弥陀二郎が玉琴のなきがらを見つけてそばにいた赤子を拾う場面のみである。章の題に「玉‐琴魂‐魄還二‐着胎‐子一」（たまごとのこんぱく、はらごもりのこにげんぢゃくす）とはっきり書かれており、本文に次のような描写がある。

「（略）せめて此子《このこ》をたすけばや」と懐《ふところ》に抱《いだ》き、肌につけてあたたむるに、はや氷のごとく冷《ひえ》たりければ、益《ますます》哀《あはれ》を催しける時しも、一陣の冷風《れいふう》さと吹《ふき》おろし、梢をならし川水をうごかし、怪哉《あやしいかな》、かの屍《しかばね》の疵口《きずくち》より、炎々たる一塊《いっくわい》の心火《しんくわ》飛出《とびいで》て二郎が懐に入り、身うちにぞつと冷《ひえ》とほるとおぼえしが、忽《たちまち》赤子蘇生《いきかへり》てふたたび泣出《なきいだ》しぬ。

弥陀二郎は赤子を助けようと懐に入れ、温めるが、赤子の体は氷のように冷たくなっている。その時、冷たい風がさっと吹いて木々の梢を鳴らし、川の水を動かした。そして、なきがらから燃えさかる心火が飛び出して、弥陀二郎の懐に入った。冷たいものが体を貫いたと弥陀二郎が感じた時、赤子がたちまち生き返って泣き始めた。

「心火」は死者の魂と見なされる怪しい火で、ここでは玉琴の魂（＝怨霊）と考えられる。玉琴が生まれた赤子に憑いたと述べたのは、この出来事をさす。

「心火」出現の直前に、「一陣の冷風さと吹おろし」とあることに着目したい。作中では、これが怨霊出現の合図のようになっている。先に、清水寺の見そめの場面（巻三・第七）を引用した。そこにも「桜ひめおもはゆげにうちゑみける時しも、一陣の冷風さと吹おろして梢の花をちらし、清玄が皮肉にぞつと冷とほるとおぼえしが」という一節があった。玉琴は、桜姫の様子が妬ましく、再び清玄に憑いて桜姫を悩ませたと告白している。清水寺で吹いた「一陣の冷風」も、実は玉琴の霊であり、「ぞつと冷とほる」は、それが清玄に取り憑いたことを暗示する表現だったのである。

また、蝦蟇丸が野分を殺そうとした時に現れた小蛇も、実は玉琴の怨霊だったのだが、その場面にも、次のように「一陣の冷風」の描写があった。

> がま丸打笑《うちわらひ》、「比興《ひきやう》ともいはばいへ。籠を開《ひらい》て鳥を失《うしなは》んより、圏《をり》のうちの獣を屠《ほふ》るにしかじ。はやく冥途に赴け」と云《いひ》つつ、氷なす刀を抜《ぬき》て唯一打《ただひとうち》とふりあぐる。
> 時しも俄《にはか》に一陣の冷風吹来《れいふうふききた》り、空中より一つの小蛇《しやうじや》あらはれ出《いで》て、がま丸に飛《とび》つき、右の腕《かいな》にまとひつきけるが、忽《たちまち》腕しびれて打《うつ》ことあたはず、しばし惘然《ばうぜん》として心たゆみぬ。（巻五・第十七）

京伝は、巻二・第四を除き、「一陣の冷風」が玉琴の霊であることを殊更に説明していない。だが、同じような表現を繰り返すことで、わかる読者にはわかるように工夫している。こうしたところに、京伝のさりげない周到さが表れている。

## 3. 主題と読者

### ＊無常観

『曙草紙』には、野分と桜姫、玉琴と清玄のほかに、もう一組、小萩と松虫・鈴虫という母子が登場する。また、玉琴の死だけでなく、小萩の死にも野分が関係している。女性どうしの確執と、それにともなう三組の母子の数奇な運命を描くことが、この作品における主題の一つである。

そして、もう一つの主題が無常観である。美貌の小萩は盲目になったために蝦蟇丸に疎まれ、家から追い出されて殺される。娘の松虫・鈴虫は、山奥で母のなきがらを見つけ、七日ごとに弔う（巻四・第十四）。その場面には、「抑《そもそも》人の屍《かばね》の腐爛《くさりただれ》て日日に変《へんず》ること、九相《きうさう》の詩に賦《ふ》し無常の賦につらねて、今更いふべくもあらねど、あらあら記して児女勧善の一端とす」（人の死体が腐敗して日々変化することは「九相の詩」や「無常の賦」にあり、今更言うまでもないが、あらましを記して女性や子供に善を勧める一助とする）とあり、小萩のなきがらが骸骨になっていく様子が細かく描写されている。

「九相の詩」は『九相詩』のことで、一人の女性のなきがらが骸骨になるまでの様子を描いた絵に漢詩と和歌を添えたものである。清玄が桜姫の棺を受け取る場面（巻四・第十六）にも、清玄のセリフとして「思ふに九相《きうさう》の詩に、男女の婬楽は互《たがい》に臭骸《しうがい》を抱《いだく》といひしもうべなり。人は皮をのみ愛して、唯《ただ》いつはりの姿なる事をしらず」（思うに『九相詩』に、男女の快楽は実は醜い体を抱いているのだとあるのも、もっともなことだ。人間は美しい外側のみを愛し、それが偽りの姿であることを知らないのだ）とあり、『九相詩』漢文序の一節「男女婬楽互抱臭骸」が引用されている。

美貌や幸せは永久には続かない。外見は美しくても皮膚の下には醜いものがつまっている。『曙草紙』では、これらのことが繰り返し語られている。桜姫と伴宗雄の逢瀬の場面（巻三・第十）では、「小野小町《をののこまち》が一期盛衰の事を図したる絵」を見ながら、桜姫が「人の盛衰は、いつ誰身《たがみ》にあらんもしるべからず。妾《わらは》がごときも翌《あす》のことははかられ申さず」と涙ぐむ。また、常照阿闍梨の教化で桜姫の姿が消える場面（巻五・第十九）では、桜姫の「嬋娟《せんけん》たる花の姿」が「忽《たちまち》氷の朝日にとくるが如く消失《きえうせ》て」、小袖と骸骨のみ残る様子が描写され、「桜ひめ絶世の美人なりといへども、骨と化《け》しては常の人にかはらず。思ふに醜美《しうび》は只《ただ》臭皮《くさきかは》一《ひと》重《へ》にあるのみ。好色の輩《ともがら》ここに於て悟すべし」と記されている。

## ＊女性や子どもに向けて

女性どうしの確執、母と子の離別、美貌や幸せがはかないものであること。京伝は『曙草紙』のなかで、女性や子どもをめぐるこうしたさまざまな苦難を描いている。これは、馬琴が『椿説弓張月』や『南総里見八犬伝』において主に武士たちの苦難を描いていることとは対照的である。

京伝はまた「例言」のなかで、「児女《じぢよ》の聴《きき》を喜《よろこば》しめんと欲《ほつ》して、形容潤色に過《すぎ》たる言《ことば》をくはへたれば」「絵をくはふるは児女の目を慰《なぐさめ》、且《かつ》文のかき得がたき趣を示《しめさん》となり」と記し、女性や子どもにも喜ばれるよう文章や挿絵を工夫したと述べている。『曙草紙』は、こうした点からも、男性よりは女性や子どもの読者を念頭において書かれた作品と言える。

知識人たちの読み物として始まった読本は、近世後期にいたって、より幅広い読者層に向けた読み物へと変化した。『曙草紙』には、そのような後期読本の特色がよく表れている。

## 引用本文と、主な参考文献


『山東京傳全集　第十六巻　読本2』（ぺりかん社、一九九七年）ただし適宜振り仮名を省き、踊り字は仮名や漢字に置き換えた。
『読本事典』（笠間書院、二〇〇八年）
大髙洋司「『四天王剿盗異録』と『善知安方忠義伝』」（『京伝と馬琴』翰林書房、二〇一〇年）
中村幸彦「桜姫伝と曙草紙」（『中村幸彦著述集』六　中央公論社、一九八二年）
二川清「『桜姫全伝曙草紙』及び『勧善桜姫伝』と先行戯曲との影響関係について」（『江戸文学』十四号、一九九五年）
高田衛「『桜姫全伝曙草紙』の側面」（『国文学』四十二巻五号、一九九七年四月）
佐藤至子『山東京伝　滑稽洒落第一の作者』（ミネルヴァ書房、二〇〇九年）


## 発展学習の手引き

1. 後期読本は、勧善懲悪の理念や因果応報の考え方に基づいて作られているものが多い。『曙草紙』における因果応報は、本章で述べたとおりだが、勧善懲悪の理念はどのように反映されているだろうか。登場人物は善人と悪人に明確に分けることができるだろうか。考えてみよう。

2. 『曙草紙』には清玄と桜姫の一生が描かれているが、同時に、かれらに直接的・間接的に関わる人々の人生も描かれている。任意の人物に着目して、その人物の物語として読み直してみよう。

# 10　『白縫譚』を読む

佐藤　至子

**《目標・ポイント》**　幕末の長編合巻《ごうかん》『白縫譚《しらぬいものがたり》』を取り上げ、物語の構想、先行作品との関係、登場人物の造型を分析し、人気を集めた理由について考察する。

**《キーワード》**　『白縫譚』、合巻、妖術使い、「黒田騒動物」、「天草軍記物」

## 1．合巻

### ＊合巻

『白縫譚』は、合巻のなかで最も長い作品である。嘉永二年（一八四九）から明治十八年（一八八五）まで、全七十一編が刊行された。活字翻刻を収めた続帝国文庫『白縫譚』（明治三十三年〈一九〇〇〉）には、続きにあたる七十二編～九十編も収録されているが、合巻の原本が確認できるのは七十一編までである。

合巻は近世の江戸で親しまれた草双紙《くさぞうし》の一ジャンルであり、挿絵の余白に文章が書き入れられる形式を持つ。合巻前史として赤本・黒本・青本・黄表紙がある（第8章参照）。安永四年（一七七五年）刊『金々先生栄花夢』に始まる黄表紙は、現実の世の中に取材し、滑稽性・諧謔《かいぎゃく》性を持った読み物として人気を集めたが、寛政の改革（一七八七〜九三）以降は、教訓性・啓蒙性に重心をおいた作風のものが増えていった。敵討物《かたきうちもの》など筋《ストーリー》の面白さを追求した作品も多くなり、結果として、文化期の初頭（一八〇四〜〇六頃）に合巻へと変容した。

合巻という呼称は、装丁の特徴に由来している。草双紙は、近世の一般的な版本と同様に、二つ折りの紙を重ねて折山と反対側を綴《と》じる袋綴じの方式で製本されている。この二つ折りの紙一枚を一丁と数える。草双紙には一作品の丁数を五の倍数にする慣習があり、五丁で一巻と数えた。赤本・黒本・青本・黄表紙の多くは一巻から三巻（五丁から十五丁）で完結し、一巻を一冊に綴じる形で製本していたが、合巻は一作品あたりの丁数が多く、二巻ないし三巻（十丁ないし十五

図10－1　『白縫譚』十七編　表紙（佐藤至子所蔵）

丁)を一冊に綴じた。ここから「巻を合わせる」という意味で「合巻」という呼称が生まれた。

なお、赤本・黒本・青本・黄表紙の呼称は概ねその表紙の色に由来しているが(第8章参照)、合巻の表紙は、多色摺りの摺付《すりつけ》表紙(錦絵表紙とも言う)が多い(図10―1)。

文化期(一八〇四～一八)の合巻は、読み切りの短編が主流であった。当初は敵討物が多かったが、次第に浄瑠璃や歌舞伎の影響を受けた作品が増えた。浄瑠璃や歌舞伎から登場人物名や筋立てなどを借りる手法や、挿絵に登場人物を描く際に歌舞伎役者の似顔絵を用い、人物造型に役者のキャラクター・イメージを利用する方法などが用いられた。

文政期(一八一八～三〇)に入ると、長期間にわたって続く長編合巻もつくられるようになった。代表的な作品として、中国小説の『水滸伝』を翻案した曲亭馬琴の『傾城水滸伝《けいせいすいこでん》』(全十三編、文政八年～天保六年刊)や、『源氏物語』を翻案した柳亭種彦《りゅうていたねひこ》の『偐紫田舎源氏《にせむらさきいなかげんじ》』(全三十八編、文政十二年～天保十三年刊)などがある。『偐紫田舎源氏』は、室町時代の足利家を舞台とする御家騒動の物語に『源氏物語』の登場人物や挿話を取り込んだ作品で、種彦の卓抜なアイデアと流麗な文章、歌川国貞の華麗な挿絵が大好評を博した。しかし、老中水野忠邦による天保の改革(概ね一八四一～四三)に伴う出版統制で絶版処分を受け、種彦の死去によって未完に終わった。

## ＊『白縫譚』の登場

見た目が美しく、価格も安くはなかった合巻は、不必要な贅沢《ぜいたく》を禁じる天保の改革下で取り締まりの対象になった。表紙を多色摺りにすること、挿絵に役者の似顔絵を描くこと、作中に歌舞伎めかした趣向を入れることは禁じられ、長編の出版も制限された。そのため、天保十四年(一八四三)には新作の出版点数が激減したが、水野忠邦失脚後の弘化期(一八四四～四八)には次第に多色摺りの表紙が復活し、出版点数も増え始めた。嘉永期（一八四八〜五四）には多くの長編合巻がつくられている。『白縫譚』の刊行が始まったのもこの時期である。

『白縫譚』は、戦国時代の九州を舞台とする歴史伝奇小説である。合巻の諸作品を力士になぞらえて格付けした見立番付『東都流行合巻競』（安政三年〈一八五六〉刊）では西の大関として掲載され（大関が最上位）、嘉永六年（一八五三）二月には二代目河竹新七《かわたけしんしち》（後の河竹黙阿弥《もくあみ》）の脚色で歌舞伎化、江戸・河原崎座で上演されている。出版当時、かなりの人気作だったことがわかる。

作者は柳亭種彦の弟子にあたる柳下亭種員《りゅうかていたねかず》で、初編から三十八編までは種員が構想・執筆し、種員死去後はその遺稿を受け継ぐかたちで二代目柳亭種彦（笠亭仙果《りゅうていせんか》）が書き継いだ。さらに二代目種彦の死去後は、柳水亭種清《りゅうすいていたねきよ》が書き継いでいる。作者の死去にもかかわらず中絶せず、後継作者によって執筆が続けられたことは、版元にとって手放しがたい売れ筋の作品だったことをうかがわせる。原本も多く伝存しており、相当の部数が出版されていたと考えられる。

## 2.『白縫譚』の構想

### *若菜姫の物語

『白縫譚』の主人公は、豊後臼杵《ぶんごうすき》の城主大友宗麟《おおともそうりん》の遺児若菜姫《わかなひめ》（前名すずしろ）である。

すずしろは自らの出自を知らず、山城の国で養父母によって育てられた。十六歳の時、病気の養母を助けるために遊廓へ身を売ることを決意する。そこに蜘蛛《くも》の精霊が現れ、すずしろをさらい、豊後の錦が嶽に連れて行く。蜘蛛の精霊はすずしろにその出自を告げ、大友宗麟が太宰経房《つねふさ》の讒言《ざんげん》で謀叛の汚名を着せられ、室町将軍の命を受けた菊地秀行に滅ぼされたことを教える。そして、大友家に代わって錦が嶽を所領とした菊地家が造船のために大木を伐採していることを訴える。

蜘蛛の精霊のセリフを読んでみよう。

> われ数《す》百年この地に棲み、山の主《ぬし》と人も呼び、大友代々領地《りょうち》ながら、言ひ伝へてこの山へは、そま山がつをも入《い》れざりしに、かの一家《いっけ》滅び失せ、菊地が所領《しょりょう》となりしより、いささかもこれを用ひず。殊に又近き頃、乾坤《けんこん》丸と名づけたる大舟を作らんため、この山にある大木《たいぼく》を悉《ことごと》く切り出だし、あまつさへわれまでも退治《たいち》せんとの噂あり。かかれば御身の手を借りて菊地の家を滅ぼさんと、すでに力を授けしが、人を伏する術なくては大望はかなひ難し。いでや希代の術を授けん。その身のためにも父の仇、討つて恨みを報ふべし（初編）

蜘蛛の精霊は菊地家を滅ぼすため、同じく菊地家と敵対する大友家の血を引くすずしろを味方につけて、その手を借りようと考えたのである。

大望をかなえるには人を帰伏させる術が必要だと、蜘蛛の精霊はすずしろに呪文を授け、秘書を渡す。妖術を会得したすずしろは、さっそく呪文を唱え、印を結ぶ。すると近くの岩が恐ろしげな蜘蛛に変じた。すずしろはそれを見て、次のように言う。

> かかる奇術を得る上は、菊地を討たんな瞬くうち。色に事寄せ、ある時は男とも化し、味方を集めん。心安く思されよ。（初編）

この場面は、人間が人間でない者から妖術を授けられる、いわゆる術譲《じゅつゆず》りの場面である。『白縫譚』より古い合巻や歌舞伎などで妖術使いが登場する作品には、こうした術譲りの場面がしばしば見られる。つまり一つの型《パターン》と言える。『白縫譚』では術譲りをクライマックスとする形で、一人の娘が出自を知り、これからなすべきことを自覚し、困難を乗り越えるための術（妖術）を身につけるという人生の大転換の瞬間を描いている。村娘のすずしろは、蜘蛛の精霊との出会いによって由緒ある武家の血を引く若菜姫に変貌した。ここから、菊地家・太宰家の打倒と大友家再興、九州平定をめざす若菜姫の旅が始まるのである。

## ＊「黒田騒動物」とのかかわり

『白縫譚』では若菜姫の物語と並行して、菊地家の御家騒動の物語が語られる。その中心人物の一人が中国の海賊七草官丁礼《しちそうかんていれい》の遺児、青柳春之助である。春之助は父が菊地秀行に滅ぼされたことを恨み、復讐するために小姓となって菊地家に入り込み、御家横領の機会を窺っている。これに対峙するのが、もう一人の中心人物、鳥山豊後之助保忠《とりやまぶんごのすけやすただ》である。菊地家の忠臣である豊後之助は佞臣《ねいしん》に操られる主君菊地貞行（秀行の子）に諫言し、息子の鳥山秋作照忠《あきさくてるただ》とともに菊地家を守ろうとする。

菊地家の御家騒動の物語は、近世初期の福岡藩黒田家で起きた御家騒動を物語化した「黒田騒動物」を下敷きに作られている。「黒田騒動物」の一つである実録小説『寛永箱崎文庫』（幕末に成立）には、黒田家の当主で暴君の黒田忠之、佞臣の倉橋重太夫、忠臣の栗山大膳が登場する。『白縫譚』に登場する菊地貞行、青柳春之助、鳥山豊後之助は、これらの人物に基づいて造型されている。

一方で若菜姫は、御家騒動とは別の角度から、菊地家打倒の機会を狙っている。若菜姫に相当する人物は、「黒田騒動物」には登場しない。若菜姫は亡父の敵を討とうとする孝子（善）の面と、妖術を使って世を乱そうとする叛逆者（悪）の面を併せ持っている。そのような若菜姫が、忠臣（善）と佞臣（悪）が対立する菊地家の御家騒動にどう関わっていくのか、簡単には予想がつかない。この先の展開が知りたければ、物語を読み続けるしかない。このように「先を読みたい」と思わせるつくりになっていることも、この作品が同時代の読者を引きつけた理由の一つだろう。

## ＊「天草軍記物」・「七草四郎物」とのかかわり

若菜姫は架空の人物だが、大友宗麟は実在の戦国大名であり、キリシタン大名として知られている。十六世紀に豊後を治めた宗麟は、フランシスコ・ザビエルにキリスト教の布教を許可し、自らも洗礼を受けた。『白縫譚』のなかにキリスト教への言及はないが、作中にはキリシタンを扱った文芸、具体的には島原の乱に取材した「天草軍記物」や、天草四郎が七草《ななくさ》四郎の名前で登場する「七草四郎物」に基づくイメージが見出せる。

例えば若菜姫の補佐役として登場する大友家の旧臣桑楡軒《そうゆけん》は、島原の乱の首謀者の一人であった森宗意軒《そういけん》を思わせる人物として造型されている。また、若菜姫が肥前の嶋山に要塞を構え、そこを拠点として戦う展開は、島原の乱の一揆勢が島原の原城に立てこもって徳川幕府軍と戦ったことを思わせる。

若菜姫にも、天草四郎や七草四郎の面影が見出せる。大友宗麟の遺児という設定自体がキリシタンのイメージを呼び起こすものであり、「若菜」や「すずしろ」は春の七草で、七草四郎を連想させる名前である。若菜姫が妖術を使う設定も、先行作における天草四郎・七草四郎のイメージと関係がある。「天草軍記物」の一つである実録小説『天草騒動』には、天草四郎や森宗意軒が不思議な術を使う場面がある。また、「七草四郎物」の代表作である近松門左衛門の浄瑠璃『傾城島原蛙《けいせいしまばらかえる》合戦《がっせん》』（享保四年〈一七一九〉十一月、大坂・竹本座）では、七草四郎こと藤原四郎高平（奥州藤原氏の末裔）が蝦蟇《がま》の妖術を使い、鎌倉幕府軍に追われて筑紫七草の城に立てこもる場面がある。天草四郎・七草四郎は権力者に叛逆する妖術使いとして造型されていた。こうした人物像は、若菜姫にもそのままあてはまるものである。

また、青柳春之助にも七草四郎の面影がある。春之助は若菜姫と同様、父親を菊地家に滅ぼされた過去を持ち、復讐の機会を狙っている叛逆者である。作中で自ら七草四郎年正《としただ》と改名する場面もある。妖術使いではないが、もう一人の七草四郎として、若菜姫と対になる存在である。

九州を舞台にした「黒田騒動物」と「天草軍記物」を組み合わせ、時代を戦国時代に移し、七草四郎のイメージを重ねた叛逆者を主人公とする物語。『白縫譚』をひとことでまとめれば、このようになるだろう。

## ＊『児雷也豪傑譚』とのかかわり

近世の文芸には、妖術使いの登場する作品がいくつもあるが、女性の妖術使いが登場するものは多くない。『白縫譚』では、なぜ女性の妖術使いを主人公として登場させたのだろうか。そのことを、先行作である長編合巻『児雷也豪傑譚《じらいやごうけつものがたり》』との関係から考えていきたい。

『白縫譚』の作者柳下亭種員は、同時期に『児雷也豪傑譚』の執筆にも関わっていた。『児雷也豪傑譚』は天保十年（一八三九）から明治元年（一八六八）まで全四十三編が出版され、作者は初編～六編が美図垣笑顔《みずがきえがお》、七編～十一編が一筆庵主人《いっぴつあんしゅじん》、十二編～三十六編が柳下亭種員、三十七編～

四十三編が柳水亭種清である。物語は足利時代を舞台に、蝦蟇の妖術を使う児雷也（本名は尾形周馬弘行）が滅亡した尾形家の再興を目ざして奮闘する筋立てである。脇役として大蛇《おろち》に護られた大蛇丸《まる》と蛞蝓《なめくじ》の妖術を使う綱手《つなで》が登場し、児雷也とこの二人が蝦蟇・大蛇・蛞蝓の三すくみの関係になる。妖術使いを主人公とする長編合巻の嚆矢《こうし》であり、歌舞伎化もされた人気作であった。

作者が種員に交代した十二編は嘉永三年（一八五〇）の刊行で、これは『白縫譚』初編刊行の翌年である。種員はそれ以前から『児雷也豪傑譚』の既刊編を読み、多くのヒントを得て『白縫譚』に活かしたと考えられる。例えば若菜姫と児雷也には複数の共通点がある。滅亡した武家の遺児であり、出自を知らずに養父母に育てられたこと、人間でない者から出自を告げられ、妖術を伝授されること、御家再興を志すことなどが、両者に共通している。また、児雷也は女装して悪人を懲らしめるが、『白縫譚』にも若菜姫が男装して諸国を巡る場面がある。

若菜姫には七草四郎のイメージが重ねられているので、本来なら蝦蟇の妖術使いとして造型されるはずである。だが、それでは児雷也の人物像と重複する。それを避けるため、蜘蛛の妖術使いとして造型されたと推察されている（佐藤悟「『泉親衡物語』と『白縫譚』」）。女性という設定も、児雷也との差異化をはかるための工夫と考えられる。

## 3. 若菜姫の魅力

### ＊男装の妖術使い

若菜姫の魅力について、「男らしさ」という点から考えてみたい。若菜姫は菊地家・太宰家の様子を探るため、しばしば男装して白縫大尽と名乗り、各地を巡る。ある時、筑後の茶店で千種《ちぐさ》という娘に出会うが、この娘は実は女装した鳥山秋作照忠であり、父である豊後之助の密命を受けて若菜姫を探索しているところだった。二人は山中の一軒家で休息するが、話をするうちに互いの正体に気づく。千種（秋作）は白縫大尽（若菜姫）に問われて、正体を明かす。

千種（秋作）のセリフを読んでみよう。

問ふまでもなし、何とてつつまん。いかにも菊地家随一の元老、鳥山豊後之助保忠が嫡子、同名秋作照忠なり。かねて世上に風聞なす、大友宗麟の忘れ形見若菜姫と言へる者、女に似げなく心剛にて、忍び忍びに味方を集へ、菊地の家を恨まん由ゆゑ、父豊後之助と相計り、わざと主君に怒りを起こさせ、宰府の宮にて勘気を蒙り、国遠《こくゑん》なしたるその実は、主家を窺ふ悪賊を詮索すべき親子が手だて。それより諸国を廻るうち、領巾麾嶽《ひれふるだけ》にて手に入《い》る密書。見れば大友譜代の老臣、吉弘勘解由惟俊《よしひろかげゆこれとし》より姫に送れる物にして、太宰の家を倒さん計議。さては筑後に立ち入りて、詮索なさば若菜姫を捕《とら》へん事は必定なりと思ふものから、この国に来たりて知る辺《べ》に身を忍び、あらぬ婦女子《ふぢよし》と身を変じ、心を尽くせし甲斐ありて、今日ぞ出で会ふ若菜姫。僅かな邪術を頼みとなし、見苦しき縄目の恥に先祖の家名を汚《けが》さんより、武士《もののふ》の情《なさけ》には自殺を許し得させんず。速やかに生害せよ。照忠これにて見分《けんぶん》せん（十三編）

秋作は、若菜姫を探すために父とともに計画を立て、わざと主君の菊地貞行を怒らせて追放の身となり、諸国を巡っていた。そして手に入れた密書から若菜姫による太宰家打倒の計画を知り、筑後に行けば若菜姫をつかまえられると見当をつけていた。秋作はこれらの事情を若菜姫に明かしたうえで、菊地家の捕虜になって家名を汚すより自害する道を選べ、と若菜姫に勧める。

この挑発的な呼びかけに、若菜姫は次のように答える。

あら小賢《こざか》しの言ひ事かな。去る頃、密書を得てしより、汝が大胆不敵を知るゆゑ、これを捕へて餌《ゑば》となし、鳥山豊後を味方に招ぎ、菊地の翼をもぎて後、貞行一家を滅ぼさんと廻らす計議も図に当たり、今ぞ手に入《い》る網の魚《うを》。逃れぬ籠の鳥山秋作、われに服して父豊後を味方に下さば、まづそのごとし。否むとならば是非に及ばじ。菊地を滅ぼす手始めに、汝を切つて戦神を祀らん事はいと易し。善悪二つの返答いかに（十三編）

若菜姫はひるむどころか、自分も別の密書を読んで秋作が大胆不敵な人物であることを知ったので、秋作をとらえて豊後之助を味方につけ、菊地家を弱体化させて滅ぼそうと計画していたと語る。そして、自分に服従しなければ切る、と秋作に迫る。

この返答を聞いた秋作は怒りを爆発させ、若菜姫をつかまえようと飛びかかる。だが、若菜姫は騒ぐこともなく呪文を唱え始める。

「シヤ奇つ怪なり、この上は、いで照忠が引つ括つて帰国の手土産、そこ退《の》きそ」と言ひも終はらず飛びかかるに、姫は騒げる色もなく、「愚人《ぐにん》に向かひ問答せんより、奇術に肝を冷やさせん」と口に呪文を唱ふるに、忽ち家鳴《やな》り震動なし、さもすさまじき大蜘蛛の軒の辺《あたり》に舞ひ下がり、炎に等しき毒気を吐きかけ、千筋の糸を繰り出で繰り出で、秋作が身をうちまとふ。照忠、心は逸れども、五体もすくみ、目くるめき、立つ足さらに定まらず。「コハ口惜《くちを》し」と気を励まし、再び姫に飛びかかるに、身はただ千引《ちびき》の石をもて押しすくめらるるごとくにて、忽ち尻居《しりゐ》にどうと座す。（十三編）

手を組んで印を結ぶ若菜姫の後ろに、姫を守護するように大きな蜘蛛が現れ、秋作に向けて糸を繰り出す（図10―2）。秋作は体がすくみ、動けなくなる。若菜姫の妖術は、糸で虫をからめ取る蜘蛛の特性そのままに、相手の動きを封じる術なのである。

**＊男性の役割を担う**

この場面には、若菜姫の「男らしさ」がよく表れている。男装という外見上の「男らしさ」だけではなく、秋作が「女に似げなく心剛にて」（女に似つかわしくなく剛

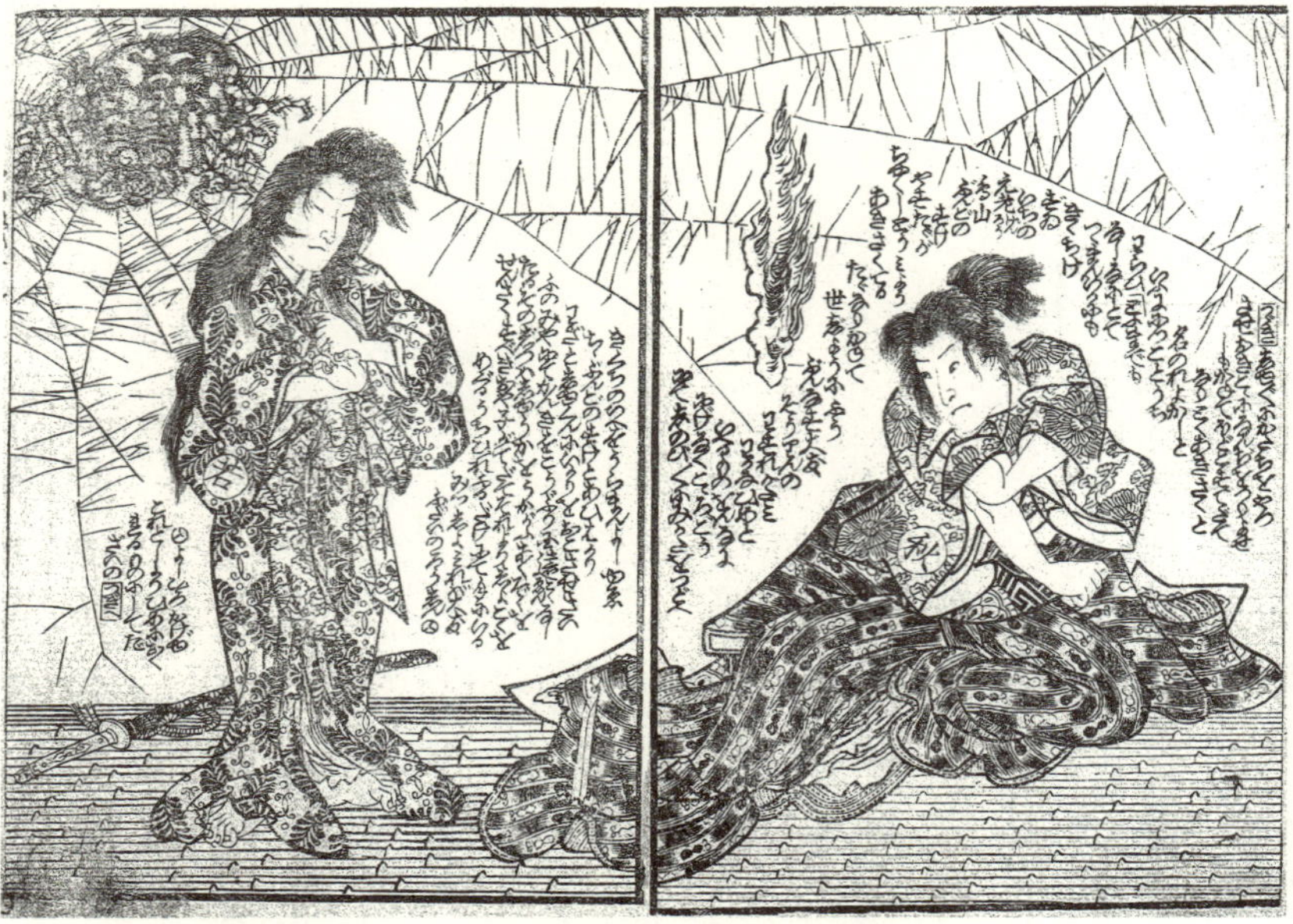

図10ー２　『白縫譚』十三編（東京大学総合図書館所蔵）

胆で）と述べているように、秋作の挑発を受けて立つ若菜姫の剛胆さは、深窓の姫君のイメージからは遠いものである。

「女に似げなく」は作中で若菜姫のことがうわさされる際によく使われることばである。例えば太宰家の当主、太宰経房は若菜姫について次のように述べている。

宗麟が娘若菜姫と言へる者、都方にて人となる由。彼は女の身に似げなく、その性《さが》大胆不敵にして、父が仇《あだ》を報ぜんとて、近き頃この九州に渡り、菊地家は言ふもさらなり、われさへ大友義鎮を讒言《ざんげん》せしゆゑ、その恨みを報はんためにつけ狙ふとか。（九編）

若菜姫は女に似つかわしくない大胆不敵な性格であり、復讐のために自ら菊地・太宰の両家をつけ狙っている、と経房は言う。亡父の敵を討とうとすることは、武家の子としては当然の行動である。若菜姫は大友家の遺児として、その役割を果たそうとしているにすぎない。そのことが「女に似げなく」と評されるところに、近世における、男性はどうあるべきか・女性はどうあるべきかという考え方の一端が垣間見える。

## ＊泉鏡花による評価

ところで読者の心をとらえたのは、その若菜姫の「男らしさ」だった。合巻の愛好者だった泉鏡花は、随筆「草双紙に現れたる江戸の女の性格」（明治四十四年〈一九一一〉四月）のなかで、「草双紙に出て来る女には、江戸児は無いにしろ、江戸児の張や意気地を遺憾なくあらはさしめて居るからうれしい」として、若菜姫に言及している。若菜姫は「父の仇を復《かへ》すがためにどうにかして義兵を挙げようと計謀《たく》んで居る」が、菊地家には有能な家臣に加えて鳥山豊後之助という豪傑がいる。「これらが、若菜姫の向うに廻つて居るのだから、女の意気地は到処《いたるところ》に発露して来る」と鏡花は言う。そして人情本に登場する女性たちに比べて、「太刀を持つたり、鎧を着たりする草双紙の女の方がどれだけ、その張とか意気地とかが出て居ることか」と称えている。鏡花は、張りや意気地といった「江戸児気質」を美点としてとらえ、男たちを相手に戦う若菜姫の「男らしさ」に、その美点を見出していた。

鏡花のまわりには、合巻を好む女性たちがいた。随筆「いろ扱ひ」（明治三十四年〈一九〇一〉）には「近所の女だの、年上の従姉妹《いとこ》だのに、母が絵解をするのを何時か聞きかじつて、草双紙の中にある人物の来歴が分つたものだから、鳥山秋作照忠、大伴《(ママ)》の若菜姫なんといふのが殊の外贔屓《ひいき》なんです」という一節がある。

当時の女性たちが主人公の若菜姫について具体的にどのような感想を持っていたか、詳しくわかる資料は残されていない。ただ、『白縫譚』が三十年以上も書き続けられ、出版され続けた背景として、この主人公の活躍を楽しみに新刊を待つ多くの読者の存在があったことは、確実であろう。

## 引用本文と、主な参考文献

『白縫譚』上・中・下（国書刊行会、二〇〇六年）ただし適宜振り仮名を省き、踊り字は仮名や漢字に置き換え、漢字表記を一部改めた。

『鏡花全集』巻二十八（岩波書店、一九四二年）
佐藤悟「『泉親衡物語』と『白縫譚』」（『読本研究』第十輯上套、一九九六年）
佐藤至子『妖術使いの物語』（国書刊行会、二〇〇九年）

## 発展学習の手引き

1．超人的な力を持つ人間（妖術使い、魔法使い、忍者、超能力者など）を主人公に据えたフィクションの系譜を、現代までたどってみよう。なぜ、私たちはそのような物語を必要とするのかを考えてみよう。

2．仮に、『白縫譚』の主人公が女性ではなく男性だったら、作品の印象はどのように変わるだろうか。考えてみよう。

3．日本には長編の時代小説や漫画が数多くある。任意の作品に関して、長編化した理由を考えてみよう。物語の構成や登場人物像といった作品の内容面だけでなく、作品の発表媒体や読者層などの角度からも、考察が可能である。

# 11 『怪談牡丹燈籠』を読む

佐藤　至子

**《目標・ポイント》**　三遊亭円朝の怪談噺《ばなし》『怪談牡丹燈籠《ぼたんどうろう》』の口演速記を取り上げ、落語の語りの特色、創作方法、「人情を穿《うが》つ」描写について考察する。
**《キーワード》**　『怪談牡丹燈籠』、『伽婢子《おとぎぼうこ》』、落語、口演速記、言文一致

## 1．三遊亭円朝と『怪談牡丹燈籠』

### ＊三遊亭円朝

落語家の三遊亭円朝は、天保十年（一八三九）に江戸の湯島に生まれ、明治三十三年（一九〇〇）に六十二歳で没した。つまり、前半生を近世の江戸に、後半生を近代の東京に過ごしたことになる。

ちなみに、落語好きで知られる夏目漱石と正岡子規は、ともに慶応三年（一八六七）の生まれである。漱石の『道草』には、主人公健三の養母を「円朝の人情噺に出て来る女」に喩えるくだりがあり、円朝の『鏡ケ池操松影』の一場面をふまえたものであることが指摘されている（延広真治「書評　水川隆夫著『漱石と落語』」）。また子規は、円朝が自作の『名人競《めいじんくらべ》』を高座で演じるのを

聴き、「円朝の妙味ここにありと思へり（中略）小説の趣向もかくこそありたけれと悟りたり」と感想を記している（随筆「筆まかせ」明治二十二年の条）。

円朝は、生涯に膨大な数の落語を創作した（ここでは滑稽噺・人情噺・怪談噺などを含めて「落語」とする）。『怪談牡丹燈籠』の原型がつくられたのは万延二年（一八六一）、口演速記が出版されたのは明治十七年（一八八四）であった。これは当時普及し始めた速記術を用いて円朝の口演を書き取ったもので、話芸の速記本としては最初のものだった。以後、さまざまな作品の口演速記が出版され、落語は読み物としても楽しまれるものになっていく。

## ＊近代の作家たちへの影響

落語は、それを演じる落語家のことばと所作で構成される芸能である。演じられるたびに、ことばは吟味され、ストーリーの運び方にも工夫が施される。同じ演目、同じ落語家であっても、全く同じ内容が演じられることは少ない。

口演速記は、演じられた落語のことばを、ほぼそのまま書き取ったものである。活字になったものを前にすると、それが決定版であるかのように錯覚してしまうが、口演速記はある時点でそのように演じられたことを示すものにすぎず、演者がそれを決定版とするかどうかは別の問題である。

一方で、演じられた落語のことばが口演速記という読み物になったことは、同じく読み物である小説の文体を模索していた当時の作家たちに、ある種の衝撃を与えた。

小説家・劇作家・評論家の坪内逍遙《しょうよう》は、『怪談牡丹燈籠』の別製本（初版本にない序文や口絵があり、組版も初版本とは異なる本）に「春のやおぼろ」の名で序文を寄せている。そのなかで逍遙は、「宛然《さながら》まのあたり萩原某《はぎはらそれ》に面《おもて》合《あ》はするが如く阿露《おつゆ》の乙女に逢見る心地す（略）ほとほと真《まこと》の事とも想はれ仮作《つくり》ものとは思はずかし　是はた文の妙なるに因る歟《か》」と『怪談牡丹燈籠』の文章のうまさを称賛した。そして、文壇の人でない円朝がこうした佳作を生みだせたのは「深く人情の髄《ずゐ》を穿《うが》ちてよく情合《じやうあい》を写せ」たことによると記している。翌年出版された逍遙の著書『小説神髄』には、「小説の主脳は人情なり。世態風俗これに次ぐ（中略）よしや人情を写せばとて、其皮相のみを写したるものは、いまだ之を真の小説とはいふべからず。其骨髄を穿つに及びて、はじめて小説の小説たるを見るなり」という一節がある。逍遙は『怪談牡丹燈籠』のなかに、自らが主張する小説のあり方に合致するものを見出していたのである（清水康行「円朝速記本と言文一致」）。

同時期に小説での言文一致を試みていた山田美妙も、『風琴 調 一節《ふうきんしらべのひとふし》』（明治二十年〈一八八七〉）の「緒言」のなかで、「此小説の文などをば（中略）一口に言へば円朝子の人情噺の筆記に修飾を加へた様なもの」と記している。また、『浮雲』（明治二十〜二十二年刊）で言文一致を試みた二葉亭四迷も、『余が言文一致の由来』（明治三十九年〈一九〇六〉）のなかで、坪内逍遙に「円朝の落語通りに書いてみたら何うか」と勧められたことを回想している。円朝の口演速記は、小説の文体を模索する作家たちに少なからぬ影響をもたらしたのである。

### ＊お露と新三郎の怪談

『怪談牡丹燈籠』は、寛保三年（一七四三）の江戸を舞台に、旗本の息子飯島平太郎が浪人黒川孝蔵を無礼打ちにする場面から始まる。その後、平太郎は家督を相続して平左衛門と改名し、妻を迎えて一人娘のお露が生まれる。十六年後、平左衛門の妻が亡くなり、お露と平左衛門の妾お国との間に不和が生じる。お露は女中のお米《よね》を連れて柳島の別荘に移り、萩原新三郎と出会う。一方、黒川孝蔵の息子孝助は草履取りとして、親の仇とは知らずに平左衛門に奉公する。

物語はお露と新三郎をめぐる怪談と、孝助をめぐる敵討ちの筋に分かれ、二つの筋が交互に語られるかたちで進む。お露と新三郎の怪談には伴蔵《ともぞう》とおみね（新三郎が所有する貸家に住む夫婦）の物語が、孝助の敵討ちの筋にはお国と源次郎（飯島家の隣人でお国の密通相手）の物語がからみ、愛欲、金銭欲、忠孝心など人間を突き動かすさまざまな心のありようが描き出されていく。

ここからは、お露と新三郎をめぐる怪談に焦点をあて、語りの特色、創作方法、描写方法について考察する。筋立てを簡単に示しておこう。

根津の清水谷《しみずだに》に田畑や貸長屋を持ち、その収入で暮らす浪人の萩原新三郎は、医者の山本志丈に誘われてお露の住む別荘を訪れる。お露は新三郎に一目惚れし、新三郎もお露のことが忘れられずに不思議な夢を見る。数か月後、志丈が新三郎のもとを訪れ、お露は新三郎に恋い焦がれて死に、お米も続いて死んだと告げる。盆の十三日の晩、牡丹燈籠を提げたお米とお露が新三郎の家の前を通る。お米は志丈がお国の悪知恵で作り話をしたのだろうと言う。二人は毎晩来るようになり、新三郎はお露と契りをかわす。

新三郎の家をのぞき見した伴蔵は、二人の女が幽霊であることに気づき、人相見の白翁堂勇斎に知らせる。勇斎からそれを告げられた新三郎は、谷中の新幡随院に二人の墓を見つける。新幡随院の良石和尚は新三郎にお守りとして海音如来を貸し、家に貼るお札を与え、雨宝陀羅尼経《うほうだらにきょう》を読誦するよう命じる。二人の幽霊は新三郎の家に入れなくなる。伴蔵はお米の幽霊から、お札をはがして海音如来を盗むよう頼まれる。伴蔵は妻おみねと相談し、百両の金と引き換えに依頼を請け負い、新三郎から海音如来を盗み、お札をはがす。二人の幽霊は新三郎の家に入っていき、翌朝、新三郎が亡くなっているのが見つかる。

## 2. 落語の語り

### ＊実況中継的な語り

まずはお露が新三郎を見そめる場面を取り上げ、坪内逍遙が作中人物を眼前に見るようだと称賛した、円朝の語りを味わってみよう。山本志丈と新三郎がお露の住む別荘を訪れ、女中のお米と志丈が挨拶をかわすところから見ていく。

米「どうも誠に久闊《しばら》く」

志丈「今日は嬢様に拝顔を得たく参りました。此処《ここ》に居るは僕が極《ごく》の親友です。今日はお土産も何にも持参致しません。エヘヘ難有《ありがた》う御座います。是《これ》は恐入《おそれいり》ます。御菓子を、羊羹結構。萩原君、召上《めしあが》れヨ」

とお米が茶へ湯をさしに往《いっ》たあとを見おくり、「此処のうちは女ふたりぎりで、菓子抔《など》は諸《はう》方《ばう》から貰《もらッ》ても喰ひ切れずに堆積《つみあ》げて置くものだから、皆《みんな》瞨《かび》を生《はや》かして捨《すて》る位のものですから、喫《くッ》てやるのが却《かへッ》て深切ですから召上れヨ。実に此家《このうち》のお嬢様は天下にない美人です。今に出て入《いらッ》しやるから御覧なさい」

とお饒舌《しやべり》をして居る処へ、対《むか》ふの四畳半の小座敷から飯嶋のお嬢さまお露様が、人珍らしいから障子の隙間より此方《こちら》を覗《のぞい》て見ると、志丈の傍《そば》に端坐《すわッ》て居るのは例の美男《びなんし》萩原新三郎にて、男ぶりと云ひ人品《ひとがら》といひ、花の顔《かんばせ》、月の眉、女子《をなご》にして見ま欲しき優男《やさをとこ》だから、ゾッと身に染み、如何《どう》した風の吹廻《ふきまわ》しで彼様《あんな》奇麗な殿御が此処へ来たのかと思ふと、カッと逆上《のぼせ》て耳朶《みみたぼ》が火の如くカッと潮紅《まッか》になり、何となく間が悪くなりたれば礑《はた》と障子を閉切《しめき》り、裡《うち》へ這入《はいッ》たが、障子の内では男の顔が見られないから、又密《そっ》と障子を明《あけ》て庭の梅花《うめのはな》を眺める態《ふり》をしながら、チヨイチヨイと萩原の顔を見て、又恥《はづか》しくなり、障子の内へ這入るかと思へば又出て来る、出たり引込《ひッこ》んだり引込んだり出たり、モヂモヂして居るのを志丈は発見《みっ》け、

志丈「萩原君、君を嬢様が先刻《さッき》から熟々《しげしげ》と視《み》て居りますヨ。梅の花を見る態をして居ても、眼《め》の球《たま》は全《まる》で此方を見て居るヨ。今日は頓《とん》と君に蹴られたネ」

お米と志丈のセリフに続けて地の語り（地の文）があり、お露が新三郎を見る様子が語られ、志丈のセリフへと続いていく。セリフが生き生きとした話し言葉であることと、地の語りが途切れずに長々と続くことに注目したい。これは作中で起きた出来事を過去のこととして語るのではなく、目下進行中のこととして、実況中継するように描写する語り方である。読者（聴き手）に作中世界を疑似体験させる語り方とも言える。

### ＊作中人物と〈語り手〉

地の語りに関してもう一つ注目したい点は、顔を出したり引っ込めたりしながら新三郎を見るというお露の行動を客観的に描写しながら、いつしか、新三郎を見てゾッとしたり、カッとのぼせたりする、お露本人にしかわからない身体感覚についても語っていることである。

作中人物を客観的に描写する語りのなかに、その人物の主観に立ったことばが現れるのは、活字で読むとどこか不自然なものに見える。だが、実際に演じられるのを聴くと、さほど不自然には感じられない。なぜだろうか。

この場面を演じる落語家は、お米のセリフを言う時はお米を演じ、志丈のセリフを言う時は志丈を演じている。そして地の語りに入ると、作中人物ではない〈語り手〉になる。セリフと地の語りは本来は別種のことばだが、落語ではそれらが一人の落語家によって切れ目なく操られていく。一人の落語家が作中人物になったり〈語り手〉になったりする、このような語り方に聴く側が慣れてしまえば、地の語りのなかに作中人物の主観に立ったことばが現れても、あまり不自然には感じられない。一人ですべてのことばを操る話芸ならではの語り方・聴き方と言えよう。

## 3. 創作方法

### ＊『伽婢子《おとぎぼうこ》』の利用

お露の幽霊が牡丹燈籠を提げたお米の幽霊を供に連れて新三郎の家を訪れ、契りを交わす。のぞき見をした伴蔵の知らせから、新三郎は女二人が幽霊であると知り、退けようとするが、結局は命を落としてしまう。怪談の要であるこの部分の原話は、中国小説『剪燈新話《せんとうしんわ》』の「牡丹燈記」であり、円朝が直接参照したのはそれを翻案した『伽婢子』巻三「牡丹燈籠《ぼたんのとうろう》」（浅井了意著、寛文六年〈一六六六〉刊）であると推測されている。先行作を利用して新しい物語をつくることは、近世には一般的なことであり、円朝もそうした方法でこの部分を創作したと考えられる。

作中には、『伽婢子』を参照してつくったと考えられる箇所がもう一つある。新三郎が船の中で夢を見る場面である。

新三郎は柳島の別荘でお露に会った後、お露のことを思い続けるが、再訪の機会もないまま鬱々としていた。ある日、新三郎は柳島の近くの横川で釣りがしたいと言い、伴蔵に船を出させる。新三郎は船の中で酒に酔い、寝てしまうが、目覚めるとお露が住む別荘の近くに来ていた。新三郎は別荘に入り、お露と契りをかわす。お露は形見として秋野に虫の図柄を象嵌《ぞうがん》した香箱を出し、新三郎に蓋のほうを渡す。そこに突然、父の平左衛門が現れ、二人を厳しく咎める。

平「露、汝《てまへ》はヤレ国がどうのかうの云ふノ、親父がやかましいノ、どふか閑静な所へ往《ゆ》きたいノと、様々の事を云ふから此《この》別荘に置けば、斯様《かやう》なる男を引摺込《ひきずりこ》み、親の目を偸《かす》めて不義を働きたい為に閑地《かんち》へ引込《ひきこ》んだのであらう。コレ、苟《かりそ》めにも天下御直参《ごぢきさん》の娘が男を引入《ひきい》れるといふ事がパツと世間に流布致せば、飯嶋は家事不取締《ふとりしまり》だと云はれ、家名を汚《けが》し、第一御先祖へ対して相済まん。不孝不義の不届《ふとどき》ものめが、手打《てうち》にするから左様心得ろ」

新「暫くお待《まち》下さい、其御腹立《そのおはらだち》は重々御《ご》尤《もツとも》で御座《ござ》い升《ます》が、御嬢様が私を引摺り込み不義を遊ばしたのではなく、手前が此二月始めて罷出《まかりいで》ましてお嬢様を誘《そその》かしたので、全く手前の罪でお嬢様には少しも御咎《おとが》は御座いません。何卒《どうぞ》嬢様はお助けなすつて、私を」

露「イイヘ尊父様《おとつさま》、妾《わたくし》が悪いので御座い升。どうぞ妾をお斬り遊ばして、新三郎様をばお助け下さいまし」

と互《たがひ》に死を争ひながら平左衛門の側にすりよりますと、平左衛門は剛刀をスラリと引抜《ひきぬ》き、誰彼と容赦はない、不義は同罪、娘から先へ斬る、観念しろと云ひさま、片手なぐりにヤッと降《くだ》した腕のさえ、嶋田の首がコロリと前へ落《おち》ました時、萩原新三郎はアッとばかりに驚いて前へのめる処を、頬《ほう》より腮《あご》へ掛けてヅンと切られ、ウーンと云《いツ》て倒れると、

伴「旦那へ旦那へ、大層うなされて居ますね、恐ろしい声をして喫驚《びつくり》しました。風を引くと

いけませんヨ」
と云はれて新三郎は漸《やつ》と目を覚《さま》し、ハーと溜息をついて居るから、
伴「どうなさいましたか」
新「伴蔵や、己《おれ》の首が落ちては居ないか」
と問はれて、
伴「左様《さう》ですネー、船舷《ふなべり》で煙管《きせる》を叩くと能《よ》く雁首が川の中へ落《おツこ》ちて困るもんですネー」
新「左様ぢやアない、己の首が落ちはしないかといふ事ヨ。何処《どこ》にも疵《きづ》が付《つい》てはいないか」
伴「何を御串戯《ごじやうだん》を仰《おツし》やる、疵も何も有《あり》は致しません」
と云《いふ》。新三郎は於露《おつゆ》に如何《どう》にもして逢ひ度《たい》と思ひ続けて居るものだから、其事を夢に見てビツシヨリ汗をかき、辻占が悪いから早く帰らうと思ひ、伴蔵早く帰らう、と船をいそがして帰りまして、船が着《つい》たから揚《あが》らうとすると、
伴「旦那、此処に此様物《こんなもの》が落《おち》て居り升《ます》」
と差出《さしいだ》すを、新三郎が手に取揚《とりあ》げて見ますれば、飯嶋の娘と夢の裡《うち》にて取替《とりかは》した秋野に虫の模様の付《つい》た香箱《かうばこ》の蓋ばかりだから、ハツとばかりに奇異《きたい》の想《おもひ》を致し、どうして此蓋が我手《わがて》にある事かと喫驚《びつくり》致しました。

平左衛門が現れ、お露が手打ちにされ、新三郎も切りつけられたと思いのほか、すべては新三郎が船の中で見た夢だった。一連の出来事が実況中継的に語られ、手に汗を握る場面である。

## ＊「船田左近夢のちぎりの事」との比較

この場面は、『伽婢子』巻四「船田左近夢のちぎりの事」（以下「夢のちぎりの事」）をもとにしていると推測される。両者を比較してみよう。まず、「夢のちぎりの事」の概要を示す。

山城の淀に住む船田左近は美男で、豊かな暮らしをしている。船に乗って橋本に行き、酒屋に立ち寄ると、別の部屋から酒屋の娘が左近を見て心惑い、帳の隙間から顔を出したり引っ込めたりする。左近も娘の美貌に見とれるが、会話もせずに帰る。左近は娘のことが忘れられず、夢の中で酒屋に行き、娘と契る。毎晩そうした夢を見る。ある夜の夢で、左近は娘に水晶の玉を贈り、娘は左近に銀の香箱を贈る。目覚めると左近の手元に香箱があり、自分の持っていた水晶の玉はなくなっていた。左近が酒屋に行くと、娘は左近を思うあまり病に臥せっている。娘の父は左近に結婚を勧める。娘は左近に夜ごとの夢の内容を語る。それは左近が見ていた夢と同じであった。

「夢のちぎりの事」と『怪談牡丹燈籠』には複数の共通点がある。美貌の男女が水辺にある女の家で出会うこと、見そめの時に女が顔を出したり引っ込めたりすること、男が夢の中で女の家に行くこと、夢の中で女に渡された香箱が目覚めた後も男の手元に残ること、である。

一方で、異なる点もある。「夢のちぎりの事」では左近と娘が夢の中で互いに品物を贈り、左近が娘の家を再訪して、二人が同じ夢を見ていたことがわかる。『怪談牡丹燈籠』では、夢の中でお露だけが品物を贈り、平左衛門が現れて二人を咎める。新三郎は目覚めた後に早々に帰り、お露が夢を見たかどうかは語られない。また、夢のとらえ方も大きく異なる。「夢のちぎりの事」では夢は男女が思いを通わせる回路であり、香箱が手元に残ったことは実際に思いが通った証しと見なされる。『怪談牡丹燈籠』では、夢はお露に逢いたいという新三郎の気持ちの表れとされ、新三郎の手元に香箱の蓋が残ったことは、説明がなされないままに終わる。
結果として『怪談牡丹燈籠』のこの場面は、「夢のちぎりの事」とは別の印象を伴うものになっている。香箱の蓋が落ちていた理由が説明されないため、この出来事は〈存在するはずのないものが不意に現れた〉出来事として、不気味な印象を残す。そして読者（聴き手）は、〈存在するはずのないものが不意に現れた〉という感覚を、この後の、死んだはずのお露とお米が新三郎の前に現れる場面でも味わうことになる。新三郎の夢と目覚めを描いたこの場面は、お露への新三郎の恋情をあらわに表現すると同時に、後に語られる怪談の前ぶれとしても機能していると言えよう。

## 4．人情を穿つ

### ＊幽霊の訪れ

新幡随院の良石和尚は、お露の幽霊を「口惜《くやし》くて祟る幽霊ではなく只恋しい恋しいと思ふ幽霊」だと見抜く。新三郎は幽霊を退けようと、海音如来を身につけ、お札を家のあちこちに貼り、蚊帳の中に入って雨宝陀羅尼経を読誦する。そこへ、これまでと同じようにお露とお米の幽霊がやって来る。その場面を見てみよう。

其内、上野の夜の八ツの鐘がボーンと忍ケ岡の池に響き、向ケ岡の清水の流れる音がそよそよと聞へ、山に当る秋風の音ばかりで陰々寂寞《いんいんせきばく》、世間がしんとすると、毎《いつ》もに異《かは》らず根津の清水《しみづ》の下《もと》から駒下駄の音《おと》高く、カランコロン、カランコロンとするから、新三郎は心の裡《うち》でソラ来たと小さくかたまり、額《ひたひ》から顋《あご》へ懸《かけ》て膏汗《あぶらあせ》を流し、一生懸命一心不乱に雨宝陀羅尼経《うほうだらにきやう》を読誦して居ると、駒下駄の音が池垣の元《もと》でぱつたり止みましたから、新三郎は止《よ》せばいいに念仏を唱へながら蚊帳を出て、窃《そツ》と戸の節穴《ふしあな》から覗いて見ると、毎時《いつも》の通り牡丹花《ぼたんのはな》の燈籠《とうろ》を下げて米《よね》が先へ立ち、後《あと》には髪を文金の高髷《たかまげ》に結ひ上げ、秋草色染《あきくさいろぞめ》の振袖に燃へる様《やう》な緋縮緬《ひぢりめん》の長襦袢《ながじばん》、其《その》綺麗な事云《い》ふばかりもなく、綺麗ほど猶怖く、これが幽霊かと思へば萩原は此世からなる焼熱地獄に堕ちたる苦《くるし》みです。萩原の家《うち》は四方八方に御札が貼《はツ》てあるので、二陰鬼《ふたりのいふれい》が臆して後《あと》へ下がり、

米「嬢様、とても入れません。萩原様は御《お》心変《こころがは》りが遊ばしまして、昨晩の御言葉と違ひ、貴嬢《あなた》を入《いれ》ないやうに戸締《とじま》りが付きましたから、迚《とて》も入る事は出来ませんからお諦め遊ばしませ。心の変つた男は迚も入れる気遣ひはありません。心の腐《くさツ》た男はお諦めあそばせ」

と慰むれば、

嬢「あれ程迄《ほどまで》に御約束をしたのに、今夜に限り戸諦《（ママ）》りをするとは、男の心と秋の空、かわりはてたる萩原様の御心が情ない。米や、どうぞ萩原様に逢《あは》せてをくれ。逢せてくれなければ私《わたく》しは帰らないよ」

と振袖を顔に当《あて》て潸然《さめざめ》と泣く様子は、美しくもあり又物凄くもなるから、新三郎は何も云はず只だ南無阿弥陀仏南無阿弥陀仏、

米「御嬢様、あなたが是程《これほど》までに慕ふのに、萩原様にやアあんまりな御方では御座いませんか。若《も》しや裏口から入れないものでもありますまい。入《い》らつしやい」

と手を取《とツ》て裏口へ廻つたが、矢張《やツぱ》り入られません。

時を告げる鐘の音は夜が更けたことを感じさせ、駒下駄の音は幽霊が近づいてくる様子を想像させる。地の語りでは新三郎の耳に聞こえた音が語られ、新三郎が恐怖にとらわれていく様子が描かれていく。幽霊の姿は、節穴越しに新三郎が見たものとして語られる。読者（聴き手）もまた、新三郎と同じように、幽霊たちの会話に耳を澄ませることになる。

**＊人情を穿つ**

この場面の核心をなすのは、新三郎を慕うお露と、お露が幽霊であると知って急に態度を変えた新三郎との、気持ちのすれ違いである。お露のセリフには、もう一度新三郎に会いたいという強い思いが表れている。お露が幽霊でなければ、悲恋物語のひとこまと言っても違和感はない。坪内逍遙が「深く人情の髄を穿」つと評した通り、この場面には恐怖、恋慕といった人間の感情が細やかに表現されている。

『怪談牡丹燈籠』は比較的長い作品だが、ストーリーは一つ一つの情景の積み重ねでできている。客観的な描写だけでなく、落語家が作中人物になって語る、そのことばの写実性によって、作中世界がありありと見えてくる。口演速記として残された円朝の声に、また、この作品を演じている多くの落語家たちの声に、引き続き耳を傾けてみたい。

## 引用本文と、主な参考文献


『円朝全集 第一巻』(岩波書店、二〇一二年) ただし適宜句読点等を加え、振り仮名を省き、踊り字は仮名や漢字に置き換えた。

新日本古典文学大系『伽婢子』(岩波書店、二〇〇一年)

坪内逍遙『小説神髄』(東京稗史出版社、一八八五年) ただし適宜句読点を加えた。

延広真治「怪談牡丹燈籠」(『幽霊名画集』ちくま学芸文庫、筑摩書房、二〇〇八年)

延広真治「書評 水川隆夫著『漱石と落語』」(『国語と国文学』六十四巻八号、一九八七年八月)

清水康行「円朝速記本と言文一致」(『文学』二〇一三年三・四月)

佐藤至子「『怪談牡丹燈籠』の文体」(『国語と国文学』九十巻十一号、二〇一三年十一月)


## 発展学習の手引き

1. 『怪談牡丹燈籠』の原文を音読して、落語ならではの語りを味わってみよう。
2. 『怪談牡丹燈籠』には何人かの悪人が登場する。通読して、幽霊と悪人のどちらが恐ろしいか、考えてみよう。
3. 孝助の敵討ちの筋立ては、現在ではほとんど演じられることがない。その理由を考えてみよう。
4. 『怪談牡丹燈籠』はさまざまな落語家によって演じられており、CDやDVDなどで鑑賞することもできる。落語家によって演じ方にどのような違いがあるか、比較してみよう。

# 12 夏目漱石の小説を読む

島内 裕子

**《目標・ポイント》** 近代小説の草創と展開の中で、夏目漱石が果たした大きな役割に触れると共に、数々の漱石の傑作を概観する。具体的な講読作品としては、前期三部作の中から『三四郎』と『それから』を取り上げる。

**《キーワード》** 小説、夏目漱石、前期三部作、『三四郎』、『それから』

## 1．近代小説の発生と展開

### ＊近代以前の文学

古典から現代までの日本文学を概観すれば、和歌の占める比重が大きかった。十世紀初頭の『古今和歌集』を始めとする勅撰和歌集は、文学の基盤であった。ついで、十一世紀の初頭に紫式部によって『源氏物語』が書かれるや、この物語は永く、物語文学の最高峰として認識されてきた。

和歌でもなく物語でもない作品としては、鎌倉時代に鴨長明の『方丈記』、鎌倉時代末期から南北朝時代にかけて、兼好の『徒然草』が書かれ、これらは近代の批評文学の先蹤《せんしょう》となった。また、説話文学は各時代でまとめられたが、『今昔物語集』も『宇治拾遺物語』も、人々に注目されるようになるのは、主として近代になってからである。

**＊物語・説話・小説**

本章からは、近代の名作を読み進めるので、ここで、物語・説話・小説の、三つのジャンルの共通点と相違点を、簡単に述べておこう。「物語」は、複数の登場人物の人間関係の行立《ゆくたて》、すなわち、成り行きが眼目であるので、必然的に時間の経過を含んでいる。「説話」の眼目は珍しい話であって、必ずしも時間の経過を伴わず、「いつ、誰が、どうした」という簡単な枠組でも成り立つ。「小説」は、話の構造としては物語に近く、人間関係を主として描くが、西洋文学の影響もあって、同時代の社会状況や、人間の生き方や価値観の多様性を描くことが多い。

**＊「漱石以前」と「漱石以後」**

『吾輩《わがはい》は猫である』は、夏目漱石が最初に発表した小説で、明治三十八年一月から俳句雑誌「ホトトギス」に連載が開始された。小説家・夏目漱石は、明治時代も末期になって登場してきた文学者である。その以前には、どのような近代小説が書かれていたのだろうか。

明治二十年に、近代小説の嚆矢《こうし》とされる二葉亭四迷『浮雲《うきぐも》』の第一篇が発表された。その後、二十年足らずのうちに、森鷗外《おうがい》・幸田露伴《ろはん》・尾崎紅葉《こうよう》・樋口《ひぐち》一葉・泉鏡花《きょうか》・永井荷風《かふう》などが登場した。この時期は、西洋文学の影響のもとに、次々と文学潮流が交替した。坪内逍遙《しょうよう》・二葉亭四迷の写実主義から、島崎藤村・田山花袋《かたい》らの自然主義へという流れがある。その一方で、写実主義に対抗する尾崎紅葉たちの硯友社《けんゆうしゃ》や、幸田露伴・樋口一葉たちの擬古典主義、また、自然主義に対抗する森鷗外の余裕派が登場した。夏目漱石も、この余裕派に属する。

余裕派の流れを汲む永井荷風の耽美《たんび》派が出て、明治四十三年頃から志賀直哉《しがなおや》・武者小路実篤《むしゃのこうじさねあつ》などの白樺派が生まれ、また、荷風に絶賛された谷崎潤一郎の活躍も始まる。そして、明治から大正へと時代が移り、大正四年に芥川龍之介《あくたがわ》の『羅生門』が出た。翌大正五年二月に芥川の『鼻』を絶賛した漱石が、その年の十二月に亡くなる。

このような近代小説の要《かなめ》の位置に、夏目漱石がいる。一作ごとに、小説という文学スタイルを突き詰め、文学の深淵へと歩みを進めた漱石によって、近代文学における小説の地位は確定した。

**＊漱石・鷗外・芥川、そして中島敦へ**

本書が、近代文学の最初に夏目漱石を取り上げる理由も、そこに在《あ》る。文学活動の開始は森鷗外の方が早く、漱石没後も鷗外は書き続けた。鷗外の人生の中に、漱石はすっぽりと納まる。けれども、森鷗外は、小説家というよりも散文家であり、「史伝」という新たな近代文学の創造者となった。したがって、まずは近代小説の大成者としての夏目漱石、次いで、史伝という新ジャンルの開拓者としての森鷗外という順で、この二人を取り上げることにする。

漱石の最晩年に間に合い、漱石から絶賛された芥川龍之介は、鷗外の史伝『細木香以《さいきこうい》』に、直接登場する。そして、芥川文学は、近代短編小説という新しいジャンルを大成して、漱石・鷗外の長編作品を相対化した。さらに、本書の最終章では、中島敦《あつし》を取り上げる。彼は、男女の恋愛をテーマに据えずに名作を創出できるか、という問いを発した文学者である。

## 2. 漱石文学の展開

**＊作家以前の漱石**

夏目漱石《なつめそうせき》は、明治維新の前年、慶応三年（一八六七）、江戸牛込《うしごめ》（現東京都新宿区）に生まれた。

明治時代においては、漱石の満年齢は、明治の年数と同じである。本名、金之助《きんのすけ》。生後すぐに里子に出され、満一歳の時、塩原家の養子となった。九歳で生家に戻ったが、夏目姓に復籍したのは、満二十一歳の時だった。ちなみに、この年、第一高等中学校に進学し、同級生の正岡子規と友情を育んだ。明治二十三年に帝国大学文科大学英文学科に入学した。明治二十八年に松山中学に赴任。明治二十九年には熊本の第五高等学校講師となった。明治三十三年、文部省より英国留学を命じられ、明治三十六年一月に帰国し、四月から東京帝国大学講師、第一高等学校嘱託となった。

幼年時代から青年期までの家庭事情。学生時代を終えての教師時代。その間の英国留学。このような漱石の人生体験は、漱石文学にも、さまざまなかたちで反映している。

## ＊漱石の作家活動

ユーモア溢《あふ》れる『吾輩は猫である』や『坊っちゃん』を、俳句雑誌「ホトトギス」に連載して、漱石の創作活動は始まった。淡彩の俳画のような『草枕』もある。その後、漱石は明治四十年三月に、教職を辞職して、四月に朝日新聞社に入社した。最初の長編連載小説は『虞美人草《ぐびじんそう》』だった。それ以後の、『三四郎』『それから』『門』の三作は、「前期三部作」と総称される。それ以外にも、耽美的な『夢十夜《ゆめじゅうや》』などもある。

漱石の作家活動の後半には、「後期三部作」として、『彼岸過迄《ひがんすぎまで》』『行人《こうじん》』『こころ』があり、さらにその後に『道草《みちくさ》』、そして未完の大作『明暗』がある。漱石はこれだけの作品群を、十年余りで書き切って、大正五年十二月九日に亡くなった。満四十九歳（数えでは五十歳）だった。

## 3. 『三四郎』を読む

### ＊汽車の女

『三四郎』は、青春小説であり、学校小説でもある。大学生の小川三四郎が主人公であるから当然とも言えるが、中心テーマは、謎のような振る舞いで、三四郎を翻弄する同世代の美禰子《みねこ》という女性の謎めいた心だった。地方から東京に出てきて帝国大学生になった若者が、年上の世代の男性や、同い年の友人や女性、知人の妹などと出会って、世界観や人間観がどのように変化してゆくかが大筋であるから、読む楽しみに満ちた作品であると言えよう。

『三四郎』は、全十三章から成る。その冒頭の二章に、この小説のすべてが、凝縮されている。

第一章には、三四郎が上京する汽車で遭遇した、二つの思いがけない体験が書かれており、読者を驚かせる。三四郎は熊本の第五高等学校を卒業して、東京の帝国大学文科の新入生として、単身で上京する。そのような若者が、名古屋止まりの汽車を降りて一泊しなくてはならなくなり、たまたま汽車で隣り合わせになったというだけの女に頼られて、仕方なく一緒に宿を探す羽目になる。間の悪いことに、宿はどこも一杯で、ようやく探し当てた宿も、一室しか空《あ》きがなかった。三四郎は、自分の気持ちと裏腹なまま、このような思いも寄らぬ状況に立たされ、まんじりともせず一夜を過ごす。そして、翌朝、この女との別れ際が、次のように描かれる。この場面に、三四郎ならずとも、読者は鮮烈な印象を覚えるだろう。

> 勘定《かんぢやう》をして宿を出て、停車場《ステーション》へ着《つ》いた時、女は始《はじ》めて、関西線で四日市の方《はう》へ行くのだと

云《い》ふ事《こと》を三四郎に話した。三四郎の汽車は間《ま》もなく来た。時間の都合で女は少し待ち合《あは》せる事となつた。改札場《かいさつば》の際迄《きはまで》送つて来た女は、
「色々《いろいろ》御厄介になりまして、……では御機嫌《ごきげん》よう」と丁寧に御辞儀《おじぎ》をした。三四郎は革鞄《かばん》と傘を片手に持つた儘《まま》、空《あい》た手で例の古《ふる》帽子を取つて、只一言《ただひとこと》、
「左様《さよ》なら」と云《い》つた。

ここまでなら、女の丁寧なお辞儀と言い、挨拶の言葉と言い、ごく自然な穏やかな朝の情景なのだが、次の瞬間に、三四郎は、女の思いも寄らぬ一言によって、自分が今まで生きてきた二十三年間の人生を否定されたような気がして、自分という人間の根底を直視せねばならなくなった。

女は其顔《そのかほ》を凝《じつ》と眺めてゐたが、やがて落付《おちつ》いた調子《てうし》で、
「あなたは余《よ》つ程《ぽど》度胸のない方《かた》ですね」と云《い》つて、にやりと笑つた。

この女の豹変《ひょうへん》ぶりは、どうだろう。三四郎は、東京に向かう汽車の中で、この言葉を何度も反《はん》芻《すう》しながら、まず、自分が「喫驚《びつくり》」したこと、そして、「二十三年の弱点が一度に露見《ろけん》した様《やう》な心《こころ》持《もち》であつた」、「どうも、あゝ狼狽《らうばい》しちや駄目だ。学問も大学生もあつたものぢやない」と衝撃を受ける。しかし、一方で、すぐさま、「是《これ》から東京に行く。大学に這入《はい》る。有名な学者に接触する。趣味品性の具《そなは》つた学生と交際する。図書館で研究をする。著作をやる。世間が喝采《かつさい》する。母が嬉《うれ》しがる。と云《い》ふ様《やう》な未来をだらしなく考へて、大《おほ》いに元気を回復」したのだった。

三四郎は自分なりに、転覆しそうになった自分の小舟を何とか平衡を保たせようとするのだが、ここに「未来をだらしなく考へて」という評言が差し挟まれているところから、三四郎の漠然と抱いている未来図は、空しいものであることが、作者から暗示されている。

第一章でいきなり波瀾含みの展開を読者に予測させた、この「女」は、無名のまま、この冒頭部に登場するや、あっという間に作品から姿を消す。けれども、この「女」の言動は、三四郎の心に非常に強い刻印を残した。その後、折に触れて幾度となく思い出され、「女の不可解性」というテーマに発展して、作品全体と深く関わる。しかし、第一章は、名も無き女との遭遇のみならず、名も無き男との遭遇も用意していた。この男が、作品の中で、重要な登場人物となる広田先生である。第三章になって、ふとそれらしき姿を見かけるが、実質的にその広田先生と三四郎が再会するのは、ようやく第四章になってからである。

**＊汽車の男**

『三四郎』の冒頭章が、汽車の中を主な舞台とするのは、象徴的である。三四郎は、車中の人となって、否応《いやおう》なく東京へと続くレールの上を走る。漱石の初期の『草枕』では、日露戦争に出征する那美の従兄弟《いとこ》や、落ちぶれて満州へとわたってゆく那美の別れた夫が、汽車に乗って視界から去ってゆく。文明の歯車の巨大さを、汽車は象徴している。ちなみに、森鷗外『舞姫』の冒頭は、ヨーロッパと日本とを結ぶ船の中だった。

さて、三四郎は汽車の中で、謎の人物に出会った。『三四郎』の中で、最大の謎は美禰子の言動であるが、第一章の後半で登場する広田先生も、ここではまだ、どこの誰とも知れない、謎の人物である。三四郎はその風貌や自分と同じ三等車に乗っていることなどから、その人物像をいろいろ推測するが、この段階ではまだ経歴も人柄も、摑《つか》み所《どころ》がない。けれども、ほんの雑談の中からも、三四郎に大きな世界を垣間見《かいまみ》せてくれた。

三四郎の目に映ったのは、「髭《ひげ》を濃《こ》く生《は》やしてゐる。面長《おもなが》の痩《やせ》ぎすの、どことなく神主《かんぬし》じみた男であつた」。三四郎のことを、この男は、じっと見詰めていたのである。このような一瞬の「見つめ合い」は、『三四郎』の中で、とりわけ美禰子との間で、何度も交わされる重要な仕種《しぐさ》である。

三四郎から見たこの男は、「さも退屈さうである」、「余程《よほど》退屈に見える」のである。そして、水蜜桃を食べながら、レオナルド・ダ・ヴィンチが桃の木の幹に毒を注射して果実に毒が回るかどうかを試験した挿話を三四郎に話して、「危険《あぶな》い。気を付《つ》けないと危険《あぶな》い」と言う。この挿話もまた捉え所がなく、どこか不気味で、危険な影を作品全体に投げかける。そもそも散文作品は、詩歌と異なり、言葉を列《つら》ね、文章を続けてゆくことで成り立つ文学形式である。だから、その作品に繰り返し出てくる表現やフレーズに注意して読むことが大切である。特に冒頭部に込められたメッセージは重要で、それが作品全体を展開させてゆく原動力になっている場合も多い。

この謎の男が果たす冒頭部の役割で注目したいのは、浜松に汽車が停車した時のホームの情景である。そこに西洋人が数人、往き来していて、特に女性の美しさに、三四郎は目を見張る。三四郎はその美しさに惹《ひ》かれながらも、自分と引き比べて、「自分が西洋へ行つて、こんな人の中《なか》に這入《はい》つたら定《さだ》めし肩身の狭い事だらうと迄《まで》考へた」。しかし、謎の男は、「今行《ゆ》き過ぎた、西洋の夫婦を一寸《ちよいと》見て、『あ、美《うつ》くしい』と小声に云《い》つて、すぐに生欠伸《なまあくび》をした」。ここで西洋人の美しさを認めた男が、しかし直ぐに「生欠伸」をしたことに注目するなら、この場面でもやはりこの男は「退屈」しているのである。男は、熊本より東京は広く、東京より日本は広く、さらに広いのは頭の中であるという、三四郎にとっては思いがけない言葉を発する。その主旨は「囚《とら》はれちゃ駄目だ」という一言に収斂《しゅうれん》されて、三四郎の東京での新生活を導く。

ちなみに、『三四郎』の冒頭部で「生欠伸」が出てきたことは、「みんな欠伸をしてゐた」という書き出しを持つ、三島由紀夫の『鏡子《きょうこ》の家』の冒頭へと遠く繋《つな》がってゆくように思われる。

## ＊池の女

『三四郎』の第二章は、この作品全体のハイライトとも言える、美禰子と三四郎との出会いが書かれる。二人が大学の池のほとりで偶然に出会い、目と目を一瞬交差させる場面が、燦爛《さんらん》たる日の光の交差とともに描かれる。三四郎は大学の文科に入学したが、当時は、九月が新学期だった。初めての東京は、電車の乗り換えも複雑で、大学はまだ、新学期の講義も始まらず、森閑としている。大学構内の池のほとりで、三四郎は逆光の中に佇《たたず》む女を見た。女は白衣の看護婦と連れ立って、こちらに歩いてくる。すれ違いざまに一瞬、三四郎と目が合ったが、女は手にしていた白い花を落として、去った。この最初の出会いは、まるでスローモーションのようである。

見知らぬ女は、謎を残した。上京したての若い大学生にとって、東京の異性は謎として立ち顕れ、その謎は作品の最後まで、謎のままで残る。漱石が、小説によって追究したのは、人間、それも、謎に満ちた異性の心の内側を忖度《そんたく》する人間だった。

『三四郎』は、読者の興味を刺激して、先へ先へと読ませる。それは、世界の全体像が明瞭に書いてあるからではなく、「謎」のベールを次々と投げかけて、隠してゆくからである。読者はそのベールを取り除《の》けて、もっとはっきりと世界と人間の真相を知りたく思う。そこに小説家としての漱石の技巧がある。三四郎が美禰子に謎を感じるのは、両者の間に、言葉によるコミュニケーションが成立していないからであり、仕種《しぐさ》や仄《ほの》めかしによって謎がかけられているからなのである。

英国の詩人・劇作家・小説家であり、漱石と同時代人と言ってもよいオスカー・ワイルド（一八五四～一九〇〇）に、『スフィンクス』という詩がある。この詩で、謎を掛けて男を迷わす女は、世紀末文学のシンボルでもあった。『三四郎』には、世紀末文学の耽美と頽廃《たいはい》が滲み込み、それが美禰子の人物造型に陰翳《いんえい》を加えている。三四郎自身が、第四章で、友人の佐々木与次郎《よじろう》から、「どうも妙《めう》な顔だな。如何《いか》にも生活に疲れてゐる様《やう》な顔だ。世紀末の顔だ」と、ズバリ言われる場面がある。三四郎は、世紀末の人間だった。しかし、その事実に、本人は気づいていない。

## ＊錯綜する人物関係

『三四郎』の登場人物は、意外と多い。主人公の小川三四郎、三四郎の同郷の先輩で、帝国大学の理科大学で光線の研究をしている野々宮さんと、その妹の「よし子」。野々宮さんが高等学校で教わった広田先生。里見美禰子には、二人の兄がいて、死んだ上の兄が広田先生と親しく、もう一人の下の兄が、野々宮さんと友人だった。美禰子は男兄弟の縁で、広田先生と野々宮さんの双方と親しかった。そのことが明らかにされるのは第五章であり、それまでは美禰子の経歴も謎だった。少しずつではあるが、霧が晴れてくる。

広田先生を大学の教授にしようと運動する与次郎は、大学の教室で三四郎と親しくなった友人で、三四郎と同年の選科の学生である。与次郎は、独身の広田先生の家に寄宿して、何かと先生の身の周りの世話もしている。与次郎は、広田先生が、その真価を世の中に知られていないと思い込んでいる。そして、自分が居なくては毎日の食事も摂《と》れないくらいだと言って、三四郎を驚かせる。与次郎は、広田先生を尊敬し、親身になって世話をしているつもりだが、その思いは、世間には通用せず、広田先生の教授就任運動も失敗し、かえって先生に迷惑を掛ける。この二人の人物造型は、少し先取りして云うならば、中島敦の短編『弟子』における孔子と子路《しろ》のような関係である。近代小説が発見した師弟関係の典型である。

広田先生と与次郎の関係性は、しかしながら、『三四郎』では本流ではなく傍系に留まる。『三四郎』は、三四郎と美禰子の関わりが中心テーマと言ってよい。二人の関係性が絶えず変化し、遂に別世界へと別れゆくまでが、『三四郎』の中を流れる時間の本流なのである。

## ＊『三四郎』の人間学

『三四郎』の面白さは、三四郎という、ほとんど白紙の状態で登場した若者が、新学期の直前に初秋の東京に出てきて以来、翌年の初め頃までの、ほんの半年余りに体験したさまざまな出会いにある。三四郎は美禰子と出会い、謎を掛けられ、そして、美禰子の結婚によって、あっけなく二人は別離した。しかも、その間の美禰子の態度は不可思議で、野々宮さんに好意を抱いているようでもあり、三四郎にも関心を向けているようでもある。美禰子自身、自分の振る舞いをはっきりと自覚できておらず、登場人物たちは、広田先生の言うところでは、何かに「囚《とら》はれて」いる。

野々宮さんは、世間には囚われていないが、研究一筋で学問に囚われているし、三四郎は美禰子に囚われている。美禰子はこの作品の中でほとんど語られていなかった男性と結婚して、野々宮や三四郎から離れたようであるが、そうではない。彼女は肖像画に描かれることで、絵の中に封じ込められ、「森の女」と名付けられてしまった。その画題に三四郎が異を唱えることで作品の幕が閉じるのは、それからの新たな物語の始まりを予感させる。漱石がレールを敷いた言葉という無限軌道の輝きは、同時に、人間の心の闇を際立《きわだ》たせる。

次なる連載として始まった『それから』は、『三四郎』のそれからであり、『それから』自体のそれからは、その次の『門』である。門は、潜《くぐ》って入ったとて、そこが安住の地であろうはずもなく、さらなる思索と逡巡の森の中へと踏み迷う入口に過ぎない。漱石の『倫敦塔《ろんどんとう》』にも、ダンテ『神曲』地獄篇の「憂《うれひ》の国に行かんとするものは此《この》門を潜《くぐ》れ」という詩句が掲げられている。

## 4．『それから』を読む

### ＊『それから』という題の意味

『それから』は、かつて愛した女を友人に譲った後に、その夫婦の人生が順調でなくなったのを知り、初めて明確に彼女への愛を自覚する三十歳の男（代助《だいすけ》）の葛藤を描いている。けれども、根底には、「人生、いかに生きるべきか」という難問が横たわっている。全十七章から成る小説の第十一章に、次のような箇所がある。

代助《だいすけ》が黙然《もくねん》として、自己は何の為《ため》に此世《このよ》の中《なか》に生《うま》れて来たかを考へるのは斯《か》う云《い》ふ時であつた。彼は今迄何遍《いままでなんべん》も此《この》大問題を捕《とら》へて、彼の眼前《がんぜん》に据《す》ゑ付けて見た。其《その》動機は、単に哲学上の好奇心から来た事もあるし、又《また》世間の現象が、余りに複雑な色彩を以《もつ》て、彼の頭を染《そ》め付《つ》けようと焦《あせ》るから来る事もあるし、又《また》最後には今日《こんにち》の如《ごと》くアンニユイの結果として来る事もあるが、其都度《そのつど》彼は同じ結論に到着した。然《しか》し其《その》結論は、此《この》問題の解決ではなくつて、寧《むし》ろ其《その》否定と異《こと》ならなかつた。彼の考《かんが》へによると、人間はある目的を以《もつ》て、生《うま》れたものではなかつた。之《これ》と反対に、生《うま》れた人間に、始めてある目的が出来《でき》て来るのであつた。最初から客観的にある目的を搊《こし》らへて、それを人間に附着《ふちやく》するのは、其《その》人間の自由な活動を、既《すで》に生《うま》れる時に奪つたと同じ事になる。だから人間の目的は、生《うま》れた本人が、本人自身に作つたものでなければならない。けれども、如何《いか》な本人でも、之《これ》を随意に作る事は出来ない。自己存在の目的は、自己存在の経験が、既にこれを天下に向《むか》つて発表したと同様だからである。

代助は、自分の人生を頭の中で組み立てながら過ごしている。生活費は全額、実家から援助を受けており、好きな読書で時間を過ごしている。しかし、かつて愛した三千代《みちよ》が目の前に再び現れ、夫との生活の中で苦しんでいるのを見た時、代助は、三千代を何とかして救い出したいと思う。しかし、自分のそれまでの生活態度では、経済的に実現不可能であり、また、既に三千代が平岡と結婚している以上、三千代と手を取り合って新しい人生を出発させることはほとんど不可能である。三千代は、代助を人生と正面から対峙《たいじ》させるために招来された存在なのであろう。まことに、この小説の人物設定は、緊密であり、強固である。

代助は、自由な暮らしをしていて、縁談はいつも断《ことわ》ってきた。代助の実家では、父が若い頃世話になった恩人の親戚筋の若い女性と代助との結婚を取りまとめようと、芝居見物や会食の機会を設ける。しかし、次第に代助は、自分の意中の女性は三千代であると自覚するようになり、実家の父や、兄夫婦たちと絶縁しても三千代と結婚しようと決心した。代助は、親がお膳立てした見合い相手との出会いの場として、一日中芝居見物に連れ出され、疲労困憊《こんぱい》して夜遅く帰宅する。

彼の脳裏には、今日《けふ》の日中《につちゆう》に、交《かは》る〴〵痕《あと》を残した色彩が、時《とき》の前後と形の差別を忘れて、一度《いちど》に散らついてゐた。さうして、それが何《なに》の色彩であるか、何の運動であるか慥《たし》かに解《わか》らなかつた。彼は眼《め》を眠《ねむ》つて、家《うち》へ帰つたら、又《また》ヰスキーの力を借りようと覚悟した。

彼は此《この》取《と》り留《と》めのない花やかな色調の反照《はんせう》として、三千代《みちよ》の事を思ひ出さざるを得《え》なかつた。さうして其所《そこ》にわが安住《あんぢゆう》の地《ち》を見出《みいだ》した様《やう》な気がした。けれども其《その》安住の地は、明らかには、彼の眼《め》に映《えい》じて出《で》なかつた。たゞ、かれの心の調子全体で、それを認《みと》めた丈《だけ》であつた。

しかし、この「安住の地」を確保するためには、二人の生活を成り立たせる経済的な基盤が、不可欠である。無収入の代助は、作品の結末で、「僕は一寸《ちよつと》職業を探して来《く》る」という一言を残し、家を飛び出して町をさまよい、市電に飛び乗る。作品の結末は、次の一文で締めくくられる。「代助は自分の頭が焼け尽《つ》きる迄《まで》電車に乗つて行《ゆ》かうと決心した」。

『それから』の最後の場面で、「人生、いかに生きるべきか」という命題は、もはや代助にとって思索の対象ではなく、彼の頭の中を突き破る炎となって、代助を焼き尽くそうとしている。この決心は、代助と三千代の未来を切り開くのか。それとも、代助の破滅を暗示するのか。

夏目漱石は、帝国大学の学生の頃に、鴨長明の『方丈記』の英語訳をしている。そのことを念頭に置いて、『それから』を読むと、その底流に流れている問題意識には、共通する認識がある。『方丈記』で鴨長明は、自分の人生に対する価値観が、世間の人々と大きく異なることと、そこから生まれる軋轢《あつれき》を、次のように述べていた。

世に従《したが》へば、身、苦し。従はねば、狂《きやう》せるに似《に》たり。いづれの所《ところ》を占《し》めて、いかなる業《わざ》を

　してか、暫《しば》しも、此《こ》の身を宿《やど》し、たまゆらも、心を休むべき。

『それから』の辿《たど》り着いた結末は、心安らぐ人生が実現できるのかという、問いかけで終わった。答えは出ていない。出るはずがない。それは、次なる作品に託されることになる。

**＊門は、開かれるか**

　漱石が『それから』の次に書いたのが『門』である。本章では、「前期三部作」のうちの『三四郎』と『それから』を取り上げたが、それらの小説で形を与えられた漱石の問題意識は、『門』とどのように繋《つな》がり、どのような新展開を見せるのだろうか。その点に注目しながら、『門』を読み進めてゆくと、次なる「後期三部作」の世界が、読者の前に開けてくる。夏目漱石が現代まで読み継がれているのは、日本文学の中心テーマである「人生いかに生きるべきか」という問いかけへの指針となっているからではなかろうか。

## 引用本文と、主な参考文献

『三四郎』『それから』の引用は、いずれも『漱石全集』(岩波書店、一九九三〜二〇〇四)に拠ったが、読みやすさを考慮して、ルビを多く振った。また、明らかな仮名づかいの誤りは改めた。新潮文庫などで、現代かなで読むことができる。

## 発展学習の手引き

・本章で、取り上げたのは、「前期三部作」と総称される作品が中心だった。それ以外にも、漱石の初期作品である『吾輩は猫である』『坊っちゃん』『草枕』など、また、朝日新聞における最初の連載小説『虞美人草』、さらには、随筆的な小品集『硝子戸の中』や『文鳥』など、さまざまな漱石作品も読んでいただければ幸いである。

# 13 森鷗外の史伝を読む

島内　裕子

《目標・ポイント》　森鷗外の残した膨大な文業の中から、「史伝」というジャンルを取り上げて、その特徴を探る。特に、その叙述の方法に着目しながら、原文を味読しつつ、鷗外晩年の文学観と人生観を読み取る。

《キーワード》　史伝、森鷗外、『渋江抽斎』、『伊沢蘭軒』、『北条霞亭』

## 1．森鷗外の文学世界の軌跡

### ＊テーベス百門の大都

森鷗外《もりおうがい》（一八六二～一九二二）の文学活動は、多方面にわたる。弟子の木下杢太郎《もくたろう》は、「森鷗外は謂《い》はばテエベス百門の大都である」と述べた。古代エジプトの都・テーベス（テーベ）には、百の門があった。これは、鷗外文学の偉容を提示する言葉だと言うよりも、テーベスの都に入る門が百もあったように、読者が鷗外文学に入る門も数多くあることを意味するのであろう。

本章では、鷗外文学のさまざまな領域の中から、主として、晩年の鷗外が切り開いた「史伝」の世界を取り上げ、鷗外が目指したものが何であったかを考えたい。

**＊日夏耿之介の鷗外観**

日夏耿之介《ひなつこうのすけ》（一八九〇〜一九七一）は、「師承の系譜――鷗外文学の影響」という評論で、鷗外文学の継承者として、木下杢太郎を挙げている。そして、「木下に継次《けいじ》する年輩では、例へばわたくし自身がある」と書いて、自分自身を鷗外文学の系譜の中に入れている。日夏は、「わたくしは心が飢《う》ゑると鷗外を読んだ。自信を喪《うしな》ふと鷗外を読んだ。四面楚歌のおもひがすると鷗外を読んだ」とも述べて、鷗外文学が自分にとって、どれほど大きな存在であるかを明記している。

また、日夏の評論「翻訳文学の獅子座」は、鷗外の翻訳集『諸国物語』を特筆して挙げ、芥川龍之介などに影響を与えたと指摘している。このような木下杢太郎と日夏耿之介を先達として、鷗外文学の門を開く鍵を探し求めてみたい。

**＊翻訳詩集とドイツ三部作**

明治二十一年、軍医としてのドイツ留学を終えて帰国した鷗外は、翌明治二十二年八月に翻訳詩集『於母影《おもかげ》』を刊行した。ゲーテ、バイロン、ハイネなどの西洋の詩が日本に紹介され、大きな影響を与えた。鷗外が最初に発表した小説群は、「ドイツ三部作」と総称される『舞姫《まいひめ》』『うたかたの記』『文《ふみ》づかひ』である。鷗外は、月刊の文学雑誌『しがらみ草紙《ぞうし》』を創刊し、創作・翻訳・評論のそれぞれに健筆を揮《ふる》った。

**＊『青年』と『雁』**

その後、日清戦争・小倉赴任・日露戦争の時期には、軍医である鷗外の文学活動はあまり行えなかった。明治三十九年に、日露戦争の戦地から帰国した鷗外は、山県有朋《やまがたありとも》を中心とした歌会「常磐《ときわ》会《かい》」に参加し、翌明治四十年からは「観潮楼《かんちょうろう》歌会」を主宰し、自宅に与謝野鉄幹《よさのてっかん》や斎藤茂吉や石川啄木などの歌人たちを招き、新しい時代の短歌にも関わった。
明治四十二年には雑誌『スバル』を創刊し、『青年』や『雁《がん》』などの小説を発表した。どちらも主人公は人生の出発点に立ったばかりの若い男性であり、現代まで人気が高い。

**＊歴史小説の創作**

明治天皇の崩御と乃木夫妻の自刃という、大きな時代の節目に直面した鷗外は、『興津弥五右衛門《おきつやごえもん》の遺書』を始めとして、『阿部一族』『安井夫人』『山椒大夫《さんしょうだゆう》』など、歴史に題材を採った短編小説を次々に発表した。大正四年に、京都で行われた、大正天皇の即位式に参列した鷗外は、「東京日日新聞《にちにちしんぶん》」「大阪毎日新聞」にその模様を詳しく報告する『盛儀私記《せいぎしき》』を連日のように寄稿した。この新聞連載が、その後の鷗外の文学活動に大きな新展開をもたらすことになった。

## 2. 鷗外の史伝の読み方

**＊『渋江抽斎』から始まる**

『渋江《しぶえ》 抽斎《ちゅうさい》』から始まり、『伊沢蘭軒《いさわらんけん》』『北条霞亭《ほうじょうかてい》』へと続く長編史伝三部作は、いずれも、江戸時代後期の学者の伝記である。この三部作全体を大きく視野に収めると、これらを鷗外が書いた意図として、自分自身の生き方を問い直すという一筋の道が見えてくる。

この史伝三部作は、単に、歴史上の人物を描いたのではない。いずれも「学者の伝記」であり、学者気質《かたぎ》を濃厚に持っていた鷗外自身の内的な要請から生まれ出たジャンルだった。だから、鷗外以外の文学者が、鷗外の確立した「史伝」のスタイルで、次々と作品を生み出すことはなかった。

鷗外の史伝『渋江抽斎』の執筆契機は、「その九」に書かれている。抽斎の息子である渋江 保《たもつ》と会見した鷗外は、大正四年十一月に京都で挙行された大正天皇の即位式から帰京後に、さまざまな資料の提供を受けた。鷗外が、即位式の詳細な記録を『盛儀私記』として連載した、その同じ新聞で、翌年の大正五年一月から連載を開始したのが『渋江抽斎』だった。

新聞紙上での連載は、鷗外にとって新しい挑戦だった。鷗外は若い頃から、文学雑誌に作品を発表してきた。それらの多くは月刊であるが、新聞に毎日少しずつ発表することは、これから鷗外が取り組もうとしている史伝の場合、非常に適していた。

『渋江抽斎』の冒頭部にあるように、連載開始の時点で、ほとんどの史料は手元にあった。けれども鷗外は、執筆を進めながら、さまざまな問い合わせをしたり、新たな情報がもたらされたりして、内容が次第に膨らみ、そういった執筆過程さえも取り込みつつ書き継いだ。その生成過程を、読者も同時進行で体験できる。それが、「新聞連載の史伝」というスタイルの醍醐味である。

**＊鷗外の史伝の魅力**

鷗外の長編連載史伝三部作は、連続する問題意識の中で、次々と書かれているので、大きく捉えるならば、長大な一編とも把握できる。取り上げられた三人の生没年、および、これら三作の「東京日日新聞」における連載時期を以下に示そう。

・渋江抽斎　一八〇五～一八五八。江戸末期の津軽藩の儒医、考証学者。
『渋江抽斎』の連載　大正五年一月十三日～五月二十日（一一九回）

・伊沢蘭軒　一七七七～一八二九。江戸後期の備後福山藩の儒医、考証学者。「いざわ」とも。
『伊沢蘭軒』の連載　大正五年六月二十五日～大正六年九月五日（三七一回）

・北条霞亭　一七八〇～一八二三。江戸後期の漢詩人、備後福山藩の儒者。志摩の人。『北条霞亭』大正六年十月三十日～十二月二十六日（五十七回）、その後、『帝国文学』に大正七年二月から大正九年一月（二十四回）、「霞亭生涯の末一年」を『アララギ』に大正九年十月から大正十年十一月（十四回）。

最後の『北条霞亭』は、発表先を変えながら、長きにわたる掲載を完結した。『渋江抽斎』の連載を開始した大正五年は、森鷗外が陸軍軍医総監を辞任した年である。自分自身の人生を振り返り、いかに生きるべきだったのか、いかに生きるのが理想なのか、自らに問いかける時期でもあった。鷗外は自分の人生回顧を、より普遍性のある「理想の人生とは、どのようなものなのか」という問題に昇華させ、自分に近い学問分野の人々の人生を追体験することによって、自らも生き直すことを図った。江戸後期の学者たちの史伝を執筆すれば、自らの人生が客観化できるという予感があったから、これほどの熱意で没頭できたのではなかろうか。『渋江抽斎』の中で、鷗外は、次のように書いている。

わたくしの抽斎を知つたのは奇縁《きえん》である。わたくしは医者になつて大学を出た。そして官吏になつた。然《しか》るに少《わか》い時から文を作ることを好んでゐたので、いつの間《ま》にやら文士の列に加へられることになつた。其《その》文章の題材を、種々の周囲の状況のために、過去に求めるやうになつてから、わたくしは徳川時代の事蹟を捜《さぐ》つた。そこに武鑑《ぶかん》を検する必要が生じた。（その三）

『武鑑』とは、大名や旗本の人名録のことである。ここで鷗外は、自らの人生をきわめて簡潔に語っている。医者として卒業し、官吏となったと自分の経歴を書いている。文章を書き綴ることを好んだとあるのは、散文家としての自己認識である。鷗外は、和歌も俳句も漢詩もよくしたが、一言で言うならば「散文家」であり、その散文で綴る内容は、多岐に渉《わた》っていた。そのような自分の文業として、これからある一人の人物を中心に、その人の人生と、先祖と、子孫にもわたる長い時間の流れを叙してゆこうとする。多くの資料の収集と、実地調査も含めて、調査しつつ執筆するというスタイルが、長期にわたる新聞連載によって可能となった時、この壮大な企図が現実のものとなった。

意外なことだが、森鷗外の公私にわたる旺盛な活動の根底には、隠遁への志向が垣間見られる。そのことが、これら三部作の史伝の世界でも、明確に浮上している。

### ＊『伊沢蘭軒』執筆の企図

『伊沢蘭軒』の冒頭部で、鷗外は、伊沢蘭軒の事蹟が埋没していることを惜しみ、その事蹟をまとめようとしたと述べる。しかし、『渋江抽斎』の場合と異なり、資料が少なく、しかも、わずかにある資料は、既に先行する蘭軒伝で使われ尽くしている。それでは自分には、何が書けるのか。

> わたくしはかう云《い》ふ態度に出《い》づるより外《ほか》無いと思ふ。先づ根本材料は伊沢徳《めぐむ》さんの蘭軒略伝乃至《ないし》歴世略伝に拠《よ》るとする。これは已《や》むことを得ない。和田さんと同じ源《みなもと》を酌《く》まなくてはならない。しかし其《その》材料の扱方《あつかひかた》に於《おい》て、素人《しろうと》歴史家たるわたくしは我儘勝手《わがままかつて》な道を行くこととする。路に迷つても好《い》い。若《も》し進退維《しんたいこ》れ谷《きは》まつたら、わたくしはそこに筆を棄てよう。所謂行《いはゆるゆき》

当《あたり》ばつたりである。これを無態度の態度と謂《い》ふ。

無態度の態度は、傍《かたはら》より看《み》れば其《その》道が険悪《けんあく》でもあり危殆《きたい》でもあらう。しかし素人歴史家は楽天家である。意に任せて縦に行き横に走る間《あひだ》に、いつか豁然《くわつぜん》として道が開けて、予期せざる広大なるペルスペクチイウが得られようかと、わたくしは想像する。そこでわたくしは蘇子《そし》の語を借《か》り来《きた》つて、自《みづか》ら前途を祝福する。曰《いは》く水到《みづいた》りて渠成《きよな》ると。（その三）

こうして鷗外は、伊沢蘭軒の伝記を執筆する方針を明確に立てた。既に知られている資料は、国文学者の和田万吉などが、それを使って、書いている。それなら、このテーマで、自分はもう何も書けないのか。そうではあるまい。蘇軾《そしょく》が言っているように、水が流れれば、自然と溝ができる。テーマに対して、誠実に対峙《たいじ》すれば、自ずと自分の文学世界が生成されるのである。

## ＊北条霞亭への関心

鷗外史伝の最後は『北条霞亭』である。霞亭への関心は、『伊沢蘭軒』執筆中に生じた。『北条霞亭』の冒頭に、次のようにある。ここには、鷗外がかつて抱いた夢と現実、さらには鷗外が文学創造に託したものが、明確に記されている。


わたくしは伊沢蘭軒を伝《でん》するに当《あた》つて、筆を行《や》る間《あひだ》に料《はか》らずも北条霞亭に逢着《ほうちやく》した。それは霞亭が福山侯《ふくやまこう》阿部正精《まさきよ》に仕《つか》へて江戸に召《め》された時、菅茶山《くわんちやざん》は其女姪《そのぢよてつ》にして霞亭の妻なる井《ゐの》上《うへ》氏敬《うぢきやう》に諭《さと》すに、蘭軒を視《み》ること猶《なほ》父のごとくせよと云《い》ふを以《もつ》てしたからである。

霞亭の事蹟は頼山陽の墓碣銘《ぼけつめい》に由《よ》つて世に知られてゐる。文中わたくしに興味を覚えしめた

> のは、主として霞亭の嵯峨《さが》生活である。霞亭は学成《な》りて未《いま》だ仕《つか》へざる三十二歳の時、弟碧山一《へきざんいち》人《にん》を挈《けつ》して嵯峨に棲《す》み、其《その》状隠逸伝中《いんいつでんちゅう》の人に似てゐた。わたくしは嘗《かつ》て少《わか》うして大学を出《い》でた比《ころ》、此《かく》の如《ごと》き夢の胸裡《きょうり》に往来したことがある。しかしわたくしは其《その》事の理想として懐《いだ》くべくして、行実《こうじつ》に現《あらは》すべからざるを謂《おも》つて、これを致す道を講ずるにだに及ばずして罷《や》んだ。彼《かの》霞亭は何者《なにもの》ぞ。敢《あへ》てこれを為《な》した。霞亭は奈何《いか》にしてこれを能《よ》くしたのであらうか。是《これ》がわたくしの曾《かつ》て提起した問《とひ》である。（中略）
>
> 　問ふことは易《やす》い。しかし答ふることは難《かた》い。わたくしは書を読むこと五十年である。そしてわたくしの智識は無数の答へられざる問題の集団である。霞亭は何者ぞ。わたくしは今敢《あへ》て遽《にはか》にこれに答へむと欲するのでは無い。わたくしは但《ただ》これに答ふるに資《し》すべき材料を蒐集《しうしふ》して、なるべく完全ならむことを欲する。霞亭の言行を知ること、なるべく細密ならむ事を欲する。此《この》稿は此《この》希求より生じた一堆《いったい》の反故《ほぐ》に過ぎない。
>
> 　わたくしは此《この》稿を公衆の前に開披《かいひ》するに臨《のぞ》んで独《ひと》り自《みづか》ら悲《かなし》む。何故《なにゆゑ》と云《い》ふに、景陽《けいやう》の情《じやう》はわたくしの嘗《かつ》て霞亭と与《とも》に偕《とも》にした所《ところ》である。然《しか》るに霞亭は、縦《たと》ひ褐《かつ》を福山に解《と》いてより後《のち》、いかばかりの事業をも為《な》すことを得なかつたとはいへ、猶《なほ》能《よ》く少壮《せうさう》にして嵯峨より起《た》つた。わたくしの中条山《ちゅうでうさん》の夢は嘗《かつ》て徒《いたづら》に胸裡《きょうり》に往来して、忽《たちま》ち復《また》消え去つた。わたくしの遅れて一身の間《かん》を得たのは、衰残《すいざん》復《また》起《た》つべからざるに至つた今である。（その一）

鷗外は、ここで自らの胸中を告白している。なぜ霞亭にできたことが、自分にはできなかったのか。できなかった今、そのことを振り返るのにどのような意義があるのか。そのような問いかけこそが、史伝執筆に託された鷗外自身への答えとなるはずだった。しかし、今引用した部分で、はからずも書いているように、鷗外五十年の読書人生は、無数の答えられざる問いの集積であった。鷗外にとって、「隠遁」と「出仕」とをどのように捉えるかという問題が、鷗外の人生を貫くテーマである。鷗外は、究極の問いを、遂に、ここで明確に発したのである。

鷗外は自分の人生を、さまざまに湧き上がる問いかけへの答えを見出すために思索し、その思索の材料を蒐集する一生だったと回顧する。このことには、既視感がある。鷗外は『寒山拾得縁起《かんざんじっとくえんぎ》』（大正五年一月）において、既に、この「問いと答え」について、一つの回答を書いていた。それは、子どもが問いかけたときに、親はその問いを封じたりせずに、答えてやる必要があると言うのである。鷗外はそのことを、八歳の兼好が父親に仏の起源を問い詰めて、父が答えられなかったという、『徒然草』の最終段を引きながら述べている。最終段に対するこのような解釈は、『徒然草』研究の中でもそれまでに提示されておらず、鷗外独自の思索である。

そして、この『寒山拾得縁起』で書いたのとほぼ同様のことを、二年近い歳月が経った今、再び『北条霞亭』の冒頭で書いた。「問いと答え」が一体であること、そして、問いが重要であることが明確に浮かび上がってくる。

鷗外は、次のようにも述べている。「わたくしは此《これ》より前記の材料に拠《よ》つて、霞亭の祖先より、霞亭自己の生涯を経《へ》て、其後裔《そのこうえい》に至るまで、極《きはめ》て簡潔に叙述しようとおもふ。若《も》し其文字《そのもんじ》の間に、彷彿《はうふつ》として霞亭の陽城《やうじやう》に私淑《ししゆく》した所以《ゆゑん》が看取せられたなら、わたくしの願《ねがひ》は足《た》るであらう」とある（その三）。「霞亭の陽城に私淑した」とは、北条霞亭が、中国唐代の陽城《ようじょう》（七三六〜八〇五）を景慕（敬慕）する「景陽《けいやう》の情《じやう》」を抱いていたことを指す。陽城は、進士に及第した後、弟を連れて中条山に隠栖し、後に徳宗に召されて、直言した清廉な人物である。

鷗外は、北条霞亭の生き方の真意を見極めようとした。なぜ霞亭は、弟一人を連れただけで、嵯峨に隠栖したのか、なぜそれを実現できたのか、そしてまた、なぜ隠栖から再び世間に戻ってきたのか、その答えを見つけるために霞亭伝を書くという明確な問題意識が、取りも直さず、鷗外自身の人生を問い直し、生き直すことになる。

「史伝三部作」が鷗外の最晩年の執筆であることの意味は、まことに大きい。

## ＊「史伝」のスタイルの先蹤

先に触れた『北条霞亭』に書かれていた、「霞亭の祖先より、霞亭自己の生涯を経《へ》て、其後裔《そのこうえい》に至るまで、極《きはめ》て簡潔に叙述しようとおもふ」というのが、鷗外自身による、鷗外史伝の最も短く、最も適切な解説である。

ところで、この言葉に注目すると、まさにこの通りの小品が、かつて若き日の鷗外の周辺に見出される。鷗外史伝の小さな「先蹤」として、岡野知十《ちじゅう》の小品を紹介したい。知十は、俳人であると共に、江戸俳諧研究家として、資料の発掘に努めた。鷗外が創刊した雑誌『しがらみ草紙』にも、第四十六号から第五十八号にかけて、たびたび寄稿している。その中で、一人の人物を、その前後の世代も含めて叙述する書き方が、第五十五号（明治二十七年四月）に掲載された「俳話（夏目成美《なつめせいび》が事《こと》）」に見られる。ちなみに、第五十八号にも、佐久間柳居《さくまりゅうきょ》に関する俳人小伝がある。岡野知十が書いた文章は、江戸後期の俳人夏目成美に関する、ほんの四ページ余りの小伝である。けれども、知十自身が入手した成美の自筆による家系記録や、菩提寺の実地調査などにより、成美とその一族、および交友圏が浮き彫りになっている。それらの点が、二十年余りの歳月を経て、鷗外晩年の史伝との繫《つな》がりを感じさせる。

## 3．史伝の相互連関とその広がり

### ＊霞亭の幼年時代

史伝三部作で考証された抽斎・蘭軒・霞亭の三人は、相互に関連する交友圏にあるので、作品の中で、多少記述が重複する場合がある。しかし、それは単なる重複ではなく、繰り返されることによって、そこに鷗外の関心も集約していることがわかる点で重要な箇所だとも言える。北条霞亭については、既に前作『伊沢蘭軒』の中で、ある程度詳しく伝記を書いている。特に、霞亭の嵯峨での隠遁生活については、印象に残る。それに対応する箇所が、『北条霞亭』にもある。

また、霞亭の幼年時代の思い出も『伊沢蘭軒』で書いており、この回想は、『北条霞亭』では、むしろごく簡略にしか触れていない。けれども、両方の記述を読み合わせることで、霞亭の回想の持つ意味がより明確になる。北条霞亭と弟との思い出などは、一読忘れがたい場面である。

### ＊雪の布袋像

『伊沢蘭軒』の「その百三十九」には、ある雪の日に、霞亭が弟と二人で、雪で布袋《ほてい》像を作り、それを部屋に運んで置いていたところ、一夜明けて朝になると、すっかりその雪像が溶けてしまったので、幼い弟が泣いたという話が出てくる。なぜそのような話が詳しく書かれているかと言えば、『伊沢蘭軒』を執筆中に、鷗外は北条霞亭の漢文随筆『霞亭渉筆《かていしょうひつ》』（文化七年刊）を読んだのである。そして、『霞亭渉筆』に記されている内容を引用しつつ、霞亭の出生と、霞亭の幼年時代の家庭での出来事を紹介している。なお、文中に引用されている『霞亭渉筆』の文章は、読み下し文で示した。

霞亭は安永九年に生れた。適斎《てきさい》が三十四歳にしてまうけた嫡男である。

霞亭は幼《いとけな》かつた時の家庭の一小事を記憶してゐて、後《のち》にこれを筆に上《のぼ》せた。それは天明八年に霞亭が九歳であつた時の事である。霞亭に、惟長でない今一人の弟があつて、名は彦《げん》、字《あざな》は子彦《しげん》、通称は内蔵太郎《くらたらう》と云《い》つた。彦は天明四年生で、此年《この》五歳であつた。霞亭が文化戊辰《ぼしん》に著した文の渉筆《せうひつ》中に収められたものはかうである。「記《き》す　二十年前《ぜん》の一冬雪多し。予《よ》時に髫《てう》齔《しん》にして喜ぶこと甚《はなは》だし。乃《すなは》ち穉弟彦《ちていげん》と、庭砌《ていぜい》に就《つ》きて雪を団《まる》め、一箇の布袋和尚《ほていをしやう》を塑《そ》し、之《これ》を盆内《ぼんない》に坐せしめ、愛翫《あいぐわん》、日を竟《を》ふ。旋《やが》て復《ま》た移して寝処《しんじよ》に置き、褥臥《じよくぐわ》して之《これ》を視《み》る。其《そ》の翌《あくるひ》起《お》きて布袋和尚の所在を問ふに、已《すで》に消釈《せうしやく》し尽《つ》きたり。弟涕泣《ていていきふ》して再び之《これ》を塑《そ》せんことを求めて已《や》まず。而《しか》して雪は得可《うべ》からず、母氏《ぼし》慰め諭《さと》して止《や》む。後十余年、彦疾《げんやまひ》に罹《かか》りて没す。爾来《じらい》雪下《ふ》る毎《ごと》に、当時の事を追憶するに、其《そ》の声音笑貌《せいおんせうばう》、垂髦《すいまう》の葳蕤《ゐすゐ》たる、綵衣《さいい》の斑爛《はんらん》たる、宛然《あんぜん》として耳目《じもく》に在《あ》り、併《あは》せて平生の志行に感及《かんきふ》し、未《いま》だ嘗《かつ》て愴然《さうぜん》として苗《べう》にして秀《ひい》でざるを悲しまずんばあらず。

これと同じ話は、『北条霞亭』の「その五」にも、簡略であるが、次のように書かれている。

天明四年に霞亭の弟内蔵太郎《くらたらう》が生《うま》れた。名は彦《げん》、字《あざな》は子彦《しげん》である。適斎三十八、中村氏《うぢ》二十の時の子である。兄霞亭は既に五歳になつてゐた。

涉筆《せうひつ》に雪で塑《つく》ねた布袋和尚の融《と》けたのに泣いた内蔵太郎の可憐な姿が写されてゐる。是《これ》は天明八年霞亭九歳、彦《げん》五歳の時の事である。

両方の記述を読み合わせると、この一挿話に対する鷗外の深い共感がよくわかる。霞亭兄弟が幼年時代に、雪で作った布袋が融けてしまって幼い弟が泣いたというエピソードは、『北条霞亭』よりも『伊沢蘭軒』において、原文の引用が詳しいのは意外だが、おそらく、この話を知った鷗外は、『伊沢蘭軒』の中であっても、ぜひとも詳しく紹介したかったのであろう。『北条霞亭』でも、鷗外の感想として、この幼い弟の様子が「可憐」とまで書かれている。鷗外自身、二人の弟を持ち、兄弟仲も良かったことからの率直な感動であり、感想であろう。

ところで、『霞亭涉筆』の原文が忘れがたいのは、単に子どもの頃、兄弟でいわゆる「雪だるま」を作ったという思い出ではなく、その雪だるまが一夜にして融けてしまったことを幼い弟が泣いたという点にある。この時、弟が泣いて、もう一度雪だるまを作って欲しいとだだをこねたのは、命のはかなさに対する幼い抵抗である。しかも、この弟は十六歳という若さで亡くなっている。植物が苗のまま、大きくならなかったことに喩《たと》えられている弟の死は、霞亭にとって、いかばかり痛切な思い出だったろうか。弟の声や笑顔、容姿を詳しく思い浮かべているその記述のリアリティと相俟《あいま》って、生と死に直面するこの場面に対する鷗外の共感も強かったことであろう。

## ＊『徒然草』との関連

この思い出に関して、一つ付け加えたいことがある。それは、ここに出てくるのが雪で作った布袋像だという点である。現代の雪だるまのイメージは、布袋像とは直接には結びつかないが、雪で布袋像を作る背景として、『徒然草』第百六十六段と、その注釈書である林羅山の『野槌《のづち》』の介在を考えたい。第百六十六段は短い段なので、その全文を引用してみよう。

人間の営《いとな》み合へる業《わざ》を見るに、春の日に雪仏《ゆきぼとけ》を作りて、その為《ため》に金銀《きんぎん》・珠玉《しゆぎよく》の飾りを営み、堂《だう》を建《た》てんとするに似たり。その構《かま》へを待ちて、良く安置《あんぢ》してんや。人の命、有《あ》りと見る程《ほど》も、下《した》より消ゆる事、雪の如《ごと》くなる中に、営み待つ事、甚《はなは》だ多し。

**海北友雪筆「徒然草絵巻」第166段（部分）**。男が雪獅子を作っている。向かってその左に、作り終えた雪布袋と雪仏が見える。（サントリー美術館蔵）

春の淡雪がはかなく消えるさまに、人間の命のはかなさを喩えるというリアルな表現が、印象的である。この段に対して、江戸時代初期の『野槌』（一六二一年）の注釈では、「子元雪仏の頌《しょう》」を引いて「雪達磨・雪布袋」を挙げ、張文潜《ちょうぶんせん》の「雪獅《せっし》」の故事も挙げている。既に、江戸時代初期から、雪で達磨や布袋や獅子を作ることが、『野槌』の注釈によって指摘されているのである。実際、海北友雪《かいほうゆうせつ》筆「徒然草絵巻」（サントリー美術館蔵）でも、第百六十六段には、雪達磨・雪布袋・そして雪の獅子を作る人物が描かれている。

このことと響き合わせるならば、『霞亭渉筆』に書かれているエピソードは、まさに『徒然草』第百六十六段とも通底し、この無常の世の中をいかに生きるか、という思索に繋がるものであった。鷗外が『徒然草』に造詣が深く、最終段にも独自の解釈を持っていたことは先にも述べた。この雪布袋のエピソードを二度にわたって書いたのも、子どもの無邪気さの背後に、人間の生と死という大問題を、『徒然草』経由で思索していたからではないだろうか。

## ＊答えのない問いかけこそが

霞亭の嵯峨隠栖について、鷗外の問いは発せられた。しかし、長大な『北条霞亭』を読んでも、実は、鷗外自身が明確な答えを書いてはいないように思われる。なぜ、鷗外にして、明瞭な回答を提示しえなかったのだろうか。鷗外は、晩年を、史伝三部作の執筆に費やした。これらを書き継ぎながら鷗外の心に去来した思いを、後の世の読者は、これらを読むことによって、それぞれの心の中で答えを出さなくてはならないのだろう。誰にとっても、自分の人生は、いつ、いかなる時も、自分と共にある。人生は絶えざる試行錯誤であり、絶えざる問いかけと自己省察が、人生の意義を教えてくれるだろう。

## 引用本文と、主な参考文献

『鷗外歴史文學集』（全十三巻、岩波書店、一九九九〜二〇〇二年）による。第五巻に『渋江抽斎』、第六・七・八・九巻に『伊沢蘭軒』、第十・十一巻に『北条霞亭』が収められている。

## 発展学習の手引き

1．鷗外文学への入門として、木下杢太郎と日夏耿之介を紹介した。日夏の鷗外論は、『日夏耿之介全集』第五巻（河出書房新社、一九七三年）で読むことができる。なお、私自身の鷗外入門は、鷗外の二人の娘たちが書いた本だった。森茉莉《まり》『父の帽子』（講談社文芸文庫、一九九一年）と、小堀杏奴《あんぬ》『晩年の父』（岩波文庫、一九八一年）である。

2．「鷗外への門」は、常に彼の残した作品自体であり、どこから入っても道に迷うことはないので、自分の興味に従って読んでほしい。

# 14 芥川龍之介の短編を読む

島内　裕子

**《目標・ポイント》** 近代文学における短編というジャンルに注目し、芥川龍之介の作品を取り上げながら、短編小説の多様性に触れる。また、夏目漱石や森鷗外の文学世界との関連にも注目しながら、近代文学の展開の中で、芥川龍之介を位置づけたい。

**《キーワード》** 芥川龍之介、短編、『大川の水』、『枯野抄』、『本所両国』

## 1．芥川龍之介の人生とその作品

### ＊第一創作集『羅生門』刊行まで

芥川龍之介《あくたがわりゅうのすけ》は、明治二十五年（一八九二）三月一日に、父・新原敏三《にいはらとしぞう》、母フクの長男として、東京市京橋区入船町《いりふねちょう》（現東京都中央区明石町）で生まれた。しかし、間もなく、母が発病したことから、母方の芥川家で育てられた。家は本所区小泉町（現東京都墨田区）で、隅田川に近い本所の地が芥川の故郷となった。養父の芥川道章《どうしょう》は、母フクの実兄である。道章の妻は儔（トモ）、そして主に龍之介を養育したのは、伯母フキ（フクの実姉）だった。ちなみに、トモは鷗外が史伝に書いた細木香以《さいきこうい》の姪である。明治三十五年、母が死去し、明治三十七年、芥川家と養子縁組した。

本所元町の江東尋常小学校、東京府立第三中学校、第一高等学校を経て、東京帝国大学英文科に入学した。大正三年、菊池寛・久米正雄・山本有三・土屋文明らと、第三次『新思潮』を創刊。芥川は創刊号に、アナトール・フランスの翻訳を発表した。その後、現代を舞台として、小説『老年』、戯曲『青年と死と』を発表した。立て続けに、ジャンルを変えての作品である。なお、四月には歌誌『心の花』に随筆『大川の水』も発表した。この年、芥川家は明治四十三年から住んでいた内藤新宿から、田端《たばた》(現東京都北区)に移転した。

大正四年には『帝国文学』に『羅生門《らしょうもん》』を発表し、友人の紹介で、久米正雄とともに、夏目漱石の「木曜会」に出席するようになる。漱石の門下生として、文学活動のスタートラインに立ったのである。大正五年二月、第四次『新思潮』の創刊号に『鼻』を掲載し、漱石に絶賛された。七月に東京帝国大学英文科を卒業した直後にも、『芋粥《いもがゆ》』や『手巾《ハンケチ》』などの話題作を発表した。

芥川龍之介の実質的なデビュー作となった『羅生門』『鼻』『芋粥』は、『今昔物語集』や『宇治拾遺物語』を出典とする作品で、これら説話文学に題材を採った短編によって、芥川は文壇に注目された。以後、芥川は、古典文学や歴史を換骨奪胎する作品を次々と発表した。

そのことは、当時、芳賀矢一《はがやいち》の『攷証《こうしょう》今昔物語集』が刊行されたことと、大きく連動するであろう。ちなみに、大正四年に森鷗外の翻訳集『諸国物語』が刊行されたことも、大正から昭和にかけて外国文学の影響を決定的にした点で、大きな文学上の出来事だった。

少し先取りして言うならば、芥川龍之介の文学世界は、このような国文学界の動向や、翻訳文学の蓄積、さらに加えて美術や音楽など西洋芸術の流入と関連性を持ちつつ、多彩で多面性を持つ数多くの短編となって結実した。

大正五年、芥川は、横須賀の海軍機関学校の教授嘱託となった。実社会へのスタートである。けれども、それから間もない十二月九日に夏目漱石が死去した。

大正六年、芥川の第一短編小説集『羅生門』が、阿蘭陀《オランダ》書房から刊行された。阿蘭陀書房は、詩人の北原白秋の弟が経営する出版社だった。この出版記念会には、西洋の象徴主義を紹介した岩野《いわの》泡鳴《ほうめい》、詩人の日夏耿之介《ひなつこうのすけ》、歌人の土屋文明、久米正雄や松岡譲《ゆずる》などの『新思潮』の文学仲間たち、その外にも佐藤春夫、谷崎潤一郎など、多彩な文学者たちが集まった。

この大正六年には、大阪毎日新聞に、江戸後期の読本作者、曲亭（滝沢）馬琴を描いた『戯作三昧《げさくざんまい》』を連載した。この頃、鷗外も同紙に『北条霞亭《ほうじょうかてい》』を連載している。芥川の文学活動は、大学の文学同人誌から総合雑誌へ、さらには新聞連載へとその活動の舞台を急速に広げていった。

## ＊職業作家への道

大正七年、芥川は、塚本文子と結婚した。大阪毎日新聞社と社友契約を結び、『地獄変《じごくへん》』を大阪毎日新聞と東京日日新聞に連載した。鈴木三重吉《みえきち》の『赤い鳥』に、『蜘蛛《くも》の糸』が掲載された。さらに九月には、『奉教人の死』を発表。ちなみに、『邪宗門《じゃしゅうもん》』『きりしとほろ上人伝《しょうにんでん》』『黒衣聖母《こくいせいぼ》』『神々の微笑《びしょう》』『糸女覚え書《いとじょおぼえがき》』など、数々の「キリシタン物」は、芥川文学の大きな一画を占めている。またこの年には、芭蕉の終焉《しゅうえん》と弟子たちを描いた『枯野抄《かれのしょう》』を発表しており、芥川文学の名作が次々と生み出された。

大正八年、芥川は海軍機関学校教授を辞職して、大阪毎日新聞社社員となった。教師を辞《や》めて、文筆に専念するために新聞社に入るという選択は、夏目漱石の人生を思わせる。以後、亡くなるまで田端の家に住み、文筆一筋の生活だった。五月に菊池寛とともに長崎旅行をしたことは、前年からのキリシタン物の発表に続いて、さらに作品世界の広がりをもたらした。また、この長崎旅行で、当時、医学者として長崎に赴任していた歌人の斎藤茂吉を訪ねることができた。芥川は既に茂吉の歌集『赤光《しゃっこう》』に感動し、詩歌に開眼していた。

大正十年、大阪毎日新聞社の海外視察員として、中国に赴いた。この時の体験は『上海游記《シャンハイゆうき》』『江南游記《こうなんゆうき》』として、大阪毎日新聞に連載された。芥川の文学世界はさらに大きく広がったが、この旅行では疲労も激しく、以後体調が優れなくなった。神経衰弱や不眠症に悩まされ、秋には、湯河原に静養に出掛けた。大正十一年には、湯河原出身の記者から題材の提供を受けて、『トロッコ』『百合《ゆり》』を発表した。

## ＊自己をみつめる晩年の心境

大正十二年から、芥川は、菊池寛が創刊した月刊誌『文藝春秋』に、毎月『侏儒《しゅじゅ》の言葉』の連載を開始したが、依然として体調は優れなかった。九月一日に、関東大震災が発生した。田端の芥川の家には被害はなかったが、十月に室生犀星《むろうさいせい》の紹介で知り合った、向島《むこうじま》育ちの一高生の堀辰雄は、この大震災で母を亡くしている。

大正十三年、従来の作風と異なる、自然主義的な写実小説『一塊《いっかい》の土《つち》』を発表した。夏に避暑で軽井沢に滞在した芥川は、室生犀星や堀辰雄たちと交流し、アイルランド文学者の松村みね子との出会いもあった。後に、堀辰雄は、芥川と、松村みね子とその娘、そして自分をモデルに、『聖家族』を書き、芥川没後の全集編纂作業も務めた。

大正十四年、『大導寺信輔《だいどうじしんすけ》の半生《はんせい》』を発表した。この作品は未完であるが、「或《ある》精神的風景画」という副題を持ち、芥川の心境が窺われる。大正十五年は年頭から神経衰弱や不眠症により、湯河原で静養し、四月には保養のため、鵠沼《くげぬま》海岸に滞在したが、不眠症や幻覚に悩まされた。この年、改元して昭和となる。

翌昭和二年に、姉の夫が鉄道自殺し、事後整理のために多忙となる。五月に、大震災後の本所界隈を訪れた印象記を、東京日日新聞に連載した。この連載は、芥川を今一度、魂の故郷に立ち戻らせた。死の二箇月前のことである。その他にも、『河童《かっぱ》』や『歯車《はぐるま》』第一章などを発表したが、七月二十四日、睡眠薬自殺した。満三十六歳だった。

没後に、遺稿として『歯車』が『文藝春秋』に、『或阿呆《あるあほう》の一生』が『改造』に掲載された。文学デビュー以来、さまざまなテーマの短編を発表し続けた芥川は、最晩年に、自分自身の心と向き合う痛切な作品を書き残して逝った。

## 2. 芥川文学の展開と近代文学

### ＊芥川文学の背景

芥川龍之介は、デビュー作である『羅生門』以来、『今昔物語集』『宇治拾遺物語』などの説話文学や、王朝文学などを素材にする短編から文学的なスタートを切った。決して永くはなかった作家活動の中で、神話や江戸時代の随筆・考証などに題材を仰ぐもの、キリシタン物・江戸時代物・開化物・現代物などと分類できるほど、作品の舞台となっている時代も多彩である。また国内の各地のみならず中国も訪れており、紀行文も多い。

文学者との交流も小説家だけでなく、日夏耿之介・室生犀星・萩原朔太郎《はぎわらさくたろう》などの詩人とも親しかったし、土屋文明や斎藤茂吉などの歌人や、田端在住の美術家・工芸家との交流もあった。芸術面では東洋・西洋を問わず、幅広い趣味と関心を持っていたし、とりわけ同時代の世紀末文学や芸術は、直接に芥川の文学に反映している。ほんの十年余りの文学者生活ではあったが、その背景となった領域は驚くほど広く、深い。

## ＊鷗外・漱石と芥川龍之介

そのような芥川文学の開花は、芥川自身の資質もさることながら、彼の生きた時代が近代化の「蓄積」が人々に「浸透」する時期と重なっていたことも、大きく作用していただろう。つまり、西洋への留学体験を持つ鷗外と漱石による文学・思想・芸術の移入と「集約」が達成されていたのである。夏目漱石と森鷗外が切り開いたのは、学問・教養を基盤とする執筆活動という、近代知識人としての文学者の生き方だった。芥川龍之介もまた、その生き方を一身に集約し、次代に伝えた。

芥川文学は個性的で独自性があるが、たとえば『秋』は、一人の男性をめぐる姉妹の人生の選択という点で、漱石が生涯を賭けて追究した三角関係のテーマと繋《つな》がる短編である。さらに、漱石や芥川が追究し切れなかった「近代女性の生き方」は、芥川の弟子である堀辰雄の『菜穂子《なおこ》』において、正面に据えられたテーマとなった。また、芥川は、『東洋の秋』という短編小説で、鷗外の歴史短編『寒山拾得《かんざんじっとく》』のテーマを近代日本に移し替え、都心の公園で落ち葉掃きをする二人の姿に、中国唐代の僧、寒山と拾得を見出した。この作品の中に、芥川は鷗外文学を受け継ぐ自らの心情を重ね合わせている。

既に触れたように、芥川龍之介は、漱石の教え子たちが集う「木曜会」に出席し、直接に漱石の謦咳《けいがい》に接し、自作の『鼻』も漱石から絶賛された。また、芥川は、森鷗外とも直接に交流しており、鷗外の自宅である観潮楼《かんちょうろう》を訪問して、鷗外の短編史伝『細木香以』に資料を提供したりもしている。そのことは、鷗外自身も『細木香以』で書いている。芥川龍之介は夏目漱石門下であると同時に、森鷗外の文学世界とも深く結びついている。

芥川龍之介は、五十一の断章からなる遺作『或阿呆《ある》の一生』の中で、夏目漱石についていくつかの断章で言及している。ここでは、その中から、「夜明け」を引用しよう。

十一　夜明け

夜は次第に明けて行つた。彼はいつか或町《あるまち》の角《かど》に広い市場を見渡してゐた。市場に群《むらが》つた人々や車はいづれも薔薇色《ばらいろ》に染《そ》まり出した。

彼は一本の巻煙草《まきたばこ》に火をつけ、静かに市場の中へ進んで行つた。するとか細《ぼそ》い黒犬が一匹、いきなり彼に吠《ほ》えかかつた。が、彼は驚かなかつた。のみならずその犬さへ愛してゐた。

市場のまん中《なか》には篠懸《すずかけ》が一本、四方へ枝をひろげてゐた。彼はその根《ね》もとに立ち、枝越《えだご》しに高い空を見上げた。空には丁度《ちやうど》彼の真上に星が一つ輝いてゐた。

それは彼の二十五の年、――先生に会つた三月目《みつきめ》だつた。

市場は文壇、犬は批評家、そして星が「先生」と仰いだ夏目漱石の比喩だと思われる。

**＊芥川文学の魅力**

芥川の知性と美意識の燦《きら》めきは、万華鏡のようだ。手にした万華鏡の筒の小さな覗《のぞ》き窓から、一瞬ごとに異なる燦めきに満ちた世界を、芥川自身がはっきりと垣間見《かいまみ》ていたからこそ、それを簡潔・明晰《めいせき》な散文に定着させることができたのだろう。その手際は、近代文学者の中でも、筆頭といってよいのではないだろうか。しかも単に理知的であるだけでなく、清冽《せいれつ》な抒情が、底流に流れている。たとえ、その描き出す情景が、暗く、濁り、淀んでいる光景であっても、また、暗鬱な心象風景であっても、どの作品のどの文章にも、芥川らしさが明確に刻印されている。

多彩で才気に満ちた芥川文学を貫くものは何なのか。次に、芥川龍之介の作品を「水の流れ」と「人生いかに生きるべきか」という視点に絞って読んでみたい。

## 3．芥川文学を読む

### ＊『大川の水』

芥川龍之介は、大正三年（一九一四）四月に、『大川の水』という回想記を、佐佐木信綱の主宰する短歌誌『心の花』に発表した。ただし、この小品の末尾に括弧書きで（一九一二、一、）とあるのは、おそらくは脱稿の日付であろう。そうなると掲載年月と二年も隔たっているのが、やや不審でもある。なかなか発表の場がなかったのか、それとも、内藤新宿に転居して足かけ三年が経過して、幼年期を過ごしていた本所や両国への懐かしさが、いや増してきた時期に、自分自身への記念のようにして書いて、筐底《きょうてい》深く留めていたのであろうか。本所から内藤新宿に転居したのが明治四十三年（一九一〇）の秋なので、「此《この》三年間、自分は山の手の郊外に」とあるのと符合する。

一九一二年一月と言えば、芥川はまだ数えで二十一歳である。『大川の水』の執筆と掲載について、ややこだわったのは、この作品が芥川の文学活動の最初期に属することを再確認したいからである。そのうえで、以下に引用する文章を読むと、筆運びの流麗さや、的確に情景を呼び起こす正確な表現力に驚かされる。さらには、文章の背後に見え隠れする豊富な読書体験、たとえば、上田敏の翻訳集『みをつくし』や、永井荷風の随筆『夏の町』などとの関連性も感じられる。

自分は、大川端に近い町に生まれた。家を出て椎《しひ》の若葉に掩《おほ》はれた、黒塀の多い横網《よこあみ》の小路をぬけると、直《すぐ》あの幅の広い川筋の見渡される、百本杭《ひやくほんぐひ》の河岸《かし》へ出るのである。幼い時から、中学を卒業するまで、自分は殆《ほとんど》毎日のやうに、あの川を見た。水と船と橋と砂洲と、水の上に生まれて水の上に暮してゐるあわたゞしい人々の生活とを見た。真夏の日の午《ひる》すぎ、燬《や》けた砂を踏みながら、水泳を習ひに行く通りすがりに、嗅《か》ぐともなく嗅いだ河の水のにほひも、今では年と共に、親しく思ひ出されるやうな気がする。

自分はどうしてかうもあの川を愛するのか。あの何方《どちら》かと云《い》へば、泥濁《どろにご》りのした大川の生暖《なまあたたか》い水に、限りない床《ゆか》しさを感じるのか。自分ながらも、少しく、其《その》説明に苦しまずにはゐられない。唯《ただ》、自分は、昔からあの水を見る毎《ごと》に、何となく、涙を落としたいやうな、云《い》ひ難《がた》い慰安と寂寥とを感じた。完《まつた》く、自分の住んでゐる世界から遠ざかつて、なつかしい思慕と追憶との国にはいるやうな心もちがした。（中略）

自分は幾度となく、青い水に臨《のぞ》んだアカシアが、初夏のやはらかな風にふかれて、ほろほろと白い花を落とすのを見た。自分は幾度となく、霧の多い十一月の夜に、暗い水の空を寒《さ》むさうに鳴く、千鳥の声を聞いた。自分の見、自分の聞くすべてのものは、悉《ことごとく》、大川に対する自分の愛を新《あらた》にする。

ところで、今引用した冒頭部で、「水の上に生まれて水の上に暮してゐるあわたゞしい人々の生活とを見た」という文章は、芭蕉の『おくのほそ道』の冒頭部を連想させないだろうか。

月日は百代《はくたい》の過客《くわかく》にして、行き交《か》ふ年も又《また》、旅人なり。舟の上《うへ》に生涯を浮かべ、馬の口、捕《と》らへて老《お》いを迎《むか》ふる者は、日々《ひび》旅にして、旅を栖《すみか》とす。古人も、多く、旅に死せる、有《あ》り。

「舟の上に生涯を浮かべ」という箇所との響き合いは、数ある芥川の短編の中から、『枯野抄《かれのしょう》』へと、私たちの連想を誘《いざな》う。

**＊『枯野抄』**

『枯野抄』は、大正七年十月に『新小説』に掲載された作品である。師匠である芭蕉の死という、厳粛な瞬間が刻々と近づく中で、芭蕉の終焉《しゅうえん》に集まった多くの弟子たちの個性を描き分けている。冒頭に芭蕉の終焉記を集成した『花屋日記《はなやにっき》』からの短い引用がある。したがって、この作品も、先行資料を題材として書くというスタイルは『鼻』などと同様だが、偉大な師の臨終に、大勢の弟子たちが一堂に会して別れを告げるという場面選択は、自《おの》ずと芥川自身が体験した夏目漱石との死別が大きく作用していると考えられる。大正五年十二月の漱石の死の直後ではなく、二年後という歳月の経過によって、ようやくこのような作品が生まれたのであろう。ただし、元禄七年十月の芭蕉の死を描いた作品を、大正七年十月に発表したのは、偶然と言うより、照準を定めて年月を同じくしたようにも思われる。『枯野抄』の冒頭部分と、末尾付近を引用したい。

元禄七年十月十二日の午後である。一《ひと》しきり赤々と朝焼けた空は、又《また》昨日のやうに時雨《しぐ》れるかと、大阪商人《おほさかあきんど》の寝起《ねおき》の眼を、遠い瓦屋根の向《むか》うに誘つたが、幸《さいはひ》葉をふるつた柳の梢を、煙らせる程《ほど》の雨もなく、やがて曇りながらもうす明《あかる》い、もの静《しづか》な冬の昼になつた。立ちならんだ町家《まちや》の間を、流れるともなく流れる川の水さへ、今日はぼんやりと光沢《つや》を消して、その水に浮く葱《ねぶか》の屑《くづ》も、気のせゐか青い色が冷たくない。まして岸を行く往来《ゆきき》の人々は、丸頭巾《まるづきん》をかぶつたのも、革足袋《かはたび》をはいたのも、皆凩《こがらし》の吹く世の中を忘れたやうに、うつそりとして歩いて行く。暖簾《のれん》の色、車の行きかひ、人形芝居の遠い三味線《しやみせん》の音《ね》――すべてがうす明《あかる》い、もの静《しづか》な冬の昼を、橋の擬宝珠《ぎばうしゆ》に置く町の埃《ほこり》も、動かさない位《くらゐ》、ひつそりと守つてゐる……

(以上、冒頭部分)

するとこの時、去来《きよらい》の後《うしろ》の席に、黙然と頭《かうべ》を垂《た》れてゐた丈草《ぢやうさう》は、あの老実な禅客《ぜんかく》の丈草は、芭蕉の呼吸のかすかになるのに従つて、限りない悲しみと、さうして又《また》限りない安らかな心もちとが、徐《おもむろ》に心の中へ流れこんで来《く》るのを感じ出した。悲しみは元より説明を費《つひや》すまでもない。が、その安らかな心もちは、恰《あたか》も明方《あけがた》の寒い光が次第に暗《やみ》の中にひろがるやうな、不思議に朗《ほがらか》な心もちである。しかもそれは刻々に、あらゆる雑念を溺《おぼ》らし去つて、果《は》ては涙そのものさへも、毫《がう》も心を刺す痛みのない、清らかな悲しみに化してしまふ。(中略)丈草のこの安らかな心もちは、久しく芭蕉の人格的圧力の桎梏《しつこく》に、空しく屈してゐた彼の自由な精神が、その本来の力を以て、漸《やうや》く手足を伸ばさうとする、解放の喜びだつたのである。

(以上、末尾付近)

「去来」は向井去来、「丈草」は内藤丈草(丈艸)のこと。共に、蕉門十哲に数えられる。

冒頭近くに出てくる、「立ちならんだ町家の間を、流れるともなく流れる川の水さへ、今日はぼんやりと光沢《つや》を消して、その水に浮く葱《ねぶか》の屑《くづ》も、気のせゐか青い色が冷たくない」という一文は、『大川の水』の冒頭部を思わせるような情景である。その水に「云《い》ひ難《がた》い慰安と寂寥」を感じていた芥川ならではの書き出しである。それが、『枯野抄』の末尾の「清らかな悲しみ」や「解放の喜び」という感情を導いている。

だが、『枯野抄』の末尾で、師匠の死による精神の解放の側面が描かれているからと言って、そこに力点を置いて、この作品を解釈するのは表層に過ぎよう。死にゆく師匠の最期を共有する、弟子の心に流れる時間は、大川の流れに芥川がずっと感じていた「慰安と寂寥」に合流して、彼の心の中に生き続ける漱石への思いそのものである。そして、この流れゆく川の水は、芥川にとってほとんど人生の最期に近い頃に書いた『本所両国《ほんじょりょうごく》』へと、さらに水脈を伸ばしてゆく。

## ＊『本所両国』

『本所両国』は、昭和二年五月に、東京日日新聞に十五回にわたって連載された。新聞社の趣旨としては、大正十二年の関東大震災後の復興の様子の見聞記を企図していた。この『本所両国』を執筆することになった経緯を芥川は、この作品の冒頭に「僕は本所界隈《かいわい》のことをスケッチしろといふ社命を受け」、「久振《ひさしぶ》りに本所へ出かけて行つた」と書いている。

「生れてから二十歳頃までずつと本所に住んでゐた」芥川にとって、彼の小学校時代と中学校時代とでは、光景が既に大きく変貌していたが、大震災後の「烈《はげ》しい流転《るてん》の相《さう》に驚かない訳《わけ》には行かなかつた」とある。そして、この『本所両国』の最終章は、「方丈記」という題で、本所の旧居周辺の大変貌を芥川から聞いた父母・伯母・妻が驚く様子が、会話体で書かれている。その最後の場面を引用してみたい。

父「臥龍梅《ぐわりゆうばい》はもうなくなつたんだらうな？」

僕「ええ、あれはもうとうに……さあ、これから驚いたといふことを十五回だけ書かなければならない。」

妻「驚いた、驚いたと書いてゐれば善《い》いのに。」（笑ふ）

僕「その外《ほか》に何も書けるもんか。若《も》し何か書けるとすれば……さうだ。このポケット本《ぼん》の中にちやんともう誰《たれ》か書き尽《つく》してゐる。――『玉敷《たましき》の都の中に、棟《むね》を並べ甍《いらか》を争へる、尊《たか》き卑《いや》しき人の住居《すまひ》は、代々《よよ》を経《へ》てつきせぬものなれど、これをまことかと尋《たづ》ぬれば、昔ありし家は稀《まれ》なり。……いにしへ見し人は、二三十人が中《うち》に、僅《わづか》に一人二人《ひとりふたり》なり。朝《あした》に死し、夕《ゆふべ》に生まるゝならひ。たゞ水の泡《あわ》にぞ似たりける。知らず、生れ死ぬる人、何方《いづかた》より来《きた》りて、何方《いづかた》へか去る。』……」

母「何だえ、それは？『お文様《ふみさま》』のやうぢやないか？」

僕「これですか？これは『方丈記』ですよ。僕などよりもちよつと偉かつた鴨《かも》の長明《ちやうめい》といふ人の書いた本ですよ。」

「お文様《ふみさま》」は、蓮如《れんによ》が浄土真宗の教義を説いたもの。芥川の家族たちは、『方丈記』の思想に、仏教的なニュアンスが濃いことを感じ取っているのである。この家族たちの会話は、ほのかなユーモアさえ漂うような、遠慮のない内輪話のスタイルを採っているが、人生は水の泡のようであり、どこから来てどこへ行くのかもわからないのが人生であるという、鴨長明の言葉への強い共感が示されている。この時、芥川には、あと二箇月の人生しか残されていなかった。

芥川の心に流れる水の風景は、文学者となってから、人生の時々に立ち顕れ、彼の心を包み込んだ。芥川自身の中で、創造力の水脈の途絶えることがなかったように、芥川の文学的な水脈は、『方丈記』や『おくのほそ道』とも繋がっている。世紀末のヨーロッパ文学や芸術に造詣が深く、また卓越した教養の持ち主だった近代人・芥川龍之介。しかし、彼の文学世界は、人生いかに生きるべきなのか、そもそも人生とは何なのかという、鴨長明や松尾芭蕉たちの「人生観の文学」とも通底するものとなっているのである。

## ＊芥川文学の達成とゆくえ

芥川の遺志は、古くからの友人だった菊池寛たちに託された。とりわけ菊池寛が、芥川龍之介の名前を冠した文学賞を昭和十年に創設したことは、社会的にも注目される。現代にいたるまで、芥川賞は新人作家の登竜門として、機能し続けている。このことは単に「芥川賞」という、一つの文学賞のことを言うのではなく、新しい文学者の誕生を促し、文学のバトンが、次々に手渡されてゆく文学システムの構築という点が、重要なのである。芥川は、自らの命を絶ち、後事を菊池寛に託した。その後事とは残された妻子のことであると共に、その先には、文学の命脈を絶えさせない夢も託したのである。菊池寛と芥川龍之介の友情が、それを実現させた。

## 引用本文と、主な参考文献

『芥川龍之介全集』全十二巻（岩波書店、一九九五〜九八年）。ただし、ルビを多く振り、明らかな仮名づかいの誤りは改めた。
新潮日本文学アルバム『芥川龍之介』（新潮社、一九八三年）
中村真一郎『芥川龍之介の世界』（岩波現代文庫、二〇一五年）

## 発展学習の手引き

1. 本章では、取り上げられなかったが、芥川龍之介は、断章スタイルの文学評論『文芸的な、余りに文芸的な』の中で、夏目漱石と森鷗外について、それぞれの作品や文学世界を論じている。また、本章で簡単に触れたように、森鷗外の短編史伝『細木香以』の末尾には、芥川龍之介が来訪して、細木香以について、いろいろ語ったことが書かれている。芥川と鷗外の交流がよくわかるので、発展学習として挙げておきたい。

2. 本章でも概説したように、芥川龍之介の文学世界は多彩であるが、それぞれは短編であり、文庫本などにも、数多くの作品が収められている。本章では「川の流れ」「水の流れ」に着目して芥川文学の基盤を考えてみたが、彼の作品は多岐にわたるので、興味を持った分野から、入ってゆくことを勧めたい。

# 15 中島敦の短編を読む

島内 裕子

《目標・ポイント》 中島敦の文学形成を辿りながら、昭和の戦前・戦中期の短編小説が新たに切り開いた文学的な達成を見極める。作品講読を通して、その表現と文体の魅力を明らかにする。

《キーワード》 中島敦、『耽美派の研究』、『山月記』、『悟浄出世』、『弟子』、『李陵』

## 1. 中島敦の人生と文学形成

### ＊中島家の系脈

中島敦《なかじまあつし》は、父田人《たびと》・母千代子の長男として、明治四十二年（一九〇九）、東京市四谷区（現東京都新宿区）で生まれた。父は教員検定試験に合格し、中学校で漢文を教えていた。母は小学校教員だった。翌年、両親が離婚し、敦は埼玉県久喜《くき》の中島家に引き取られ、祖父母に養育された。

祖父の慶太郎（撫山《ぶざん》）は、江戸後期の亀田鵬斎《かめだぼうさい》の学統を継承した漢学者である。撫山は亀戸の人で、神田お玉が池の塾で子弟の教育に当たり、大名たちとの交流もあった。維新後は久喜に居住し、子弟を教育した。敦の父・田人の兄にあたる端《たん》（斗南《となん》）と竦《しょう》も、共に漢学者である。

中島敦の文学の背景には、このような学問の系統があった。また、撫山はたびたび、家族を残して、友人や弟子たちと長期間にわたる漂泊の旅をしており、敦の生活態度とも一脈通じている。

敦が六歳の時、父は、後妻カツを迎えた。敦は、父の勤務地が変わるに伴い、大和郡山、浜松、朝鮮京城の小学校へと転校した。父は、カツの没後に三番目の妻コウを迎えた。小学生の頃、教師の言葉によって死を意識するようになったことや、父子の軋轢《あつれき》が、彼の文学に影を落としている。

## ＊一高時代の交友と作品創作

大正十五年、敦は京城中学校を四年で修了し、第一高等学校に入学した。敦は、氷上英廣《ひかみひでひろ》（後のドイツ文学者）や釘本久春《くぎもとひさはる》（後の文部官僚）という親友に巡り会い、友情を培った。また『校友会雑誌』に小説を発表した。『下田の女』（第三百十三号）は、東京の学生が港で出会った女とのやり取りの中で、人間が人間を知ることの困難さを体験する話である。それまで観念的な外界認識の中で生きてきた若者が、女性との出会いと別れを通して現実と向き合うのは、漱石の『三四郎』や鷗外の『青年』とも通じるテーマである。中島敦はこの作品の中で、「女だつて別に一つの型に鑄込《いこ》んで作られた物ぢやないんですもの」と女に発言させている。一高入学後、初めて発表した作品の中の「女」を、「文学」に置き換えるならば、中島文学の世界には、「文学だつて別に一つの型に鑄《い》込《こ》んで作られた物ぢやない」という思いが、常に鳴り響いている。

散文を書き綴って、物語なり小説なりを書くとして、そのような行為は、「文学とは何か」「文学で何が描けるのか」という根源的な問いかけに対する終わりなき答えの模索であろう。中島敦は、文学者としての短い人生の中で、鑄型《いがた》に嵌《は》めずにさまざまな人間を描き続けた。

一高時代の敦は、喘息《ぜんそく》の発作に悩まされるようになった。『校友会雑誌』第三百十九号に、『ある生活』と『喧嘩《けんか》』の二編が掲載された。『ある生活』は、異国の旅で肺の病に苦しむ青年が、宿に訪ねてくるようになったロシア人女性との会話の中で、生きる希望を見出そうとする話。『喧嘩』は、漁村に生きる人々の家族間の諍《いさか》いを描く自然主義的な作品で、夫を亡くして家族の中で孤立する女性の、いらだちと孤独感が全体を覆っている。

『校友会雑誌』第三百二十二号には、『蕨《わらび》・竹・老人』と『巡査の居《い》る風景』を発表した。前者は、伊豆の滞在記、後者は、京城時代の体験に基づく社会的な視点から書かれている。『D市七月叙景（一）』（第三百二十五号）は、満州を舞台に、さまざまな階層の人々を描く。横隔膜の痙攣《けいれん》に苦しめられている「M社総裁のY氏」、満州に職を求めてやって来た日本人家族の日常に潜む不安、一文無しの労働者たち。それぞれスケッチ風の三つの小品から成っている。

以上見てきたように、昭和二年から五年にかけての時期は、六編の短編小説が『校友会雑誌』に掲載された。この時期を、中島敦の「第一次創作時代」と名付けたい。最初期の特徴をまとめておこう。伊豆下田の旅を題材とする作品が、『下田の女』と『蕨・竹・老人』だった。「塵《ちり》と埃《ほこり》」の東京から「南の国」にやって来て、日常からの脱出を果たすが、男女関係をめぐる生憎《あいにく》な人生の一齣《ひとこま》が点描されている。また、京城時代の体験に基づく作品がある。これらは、当時の複雑な政治情勢や社会情勢に立脚した批判精神に満ちた作品群である。『喧嘩』は日本が舞台だが、周囲に理解されない人間の苦しみと孤独、怒りが書かれている。

これらの作品は、『中島敦全集』では「習作」として一括されているが、南方（下田）と北方（朝鮮半島）、自己と外界など、後の作品の萌芽が早くも見られる。

## 2. 耽美派研究と教員時代

### ＊卒業論文『耽美派の研究』

東京帝国大学文学部国文科に入学した敦は、永井荷風と谷崎潤一郎の著作に親しみ、上田敏と森鷗外の全集も読んだ。これらの一連の集中的な読書は、卒業論文執筆への準備であった。敦は、国文科に入学するやいなや、卒論のテーマを絞り込んだ。卒業論文『耽美派《たんびは》の研究』を完成し、大学を卒業した。その後「森鷗外の研究」をテーマとして大学院に進学した。

『耽美派の研究』を執筆したことは、中島敦の文学形成に重要な意義があった。なぜならば、創作活動を一時中断して論文を書いたことで、その後の新たな方向性が見極められたからである。

『耽美派の研究』は、四百字詰原稿用紙で四百二十枚の長編論文である。第一章「耽美派一般」、第二章「森鷗外・上田敏・及び詩に於《お》ける耽美頽唐派《たいとうは》」、第三章「永井荷風論」、第四章「谷崎潤一郎論」からなる。第一章は、ポーに始まり、ボードレール、ヴェルレーヌ、ペーター、そしてワイルドに至る耽美派の系譜を、簡潔明瞭にまとめると共に、日本の古典文学も視野に入れて、『枕草子』や上田秋成などにも触れている。このような論文の書き方から、中島敦が膨大な文化的集積を集約する明晰な能力の持ち主であったことがわかる。

第二章では、近代日本文学における耽美派の原点に森鷗外を位置づける。やや脇道にそれるようだが、私は永井荷風の『隠居のこごと』を連想する。『渋江抽斎』の文体について、荷風は、「言文一致の体裁を採《と》りて能《よ》く漢文古典の品致《ひんち》と余韻とを具備せしめ、又同時に西洋近代の詩文に窺《うかが》ふべき鋭敏なる感覚と生彩とに富《と》ましめたり。先生の言文一致体はこの渋江抽斎以下幕末学医諸家《がくいしょか》の伝に於《お》いて古今独歩の観をなせり」と称賛している。荷風による鷗外史伝の評言は、そのまま中島敦の晩年の達成をも照射するように思われる。「文体への注目」という荷風の文学観は、中島文学を理解するうえでも、重要な示唆をもたらす。

中島敦の時代に至るまでに、近代文学の厚い蓄積がある。自然主義文学、漱石・鷗外の余裕派、芥川龍之介などの芸術至上主義、それと対抗するプロレタリア文学。文体の変遷も、言文一致による写実主義があるかと思えば、尾崎紅葉《こうよう》・幸田露伴《ろはん》・樋口一葉など文語体を基盤とする文学者もいる。西欧文学の翻訳も盛んである。飽和状態にある文学状況の中で、敦は大学院における研究テーマとして「森鷗外研究」に照準を定めた。そのテーマ選択には、敦自身による自己の文学世界のあり方への夢が込められていた。

### ＊教員時代の日常と文学

敦は大学院へ進学すると共に、父の紹介で横浜高等女学校の教諭となった。昭和八年九月には、三年前に亡くなった伯父・端をめぐって、『斗南先生』を書いた。女学校での授業（国語と英語など）や校務に追われる生活の中で、健康上の問題もあり、敦は大学院を中退した。

教員時代の敦は、『中央公論』の新人賞に『虎狩《とらがり》』を応募したが、選外佳作に終わった。この短編は京城時代のエピソードに基づいている。また、京城での中学時代の回想を織り交ぜた未定稿『プウルの傍《かたわら》で』がある。この作品には、中学時代の家族関係に対する強烈な反発心と、中学時代の身体的変化を持て余す、やりきれなさが書かれている。

ギリシャ語やラテン語などの古典語の独習や、パスカルの『パンセ』や英文学の翻訳、さらには『列子』『荘子』など中国の古典の読書にも熱中した。一見、気ままな読書人めいた生活だが、教員生活の中での周囲との違和感を自問自答する『狼疾記《ろうしつき》』『かめれおん日記』を脱稿した。この久しぶりの執筆が、まるで敦の心の堰《せき》を切ったかのように創作熱に火を付けた。

たとえば、短歌にも没頭している。「和歌《うた》でない歌《うた》」の連作の中で、冒頭に位置する「遍歴」五十五首は、古今東西の文学者・哲学者・芸術家を一首ごとに詠み込んでいる。ヘーゲル、ジード、ランボー、ゴッホ、陶淵明、プラトン、李白、ゴーガン、ワイルド、パスカルなど、著名な名前が並ぶ。これらは当時の旧制高等学校生に共通する教養であって、中島敦だけが特別なのではないだろうが、五十五首の連作短歌にまとめ上げる力量と集約力は、並外れている。

ある時はヘーゲルが如万有《ごとばんいう》をわが体系に統《す》べんともせし
ある時はラムボーと共にアラビヤの熱き砂漠に果《は》てなむ心
ある時はゴーガンの如逞《ごとたく》ましき野生《なま》のいのちに触ればやと思ふ
遍歴《へめぐ》りていづくにか行くわが魂《たま》ぞはやも三十《みそぢ》に近しといふを

人名と、その人生・業績を的確に詠み込む集約力は、中島敦の短編が持つ凝縮力とも通じている。「遍歴《へめぐ》りて」の歌は、連作の最後に置かれている。三十歳を目前として、文学・哲学・芸術のさまざまな領域を遍歴してきた自らの精神世界を振り返った敦は、「いづくにか行くわが魂《たま》ぞ」と詠嘆した。しかし、この連作五十五首の広大な世界の先には、明確に「文学」があった。

『悟浄歎異《ごじょうたんに》』を脱稿し、ハックスリーの『パスカル』『スピノザの虫』などを翻訳し、南洋におけるスティーヴンソンを描いた『光と風と夢』（原題「ツシタラの死」）を脱稿した。だが喘息が亢進し、昭和十六年三月、敦は横浜高等女学校を休職した。

このように見てくると、八年間に及んだ女学校の教師時代は、世間に向けて投稿した作品は少ないとしても、創作・短歌・翻訳などの幅広い執筆活動を行っており、「第二次創作時代」と名付けたい。鷗外文学の薫陶は、研究者中島敦ではなく、文学者中島敦の誕生の触媒となったのである。そして、鷗外文学の最終的な結実としての「史伝」を、新たに転生させたかのような中島文学の到達点へと、彼を歩ませることとなった。

## ＊南洋への転身

昭和十六年、中島敦は、喘息の療養も期待して、学生時代からの友人釘本久春の紹介で、南洋庁国語教科書編集書記として、パラオに赴任した。けれども喘息の悪化により、滞在一年足らずで帰国した。けれども、この期間に体験した数々のことが、後に一連の南洋物となって結実した。

## ＊作家としての登場、そして晩年

敦が帰国したのは、昭和十七年三月だった。その帰国を挟んで、『文學界』に、敦の作品が掲載された。最初は帰国前の二月に、『山月記《さんげつき》』と『文字禍《もじか》』の二編が「古譚《こたん》」という総題で、『文學界』に掲載された。これらの原稿は、敦が深田久弥《ふかだきゅうや》に託したものだった。また、敦の帰国後の五月には、「ツシタラの夢」が『光と風と夢』と改題されて、同じく『文學界』に掲載された。六月には、『弟子』『悟浄出世』を脱稿。七月に、第一作品集『光と風と夢』が筑摩書房より刊行され、九月に『李陵《りりょう》』を仕上げる。十一月、第二作品集『南島譚』が、今日《こんにち》の問題社《もんだいしゃ》より刊行され、十二月には、『文庫』に『名人伝』が掲載された。

ようやく敦の作品が、世間の人々の目に触れるようになったその矢先の十二月、敦は喘息のため死去した。数えで三十四歳だった。南洋諸島から帰国後、わずかに八箇月半。この期間が「第三次創作時代」であり、中島敦の短い「作家時代」だった。没後であるが、『章魚木《たこのき》の下で』(『新創作』)、『弟子《でし》』(『中央公論』)、『李陵《りりょう》』(『文學界』)が掲載された。

## 3. 中島敦を読む

### ＊中島文学を、どう読むか

中島敦は、若くして亡くなった文学者である。彼を取り巻く家庭環境や時代の動向、そして敦自身の健康状態も含めて、すべてが厳しく、逼迫《ひっぱく》していた。そのような中で敦は、文学に何を託し、文学によって何を実現したのか。その答えは、残された作品によって、私たちに指し示されている。その中から、いくつかの作品を取り上げよう。その際に、何を選ぶのが最も適切であるか、その選択基準を明確にしなければならないだろう。

そもそも本書は、「名作を読む」というテーマを掲げて、「名作とは何か」「何をもって名作と認定できるのか」という問いかけを内在させてきた。この問いかけは、発するに易《やす》く、答えるに困難を伴う。なぜならば、読者一人一人の基準が異なるからである。その一方で、「読み継がれてこそ名作となる」ことも、日本文学の長い集積の中で私たちは知っている。中島敦の作品選択も、この基準に照らし合わせれば、自ずと作品も絞られてくる。

ここまでの記述においては、本章で言うところの「第一次創作時代」「第二次創作時代」の一般にはあまり知られていない作品の紹介に、かなりのスペースを割いてきた。これらの作品を概観したうえで、中島文学の到達点として、多くの読者を獲得している『山月記』『悟浄出世』『弟子』

『李陵』を取り上げたい。これらはすべて、中国の歴史・文学に題材を取っている。

### ＊『山月記』の孤独

『山月記』は短い作品であり、それだけに構成も簡潔・緊密である。自らの詩人としての才能を恃《たの》み、その傲慢さから虎となった李徴《りちょう》の悲劇を描く。人間が虎になるという変身譚《たん》が作品の枠組であるが、そこで語られるのは李徴の内面の苦悩であり、抑えがたい自負心との葛藤であり、家族への思いである。素材は『人虎伝《じんこでん》』に依《よ》っているが、文章表現は格段に平明で、かつ格調高い。李徴の人となりが書かれている冒頭部を、『山月記』と『人虎伝』とを並べてみよう。

> 隴西《ろうさい》の李徴は博学才穎《さいえい》、天宝の末年、若くして名を虎榜《こぼう》に連《つら》ね、ついで江南尉《かうなんゐ》に補せられたが、性《せい》、狷介《けんかい》、自《みづか》ら恃むところ頗《すこぶ》る厚く、賤吏《せんり》に甘んずるを潔《いさぎよ》しとしなかった。
>
> （『山月記』）

> 隴西の李徴は皇族の子にして、虢略《くわくりやく》に家《いへ》す。徴、少《わか》くして博学、善《よ》く文《ぶん》を属《しよく》す。弱冠《じやくくわん》、州府貢《しうふこう》に従ふ。時に、名士と号す。天宝十五載春、尚書《しやうしよ》右《う》丞《じやう》揚元《やうげん》の榜下《ばうか》に於いて、進士《しんし》に登《とう》第《だい》す。後数年、調《てう》せられて江南尉に補《ほ》す。徴、性、疎逸《そいつ》、才を恃《たの》んで倨傲《きよがう》なり。
>
> （『人虎伝』）

李徴は公用の旅先で、突如、虎になって出奔した。翌年、旧友の袁傪《えんさん》が高官となって、この地を通りかかった時、思いがけず二人は再会した。人食い虎に堕した李徴は、袁傪に向かって苦衷を述べる。『山月記』の中でもとりわけ心に沁みる名場面を読んでみよう。

> 時に、残月、光冷やかに、白露は地に滋《しげ》く、樹間を渡る冷風は既に暁の近きを告げてゐた。人々は最早《もはや》、事の奇異を忘れ、粛然として、この詩人の薄倖《はくかう》を嘆じた。李徴の声は再び続ける。
>
> 何故《なぜ》こんな運命になつたか判《わか》らぬと、先刻は言つたが、しかし、考へやうに依れば、思い当《あた》ることが全然ないでもない。人間であつた時、己《おれ》は努めて人との交《まじはり》を避けた。人々は己を倨傲だ、尊大だといつた。実は、それが殆《ほとん》ど羞恥心に近いものであることを、人々は知らなかつた。勿論《もちろん》、曾《かつ》ての郷党《きやうたう》の鬼才といはれた自分に、自尊心が無かつたとは云《い》はない。しかし、それは臆病な自尊心とでもいふべきものであつた。己《おれ》は詩によつて名を成《な》さうと思ひながら、進んで師に就《つ》いたり、求めて詩友と交つて切磋琢磨《せつさたくま》に努めたりすることをしなかつた。かといつて、又《また》、己は俗物の間に伍《ご》することも潔《いさぎよ》しとしなかつた。共に、我が臆病な自尊心と、尊大な羞恥心との所為《せゐ》である。

李徴は、虎になって初めて、自らの内面と正面から向き合った。思索が自己反省となる人間のあり方を、格調の高い文章で描いている。思索そのものを小説化する文体が、ここにある。この問題をさらに追究したのが、『悟浄出世』である。

### ＊『悟浄出世』の彷徨

『山月記』が、虎への変身を余儀なくされた詩人の哀しい咆哮《ほうこう》だったのに対して、『悟浄出世』は、「自分探し」の無限の彷徨《ほうこう》を描いている。流沙河《りゅうさが》の川底に棲む妖怪の悟浄は、自己とは何か、世界とは何かという抽象的な思索に囚われている。五年近くも賢人・仙人たちを訪ね歩いて、教えを乞《こ》いながら、「一々《いちいち》概念的な解釈をつけて見なければ気の済《す》まない所に、俺の弱点があるのだ」と自己分析する。とうとう、ひとりの師匠にも出会うことができなかったが、「もはや誰にも道を聞くまいぞと、渠《かれ》は思うた」ところから、少しずつ目が開けてくる。玄奘三蔵《げんじょうさんぞう》と出会って人間に成り変わった悟浄が、新しい遍歴の旅に出るところで、この作品は終わる。

「どうもへんだな。どうも腑《ふ》に落ちない。分《わか》らないことを強《し》ひて尋ねようとしなくなること が、結局、分《わか》つたといふことなのか？　どうも曖昧《あいまい》だな！　余《あま》り見事な脱皮ではないな！　フン、フン、どうも、うまく納得が行《ゆ》かぬ。とにかく、以前程《ほど》、苦にならなくなつたのだけは、有難《ありがた》いが……。」

『山月記』の文体と異なり、どこかしらユーモラスな書き方だが、作品の最後に置かれた悟浄の自問自答には、一つの答えを得た曙光がほの見える。そしてこの作品と一対になる『悟浄歎異』では、悟浄は自分自身ではなく、他者である孫悟空の言動を思索の対象に据える。孫悟空と三蔵法師を同時に理解する視点を持つことで、物事の全体性への接近が図られる。このような新たな方向性の先に位置づけられるのが、『弟子』である。

## ＊『弟子』の師弟関係

『弟子』は、孔子の弟子である子路《しろ》を描く。子路と孔子を一対として描き出すことで、『悟浄歎異』の成長型となっている。小説の素材は『論語』と『孔子家語《こうしけご》』が中心であるが、『荘子』や『列子』も自在に取り入れている。何よりも子路の人間性と、彼の目を通しての孔子の人間像が一体となって、読者の心を惹《ひ》きつける。全十六節のうち、第二節の一部を引用する。

このやうな人間を、子路は見たことがない。力千鈞《せんきん》の鼎《かなへ》を挙《あ》げる勇者を彼は見たことがある。明千里《せんり》の外を察する智者の話も聞いたことがある。しかし、孔子に在《あ》るものは、決してそんな怪物めいた異常さではない。ただ最も常識的な完成に過ぎないのである。知情意《ちじやうい》の各々《おのおの》から肉体的の諸能力に至る迄《まで》、実に平凡に、しかし実に伸《の》び〳〵と発達した見事さである。一つ〳〵の能力の優秀さが全然目立たない程《ほど》、過不及無《くわふきふな》く均衡のとれた豊かさは、子路にとつて正《まさ》しく初めて見る所のものであつた。闊達自在《くわつたつじざい》、些《いささ》かの道学者臭《しう》も無いのに子路は驚く。此《こ》の人は苦労人だなと直《す》ぐに子路は感じた。（中略）子路が今迄《まで》に会つた人間の偉さは、どれも皆その利用価値の中に在《あ》つた。これ〳〵の役に立つから偉いといふに過ぎない。孔子の場合は全然違ふ。ただ其処《そこ》に孔子といふ人間が存在するといふだけで充分なのだ。少くとも子路には、さう思へた。彼はすつかり心酔して了《しま》つた。門に入つて未《いま》だ一月ならずして、最早《もはや》、此《こ》の精神的支柱から離れ得《え》ない自分を感じてゐた。

作品の末尾では、自らの生き方を貫いた子路の悲劇的な最期が、読者の胸を打つ。だが、この作品の主眼は、子路の孔子への無邪気とも純粋とも言える傾倒ぶりにある。そこに、中島敦の夢と理想が託されていよう。

「人生、いかに生きるべきか」。この一点にこそ、中島文学の最も重要なテーマがある。しかし、このテーマ自体は、文学における最も普遍的なテーマでもある。中島敦は、どのようなアプローチによって、自分自身の道を切り開いたのか。彼は小学生の頃、「地球の冷却・人類の滅亡・人間存在の無意味さ」という恐ろしい話を教師から聞かされて、その後、永くこのことが心に取り付いて離れなかったという。中島敦の通奏低音は、不安感である。しかも、その不安は、「自分一人の生死の問題ではなかつた。人間や宇宙に対する信頼の問題だつた」と、彼は『狼疾記』に書いた。そのような根源的な問題に対して、「人間として、いかに生きるか」、そして「人生に生きる価値はあるのか」という真正面からの回答が『李陵』となった。

## ＊到達点としての『李陵』の文体

中島敦の文体の魅力、とりわけ漢文脈による緊密で引き締まった無駄のない文章は、中国の古典や歴史書を題材とする以上、当然のように思われがちだが、『悟浄出世』などでは、むしろ伸びやかで緩やかな文体が印象的だった。『弟子』は、鷗外の史伝の文体を連想させる、悠揚迫らぬ語り口が感じられた。一方、中島敦の作品の中で、『山月記』と共に『李陵』は漢文脈の文体の双璧である。しかも『李陵』の構造は、『山月記』と比べて格段に複雑である。『山月記』では、李徴の生き方と共に、李徴と袁傪の友情が大きなテーマであった。これに対して『李陵』は、李陵・司馬《しば》遷《せん》・蘇武《そぶ》という三者三様の生き方が描かれることによって、「人間、いかに生きるべきか」というテーマが、相互に照射し合う。そこに、この作品の奥深さがあり、読者自身の生き方を問いかけてくる。

この作品の達成は、冒頭部を目にするやいなや、最後の一行まで読者の心を捉えて放さない緊迫感にある。この作品の素晴らしさを粗筋によって語ることはできない。直《じか》に読むほかはない。たとえば、森鷗外の史伝が、そうであったように、作品を読むことで読者の人生観や世界観が深まる、そういう文体を、中島敦は手に入れたのである。

漢の武帝の天漢二年秋九月、騎都尉《きとゐ》・李陵は歩卒《ほそつ》五千を率《ひき》ゐ、辺塞遮虜鄣《へんさいしやりよしやう》を発して北へ向《むか》つた。阿爾泰《アルタイ》山脈の東南端が戈壁《ゴビ》沙漠に没せんとする辺《あたり》の磽确《げうかく》たる丘陵地帯を縫《ぬ》つて北行すること三十日。朔風《さくふう》は戎衣《じゆうい》を吹いて寒く、如何《いか》にも万里《ばんり》孤軍《こぐん》来《きた》るの感が深い。漠北《ばくほく》・浚稽山《しゆんけいさん》の麓《ふもと》に至つて軍は漸《やうや》く止営《しえい》した。既に敵匈奴《きようど》の勢力圏に深く進み入つてゐるのである。秋とはいつても北地のこととて、苜蓿《うまごやし》も枯れ、楡《にれ》や檉柳《はこやなぎ》の葉も最早《もはや》落ちつくしてゐる。木の葉どころか、木そのものさへ（宿営地の近傍を除いては）、容易に見つからない程《ほど》の・唯《ただ》沙と岩と磧《かわら》と、水の無い河床《かしやう》との荒涼たる風景であつた。極目人煙《きよくもくじんえん》を見ず、稀《まれ》に訪《おとづ》れるものとては曠野《くわうや》に水を求める羚羊《かもしか》ぐらゐのものである。突兀《とつこつ》と秋空を劃《くぎ》る遠山の上を高く雁《かり》の列が南へ急ぐのを見ても、しかし、将卒《しやうそつ》一同誰一人として甘い懐郷の情などに唆《そそ》られるものはない。それ程《ほど》に、彼らの位置は危険極《きは》まるものだつたのである。

冒頭の一段は、途中で裁《た》ち切ることなどできぬ、一枚の見事な綾錦《あやにしき》のようだ。今、綾錦と言ったが、その材質も文様も華美の対極にあり、表現は硬質で静謐《せいひつ》を極める。しかも、ここに早くも「雁」の飛行が描かれている。雁の飛行こそは、作品の最終部へと遥かにつながり、匈奴《きょうど》に囚《とら》えられて十九年、なお己れの志を曲げなかった蘇武の「雁信《がんしん》」の故事を象徴している。

憧れと幻滅を往還しつつ、この世に自分と人類が生きる意味を問い続けた中島敦の思索は、彼の残した名作の文体に刻印を残しており、その文体が、今も読者を引きつけてやまないのである。

## ＊「名作」への旅

本書は15章にわたって、各時代を代表する名作を取り上げてきた。もちろん、ここで触れることができたのは、数ある名作のごく一部である。近代になると、一人の文学者が書いた作品数が、近代以前と比べて格段に多くなる。第12章以降は、作者の文学形成の過程を詳しく辿ることで、名作と呼ばれる作品が生成するプロセスを示すことに力点を置いた。

名作とは、作品自体の内容の魅力と共に、それぞれの作者による文体創造の到達点に対して、読者から与えられる称号であろう。

## 引用本文と、主な参考文献

『中島敦全集』全三巻（筑摩書房、一九七六年）。ただし、ルビを多く振った。
『中島敦研究』（筑摩書房、一九七八年）
永井荷風『麻布襍記《ざつき》』（春陽堂、一九一四年）、『隠居のこごと』所収。
島内景二『中島敦「山月記伝説」の真実』（文春新書、二〇〇九年）

## 発展学習の手引き

・『中島敦全集』は、活字となって発表された作品と比べて、活字にならなかった習作が分量的には多い。「名作」を支え、「名作」を生み出した習作群を読む楽しさも、ぜひ味わっていただきたい。『中島敦全集』に限らず、「全集を読む」ことで、文学者たちの人生がくっきりと浮かび上がってくるであろう。

## ●ら 行



## ●わ 行

**●ま 行**



**●や 行**

**●な　行**



**●は　行**

●た 行

**●さ　行**

●か　行

# 索 引

●配列は50音順（現代仮名遣い順），＊は人名，『 』「 」は，書名・作品名・雑誌名などを示す。

●あ 行

# 分担執筆者紹介

（執筆の章順）

島内　景二（しまうち・けいじ）

◎執筆章→2～5

一九五五年　長崎県に生まれる

一九七九年　東京大学文学部国文学科卒業

一九八四年　東京大学大学院人文科学研究科博士課程単位取得退学

現　在　電気通信大学教授、博士（文学）（東京大学）

専　攻　物語文学、現代短歌、歴史小説など、文学史全般


主な著書　『源氏物語ものがたり』（新潮新書）

『教科書の文学を読みなおす』（ちくまプリマー新書）

『中島敦「山月記伝説」の真実』（文春新書）

『源氏物語の影響史』（笠間書院）

『北村季吟――この世のちの世思ふことなし』（ミネルヴァ書房）

『柳沢吉保と江戸の夢』（笠間書院）

『三島由紀夫――豊饒の海へ注ぐ』（ミネルヴァ書房）

『塚本邦雄』（笠間書院）

『大和魂の精神史』（ウェッジ）

佐藤　至子（さとう・ゆきこ）

◎執筆章→8～11

一九七二年　千葉県に生まれる

一九九四年　お茶の水女子大学文教育学部国文学科卒業

二〇〇〇年　東京大学大学院人文社会系研究科博士課程修了

現　在　東京大学大学院准教授、博士（文学）（東京大学）

専　攻　近世文学


主な著書　『江戸の絵入小説――合巻の世界』（ぺりかん社）

『山東京伝――滑稽洒落第一の作者』（ミネルヴァ書房）

『妖術使いの物語』（国書刊行会）

## 編著者紹介

島内　裕子（しまうち・ゆうこ）
◎執筆章→1・6・7・12～15

一九五三年　東京都に生まれる
一九七九年　東京大学文学部国文学科卒業
一九八七年　東京大学大学院人文科学研究科博士課程単位取得退学
現　在　放送大学教授、博士（文学）（東京大学）
専　攻　中世を中心とする日本文学
主な著書　『徒然草の変貌』（ぺりかん社）
『兼好――露もわが身も置きどころなし』（ミネルヴァ書房）
『徒然草文化圏の生成と展開』（笠間書院）
『徒然草をどう読むか』（左右社）
『徒然草』（校訂・訳、筑摩書房）
『日本文学の読み方』（放送大学教育振興会）
『美しい時間――ショパン・ローランサン・吉田健一』（書肆季節社）
『日本文学概論』（放送大学教育振興会）
『方丈記と住まいの文学』（左右社）

放送大学教材　1554930-1-1711（ラジオ）

日本文学の名作を読む

発　行　　2017年3月20日　第1刷
　　　　　2019年1月20日　第3刷
編著者　　島内裕子
発行所　　一般財団法人　放送大学教育振興会
　　　　　〒105-0001　東京都港区虎ノ門1-14-1　郵政福祉琴平ビル
　　　　　電話　03（3502）2750

市販用は放送大学教材と同じ内容です。定価はカバーに表示してあります。
落丁本・乱丁本はお取り替えいたします。

Printed in Japan　ISBN978-4-595-31711-8　C1393